是长辛店的一些故事……

有的清晰，有的模糊；

有的亲近，有的遥远；

——记下……

# 秋日忆往
AUTUMN MEMORIES

王义明 著

光明日报出版社

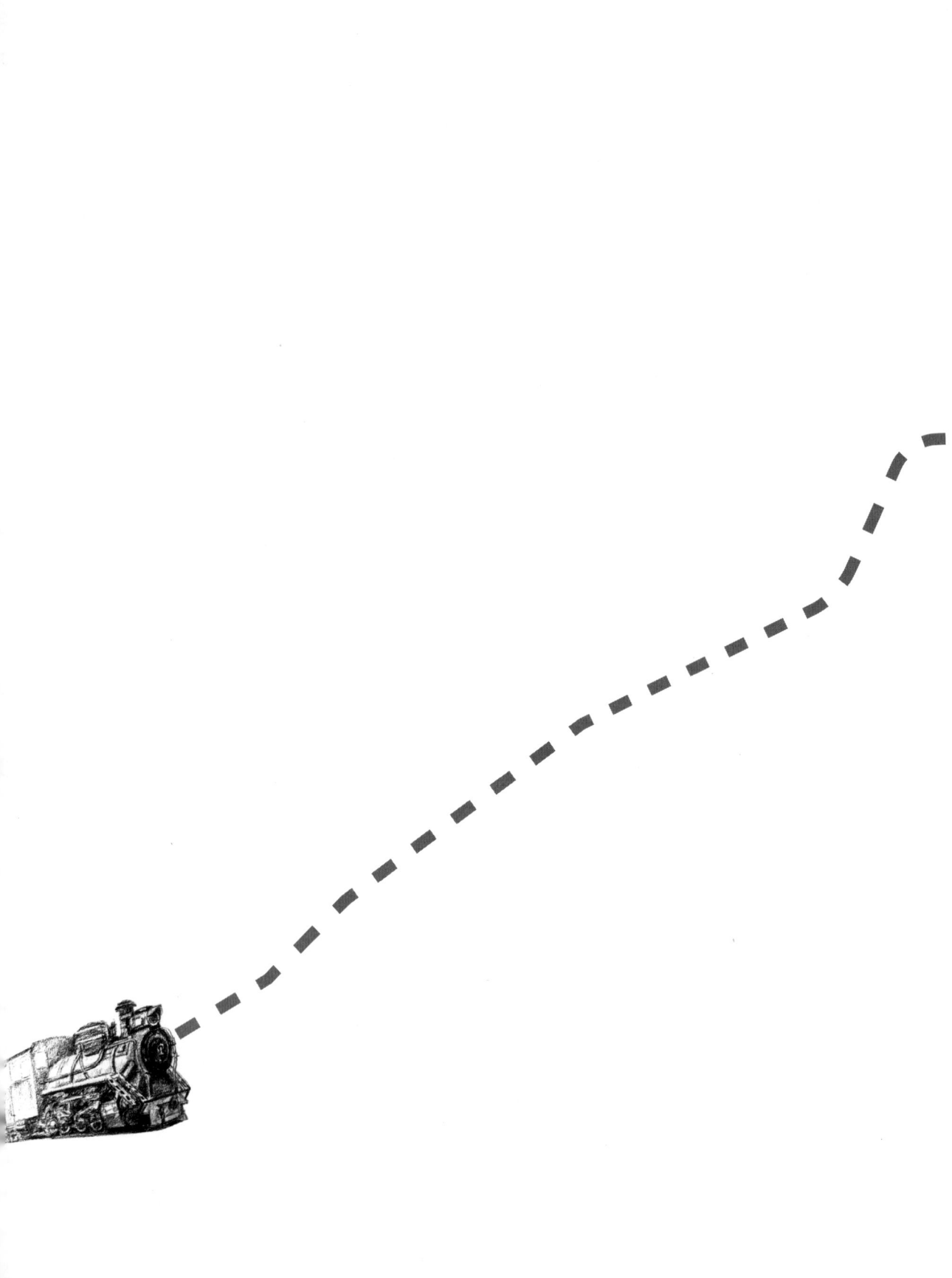

1899年长辛店站建成，是京汉铁路的第一站。

1897年，卢沟桥机厂建立，即后来的长辛店二七机车车辆厂，北京人一般称二七厂。

火车带来了车站、火车厂，聚集了第一批产业工人。120多年里，寻常百姓人家和普通人故事沉淀在这里……

# 目录

## 序

舒适记忆　　1
秋日忆往　　2

## 火车印象

火车故乡　　6
家住铁道边　10
绿皮火车　　19
火车专家　　25
三个驾驶证　30
关沟故事　　34
大学本儿　　45
工厂生活　　49
两张火车图　55

## | 风物掠影 |

| | | | |
|---|---|---|---|
| 南关断桥 | 62 | 地名由来 | 95 |
| 紫霞石雕 | 68 | 古物一窥 | 102 |
| 西峰夕照 | 72 | 卢沟桥 | 108 |
| 月半陈庄 | 76 | 清清九子河 | 113 |
| 大宁鱼跃 | 81 | 童年游戏 | 117 |
| 玉皇铁塔 | 86 | 蛐蛐儿 | 124 |
| 崔村灯火 | 89 | 大灰厂 | 133 |
| 盆塔玲珑 | 92 | 蚕种场 | 137 |

| 笔墨留痕 |

名家名作　146
村叟唐雪渔　150
再赠牡丹图　154
毛志成老师　157
启蒙老师　163
学画火车　168
美术小组　172
两个画展　178
雁翁郑克明　183
工人素描　187
我看评书　191
同学胡林庆　197
大林师傅　203
读书杂记　209

| 岁月拾零 |

足球年代　220
铁中校园　226
公安王栋臣　231
邮局往事　236
健身达人　241
小镇跤王　245
楚河汉界　251
邻里情深　257
蝴蝶风筝　266
木匠老舅　271
乐观豁达　275
老张老赵　283

跋

恒心收获　290
一篇作业　292

# 序 | 书是与往事握手的仪式

# 舒适记忆

读书，在大多数时候变为读手机后，还要不要书？

现实场景里的答案，暗淡。

长辛店，是当年年轻的我到达北京后第一个宿舍所在地。有些记忆，被时光的潮汐冲刷，身形即使嶙峋也依然屹立如岩石。

作者在微信里说，想要做一本书。我平淡。他再说我想写长辛店的书，记忆不请自来，开始关注。

做过书的人，才能真实地知道出书的不易。这本书的制作过程长达2年，作者去书中的地址核定信息、和故人们相聚细聊、文字一改再改……旁观的我感叹这用心。

我坚持将文字方向从个人私语调整为乡土之地的文化、风物、变迁。这份时间线长达70年的文字，写了那么多普通人的平常生活，情感和伦理的真实直触人心。这样的文字，理应享受到更多的读者。

指尖流沙、白驹过隙，时光中面对记忆让自己舒适的方式是什么？有没有可能保鲜和冷冻？

这本书是一份记录，也是一种与往事握手的仪式。

赵妮娜

# 序 | 自序

## 秋 日 忆 往

"未觉池塘春草梦，阶前梧叶已秋声。"古人的这两句诗道出了我编写这本小书的心情，光阴荏苒，似水流年，不知不觉就跨入了老年行列。"老"字带来的变化，只有自己最清楚，所思所想、所言所行，都与以前大不相同，喜欢翻看蒙上灰尘的陈纸旧墨，喜欢寻找过往时光里的雪泥鸿爪，喜欢到童年、少年熟悉的地方走一走，喜欢跟胡同里一块长大的同学老友聊聊天，总之，一种念旧怀古的情结时时萦绕心头，挥之不去。于是，便有了一个愿望，把想到和聊到的一些人和事落在纸上，记一记对岁月的回望，写一写对生

## 小镇是一部深厚的大书

活的感恩。经过两年多断断续续的整理，并附上一些自己的照片和涂鸦，终于把愿望变成了现实，就是您面前翻开的这本《秋日忆往》。

从20世纪50年代到90年代，我在长辛店生活工作了40多年，可以说，人生的繁华季节是在这里度过，因此，这本小书主要记录的是长辛店的一些故事。这些故事，有的清晰，有的模糊；有的亲近，有的遥远；有的旧事重提，有的个人闻见；有的为师为友，有的匆匆一面；有的似可抛砖引玉，有的不过家长里短……是否肤浅平淡，是否零散无序，都不去管它，想到哪写到哪，想起多少写多少，虽然多是凡人小事，但也一一记下，因为过了多年还能想起，其中必有一份让我珍惜的收获和感动。

长辛店是个不同寻常的小镇，注定会给我留下不一般的记忆。小镇有闻名遐迩的二七工厂，有工人运动的红色旧址，有商铺林立的市井驿道，有历史悠久的名胜古迹，有门墩对峙的老宅胡同，有禽飞鱼游的河流湿地，有蓝天旷野的鸽哨虫鸣，有见素抱朴的传统风俗……小镇是一部历史文化底蕴深厚的大书，我一直在品读。

写这本小书的初衷很简单，只想在远去的汽笛中，在飘散的炊烟里，亲一亲乡土，忆一忆往事，念一念故人。愿《秋日忆往》凝作一枚小小的书签，夹在人生四季的相册，虽笔墨无章，却岁月有痕，为自己留一个纪念，也为在长辛店有缘相识的所有人送一份祝福。

由于写作水平和精力有限，加上一些客观因素，肯定有错误疏漏之处，敬请读者谅解、批评指正。

# 火车印象

火车故乡

家住铁道边

绿皮火车

火车专家

三个驾驶证

关沟故事

大学本儿

工厂生活

两张火车图

# 火车故乡

## 邮传部卢保铁路卢沟桥机厂

蒸汽机车，现在除了博物馆有，书籍影视里有，在铁路上已经看不到了。蒸汽机车最早叫火车，就是以火为动力在轨道上走的车，点火添煤把水烧开，利用蒸汽推动活塞，活塞把动能传给摇臂连杆，带着几个大轱辘转，就跑起来了。在以前的小学课本里，就有英国人瓦特受水壶盖的启示改良蒸汽机的故事，从而引出了应用于大工业的众多奇思妙想。把这个故事演绎成极致的是瓦特的老乡乔治·斯蒂芬森，他是世界铁路发展史上公认的蒸汽机车发明者。他对原始的蒸汽机车做了重大改进，由十字头、主连杆和曲拐销来驱动动轮的设计，完全具有现代蒸汽机车的结构特征，他设计制造的"旅行者号"，力量和速度都明显优于其他型的蒸汽机车。1814年，他驾驶着一台拥有两个汽缸的机车，牵引着30吨货物在铁路上运行，让人们大开眼界。于是，人们意识到，火车是一种很有前途的交通运输工具，铁路和铁路工业开始发展起来。

"铁路"和"铁路工业"是两个不同的概念。"铁路"包括车站、线路，是火车的运营管理单位；"铁路工业"包括工厂、研究所，是火车的设计制造单位。整个列车专业术语称为"机车车辆"。"机车"指火车头，主要包括蒸汽、内燃、电力三种；"车辆"指火车厢，主要包括货车厢和客车厢。弄清了这两个词，就弄清了铁路工厂的生产内容，如1980年"铁道部北京二七机车车辆厂"分立为两个厂，一个简称"二七机车厂"，一个简称"二七车辆厂"，一个做火车头，一个做火车厢。蒸汽机车也叫火车，一个是行业内的规范名称，一个是老百姓的形象叫法。

清光绪二十三年（1897），中国腹地最重要的一条运输通道京汉铁路，在卢沟桥畔开工。清政府派出天津海关道盛宣怀督办，一期工程由卢沟桥修到保定，全长130千米。动工之始，在永定河西岸建起了一个简易工厂，厂房是木棚，200多名工人，称作"邮传部卢保铁路卢沟桥机厂"，它是长辛

店二七机车车辆厂的前身。在全国30多家铁路工厂中,二七厂的历史仅次于1881年建立的唐山机车车辆厂。1899年,卢保铁路通车,同年继续向南延伸,保汉铁路动工修筑。1900年,义和团运动驱洋人拆铁路,烧毁了卢沟桥机厂。

1901年,比利时人和法国人联合继续经营修筑京汉铁路时,分别在铁路北端和南端兴建铁路工厂。北端由法国人图耶设计,厂址选在长辛店三合庄,即为现址。将卢沟桥机厂残留的设备和工人迁到新址,改称"邮传部京汉铁路长辛店机厂",占地面积7000余平方米,有电汽机、蒸汽机7台,300多名工人。

1905年,京汉铁路全线通车。长辛店机厂是沿线最大的修理工厂,机车专用线出南门即并入京汉铁路,从此火车出出进进,来来往往,聚集起中国第一批产业工人,并把他们的命运和民族的兴亡联系在一起。由于火车的引进,清政府闭关锁国的政策被进一步打破,中国开始卷入世界资本主义的

潮流，自然经济加速解体，民族工业得以发展。铁路沿线纷纷建立铁路工厂，奠定了中国铁路机车车辆工业的基础。与此同时，帝国主义列强以铁路为手段，掀起了控制中国经济命脉、掠夺资源的狂潮。从19世纪末到20世纪初，英、俄、德、比、法、美、日等国，夺取了上万千米铁路的投资权和经营权，使中国殖民地半殖民地的灾难更为深重。穿越长辛店的京汉铁路及相生相伴的工厂，先后由英、法、比、日等帝国主义列强统治，因此中国火车早期的发展史也是一部血泪史。

  1899年长辛店火车站建成，是京汉铁路的第一站。从1899年卢保铁路通车开始，长辛店住进了勤劳的一户居民——火车。火车汽笛鸣响在小镇之上，蓝天之端。汽笛曾是1923年二七大罢工的集结号，是工人上下班的钟表。不仅如此，火车汽笛也成了整个小镇的时空坐标。全国大概没有多少个地方的人像长辛店人一样，清朝时就熟悉了火车，大概没有多少个地方的火车像长辛店的火车一样，经历过血与火的洗礼。长辛店是火车的故乡，是中国工人运动的摇篮。

# 家住铁道边

没有哪的人比长辛店人更熟悉火车了

我的少年时代是在长辛店大街紫草巷度过的。这是长辛店唯一叫"巷"的胡同，忽宽忽窄，曲折幽深，不熟悉的人想不到能从火车站通到大街。名字寓意吉祥，柔情似水，不过，在火车家族搬来之后，紫草巷有了另一个注解，气势磅礴、惊天动地。

紫草巷西口与火车站只有一条马路之隔，我家的院子在胡同的西头，离车站最近，刮风时火车的烟尘会飘进院子，与房檐下的炊烟混在一起，我能分辨出烟煤和煤球的味道，火车的烟煤里有一股淡淡的硫磺味，好似春节鞭炮的硝烟，因沾着喜庆而变得好闻。火车站可能是世界上最喧闹的场所之一，其繁忙程度完全可以由声音来判定。进站出站的汽笛声，调车编组的撞击声，蒸汽的嗞嗞声，列车的轰隆声，招呼司机和提醒旅客的喇叭声，此起彼伏，昼夜不息，火车一过，屋里的窗户纸跟着沙沙作响。说来也怪，从搬到紫草巷的第一天起，我就没觉得车站的声音吵闹，到了晚上，火车有节奏

11

的咔嗒咔嗒声反而成了催眠曲，蝉噪林逾静，鸟鸣山更幽。老街坊早已习惯成自然，火车的声响，火车的气息，火车的身影，有关火车的一切成了生活的一部分，日子因此永远不会平淡。

　　生活的一部分还包括穿路服的铁路工人。他们的制式服装叫路服，在百姓眼中他们是归国家管的人，管着国家的事，身份非同一般。路服反映着铁路是一支半军事化队伍，军容整齐，军姿威武。路服见过也穿过几种，我还是觉得小时候见过的样式最帅，大盖帽，红色路徽，全身藏蓝色，上衣圆周小立领，只有两个上兜，朴素大方。衣服上缀着黄铜扣，共13个，衣襟5个大的，上兜及袖口共8个小的，大小铜扣上都有路徽，金光闪闪，格外醒目。紫草巷大多数院子都有穿路服的人进出，不知是铁路世家还是搬来就近上班。他们提着两层铝饭盒，有的挂着怀表，有的拿着信号旗、信号灯，京剧《红灯记》里的李玉和就是仿照这样的造型。我对他们羡慕不已，穿上带铜扣的路服成了一个梦想。1975年当我走进工厂成为一名铁路工人时，还在车间黑板报上写了一首小诗，其中两句是："蓝色的路服就是绿色的军装，领章帽徽要印在心上。"

  我家住的是两间南房，回字形木窗棂，上面糊着窗户纸，通风时用木棍支起整扇窗，下面安着几块玻璃。虽然缺少阳光，房间也不大，却是我童年和少年时代住过的最好房子，分了里外屋，我和弟弟住外屋，第一次有了属于自己的小天地，放学后在一个装衣服的枣木"钱柜"上写作业、画画，晚上可以放心地打着手电在被窝里看课外书。

  房东孙大伯一家四世同堂，三代铁路工人。孙大伯在二七北厂上班，7个孩子中的5个都陆续进了铁路。孙大伯慈祥的面容、干练的身材和浑厚的嗓音，酷似电影《英雄儿女》里的王政委，上下班骑着一辆乌黑锃亮的旧自行车，车把上挂着一个黑色提包，一身路服总是那么干净平整，早出晚归，像进出站的客车一样准点，我猜想，孙大伯应该是技术人员或管理人员。孙大哥是二七南厂运输车间的蒸汽吊车司机，有时中午回家吃饭，路服领口还系着白毛巾，这可不是为了装饰，防尘擦汗必不可少。他上班的地点就在货场与京广线连接的地方，有时路过那里，我就看一会儿他干活，巨大的铁臂提着一个大抓斗，从货车厢里抓起一斗煤，转身撒在小山一样的煤堆上，灵活自如，举重若轻。这时候，我就会想起京剧《海港》里马洪亮的唱段："大吊车，真厉害，成吨的钢铁——它轻轻地一抓就起来。"孙二哥在北厂铸钢车间工作，肌肉结实，习武摔跤，身带小镇的传统民风。我和孙五哥跟着孙二哥去过跤场，在东河边的小树林里，跤场是圆形，比一间屋子大些，黄土被踩得坚硬。孙二哥主要是练基本功，腿上是抻筋、扎马步，手上是石锁、摆短棒。我虽手无缚鸡之力，但跟在孙二哥后面，好像也会几下拳脚似的，狐假虎威的感觉真好。

在铁路上班的还有朱大哥，性格外向，爱开玩笑，给孩子们带来欢乐。朱大哥下班一进胡同，街坊就都知道了，他是李润杰迷，口不离快板书，嗓音清亮，声震屋瓦："这位老太太真叫阔，黄澄澄大赤金的首饰头上戴，肥大的裤褂是银灰色，材料本是那个九丝罗……"朱大哥肯定不知道，我是在胡同里断断续续跟他学会了《劫刑车》。

我常去小田家串门。小田和我同龄，但比我要成熟稳重得多，他从不跟我们玩土里滚的游戏，最多到电影院看场电影，到车站看看火车。小田对我去他家很热情，进屋还客气地让座，这在胡同伙伴中很少见。小田的弟弟小二，喜欢画画，满墙都是他画的写意花鸟，一次正赶上对门大婶来串门，夸了一句："嘿，老鸹画得真像！"小二急了："您看清楚点，那是喜鹊！"满屋人哄堂大笑。其实，小二画的是大写意，在似与不似之间。我注意到，

田叔叔只要在家，总是坐在里屋的写字台前，不是看书就是写字。一次我好奇地问了一句，他告诉我在写一篇通讯。田叔叔看我挺感兴趣，也许是写累了想休息一下吧，停下笔，跟我多说了几句。他写的通讯叫《一盏信号灯》，主人公是他认识的一个丰台机务段的工人，把一盏信号灯像传家宝一样爱惜，20年如一日，用这盏灯引导了无数趟列车进出站，没出过一次差错，在一个风雨交加的夜晚，发现铁轨上有故障，举着信号灯拦停了火车，避免了一次重大事故。田叔叔说，通讯就是有头有尾有意思的小故事。我后来才知道，田叔叔是北京铁路局《京铁工人》杂志的编辑。几年后我进了铁路工厂，也做起了厂报编辑工作，"通讯"这个新闻术语，是田叔叔最早告诉我的。

长辛店火车站是京广铁路上的三等小站，快车不停，有多趟普客、市郊车、通勤车停靠，北京站发出的南去客车都要通过长辛店，一小时内就要过几趟。货物运输也很繁忙，车站有十几股道，停满了货车，火车头来来回回摘挂车厢，调车编组。车站对面的高坡上，是一溜水泥台子，主要用于装煤卸煤。车站常看到装卸工，夏天光着膀子，脸被煤屑涂黑，白眼球和牙齿显得更白，成帮搭伙地骑着自行车，肩头一把大板锹，不用手扶待得稳稳当当，是那个年代装卸工的职业标记。长辛店火车站以北两千米的杜家坎铁路道口，最能说明京广线的繁忙程度，20世纪80年代，随着国民经济的快速发展，汽车突然间多了起来，这里成了卡口。道口栏杆一放下，上行下行的客货列车交错通过，堵一两小时是常事，栏杆抬起过不了几辆车又放下了，有时汽车的队尾排上了卢沟新桥。到90年代初修建了立交桥，瓶颈才得以打通。长辛店火车站与京汉铁路同时由洋人修建，主要建筑是一座欧式风格的站房，上沿弧形的木门木窗，房前一排六角廊柱，房顶一道花栏矮墙。到上行的站台要走过几股铁道，站台上搭着一座尖顶遮雨棚，与丰台火车站的一模一样，铆钉连接工字钢，坚固无比。候车室是一间大屋，一圈长条木椅，门口冲着站前小广场，可随意出入。60年代北面有个红柱灰瓦的飞檐凉亭，紧挨着天桥的台阶，在西洋景中点亮了一笔中国元素。

火车站还是一处红色文物。100年前，毛泽东、李大钊、蔡和森、邓中夏、张太雷等革命先驱，就是从前门乘火车到长辛店下车，看望留法勤工俭学学员，调查工人生活状况，创办劳动补习学校，播下了革命火种。1923年二七大罢工，火车站"卧轨截车"是中国工人运动史上悲壮的一幕。

火车站是我成长的驿站。因胡同里有车站子弟，自然能近水楼台先得月，兴趣从"土游戏"转向了"洋游戏"。在车站学会了打乒乓球。站房最北边有个乒乓球室，标准的木质球台，墨绿的台面上画着白线，细线编织的球网，两面胶粒的球拍，这种标准设施是大多数孩子的奢望。我的日记里记录了几次打球的情景，为增加上场频率，我们实行了一局11分制，没想到正好是后来的国际赛制。我是第一批看电视的观众之一，70年代火车站就有了电视，我们被允许站在窗根下观看，那是一台9英寸黑白电视机，锁在乒乓球室的一个高脚木箱里。在车站学会了骑自行车、爱上了踢足球。车站南边有个篮球场，石渣地面，铁管篮架，东面用粗大的枕木立成围墙，与马路相隔，西面紧邻站台。篮球场一天到晚聚集着一帮孩子，打篮球、踢足球、推铁环，这里成了我们的游乐场。我和弟弟一左一右扶着，帮母亲在篮球场练自行车，母亲一个星期还不敢迈腿上车，我和弟弟三天后便能骑车满大街转了。篮球场也是我们的足球场，一下学就和伙伴们分拨踢，西边是火车道，都知道别往那边踢，临门一脚时可管不了那么多了，皮球被尖锐物扎爆了好几个。一年春节，我掏出积攒的6元压岁钱，到大街"二百"买了一个花瓣足球，虽然技不如人，但在伙伴中的号召力明显提升。

车站的北侧是天桥。天桥是一个跨铁路的人行桥，修建京汉铁路时劈开了山坡，中间由这座天桥连接。从《京汉铁路沿革史卷》的记载可知，天

桥是一座老桥，动议修建是在1911年，也就是京汉铁路通车几年之后。书里说："本路应建天桥之处甚多，如郑州、汉口……长辛店等处，皆在计划之列。"因此天桥应随后修建。长辛店人称其为"天桥"，很形象，一是表其高，二是言其要，它是长辛店最重要的一个地理标志，京广线将小镇一分为二——桥东、桥西，又由天桥合二为一。人们习惯将二七厂及宿舍一带称为"桥西"，将桥东称为"大街"，提到某一具体地方，长辛店人会问是在大街还是在桥西，先将范围缩小一半。判断一个人对长辛店的熟悉程度，就看他有没有"桥西""大街"两个地名的概念。

从某种意义上说，天桥也是两种文化的交汇点，大街是不晚于元代形成的古驿道，有清代"满洲王"或更早形成的胡同聚落，有五里长街鳞次栉比的旅馆店铺，有火神庙、清真寺、娘娘宫、崇恩寺、老爷庙、天主教堂、永济桥、南关北关等历史遗存，文化积淀厚重；桥西坐落着具有悠久历史和光荣传统的铁路大厂，全称是"铁道部北京二七机车车辆工厂"，简称"二七厂"。工厂是全国唯一以革命纪念日命名的国有大型企业，是首都唯一的火车制造基地。因此，工业文化在桥西占主导地位，并向周边辐射，影响着社会生活的各方面。

20世纪60年代以前，天桥像是一个大吊桥，桥身搭在两根钢缆上，没

有桥墩。桥面宽三四米、长约百米，用厚木板铺成，木板间留着二指宽的缝隙，可以看到下面的路基铁轨，行人走过时桥身直晃。桥两端竖着几根铁轨，宽度仅限行人和自行车通过，桥上没有桥栏，两侧是两米高的铁皮，行人什么也看不见，只能顾眼前。脚下过火车时，铁皮挡住了大部分烟尘，但仍然从桥面的缝隙钻出来，有时浓烟滚滚，对面不见人影。天桥很高，又有点晃，好多小孩子都不敢自己走，要大人抱着。行人听到火车的响声，一般紧跑两步，但火车过往频繁，可能躲过了北往的，正赶上南来的，陷在浓烟里，有人戏称这一景象叫"穿云破雾"。有淘气的孩子，专门对准火车道站着，火车一过成了鬼脸，哭笑不得。桥的两端有一道水泥台，登上台子可在铁板上露出头，将整个火车站尽收眼底，我和伙伴常登上天桥，看绿皮火车上下的人群，数通过的货车有多少节车厢。

天桥大约在70年代初重建，加了水泥桥墩，铺了水泥桥面，安了铁管桥栏，没变的只是桥两端直立的几根限宽铁轨。我上中学时家住大街，学校在桥西，三年如一日，每天要在天桥上走两个来回。天桥是我少年时的火车观景台，看到了蒸汽机车与内燃机车的交接时刻，从70年代初开始，桥下出现了内燃机车，随后越来越多，进入80年代，蒸汽机车的身影彻底消失。

# 绿皮火车

## 甚至成了一个情结

如今进入了高铁时代，原来遥不可及的地方很快就可到达，起点和终点没了距离感，快捷和舒适的程度，以前连做梦都想象不到。我们这一代50后，生长在新中国，经历了火车从慢慢腾腾到风驰电掣的变迁。慢慢腾腾说的是绿皮车，虽然早已淡出了视野，但在人们的记忆中并没有被省略，甚至成了一个情结。

在20世纪50年代至90年代，绿皮车是中国铁路客车的标准涂装。车身是橄榄绿色，窗子上下有两条黄线，穿行在山川大地，既协调又亮丽。绿皮车有不同的叫法，有的叫特快、直快、快客、普客等，有的叫专列、专用车、市郊车、通勤车等。京广线的特快和直快，要到永定门去坐，然后再从家门口呼啸而过。长辛店停靠的是普客、市郊车和通勤车，价格低廉，站站停。我家住紫草巷的时候，长辛店的公共交通只有两条线路，广安门到云岗的339路公交车和天桥到房山的长途汽车，远远不能满足人们的出行需求。

联系长辛店与"北京"的主要交通工具就是绿皮火车。长辛店属于北京,可在不少人印象里,"北京"与"城里"是同义词,例如,说家里的一样东西好,会强调这是"北京买的"。

那时进城很受限制,因为339路末班车是晚上9点在广安门发车,错过了点只能倒车到丰台路口,再开动"11路",半夜才能走到家。1970年国庆节的夜晚,我和罗兴军、刘世明、朱京秋同学,到天安门看礼花,五彩缤纷的礼花让我们忘了时间,紧赶慢赶到了永定门火车站,10点半的火车刚开走,我们只好在候车室的木椅上度过了一夜,坐早晨的通勤车回到长辛店,

结果都挨了家长一通数落。还有一次和白德明等几个同学,到西单体育场看象棋比赛,比赛晚上7点开始,到8点多激战正酣之时,我们只能恋恋不舍地离场,坐无轨电车到广安门,将将赶上末班车。

小时候的每个春节都是在河北农村老家度过的。吃炖肉、逛大集、收压岁钱的期盼,全部凝聚在小小的火车票中。在月台上,我总是拉着父母到最北边等车,因为这里是个弯道,可以看到火车的头和尾,而当巨大的车轮驶过时,我又吓得直往大人身后躲。那时对火车上的一切都感到新鲜,可随意升降的双层玻璃窗,成排的木座椅,列车员腰间挂着的万能三角钥匙,简陋包装或散装的行李物品,小桌上在家里不常见到的零食,着装打扮几乎清一色的旅客,火车和火车上的人,每一个细节和举动都会吸引住我好奇的目光。那时还不知"春运"这个词,只知道春节的火车上人挨着人,有个靠车窗的座位无异于如今的软卧包厢,我使足力气往车窗边挤,在这里可以看到

流动的风景,村庄、田野、树木、电线杆在不停地旋转、变幻。与公路并行时,好像是自己亲自驾驶着火车在与汽车赛跑,当看到一辆辆汽车、拖拉机被甩到后面,我禁不住向它们招手,充满自豪。长辛店到老家100多千米,要开差不多3小时,车票是1.6元。我很小就能把经过的站名背得滚瓜烂熟,有10多个站,却有一半有"店",如永乐店、窦店、松林店、高碑店、北河店,后来知道因为与长辛店同在一条古驿道上,均为打尖住店之处而得名。绿皮火车满载着童年梦幻般的美好记忆,只是在长时间等待错车时有一丝失落,盼望能坐一次听不出咔嗒声的特快列车。

参加工作后,父母因工作变动搬到了房山,如能挤上长途汽车只需半小时就可到家,而我正好有了通勤免票的福利,通常选择绕大圈坐绿皮车回父母家,早晨从长辛店上车,经良乡、窦店,到琉璃河西行,再经石楼等站,最后到达燕山,步行3千米回家,火车全程要用一个半小时。我一般坐星期

日的早班车，这趟车人不多，选一个靠窗的座位，将窗子提起一道缝儿，让晨风吹着，让阳光照着，有时翻看几页书，有时跟同路的师傅聊聊天，很是惬意。60年代到80年代，有一趟从长辛店车站发车到北厂的通勤车，火车头牵着两节车厢，共三四千米，大概是全国列车长度和里程最短的火车，中途有玉皇庄、杜家坎、水泥厂、运输道口、小沙锅村五站，每站只在路基上停靠，车厢两边各有一排长条木椅，大部分人站立，从长辛店车站出发，到小沙锅村后即返回，供沿线铁路工人跑通勤上下班。这趟通勤车大约1984年停驶。

　　1981年，我们团支部组织了一次活动，利用周日坐火车到大同参观云冈石窟，这是我第一次坐火车长途旅行。我们提前要了座号，周六下班先坐火车到丰台，再换乘去包头的直快。我们6个人对面而坐，吃完一顿真正的"自助餐"，开始火车上最流行的娱乐项目——打扑克，不知不觉就到了半夜。车厢里的旱烟味和嘈杂声消散，代之而起的是车轮声与呼噜声。一边的座位让给两位女团员，男团员则各想办法，或趴桌或斜靠或席地而坐，努力寻找一个最舒服的姿势休息，过一段时间就互相谦让一番，几乎是个不眠之夜。

虽说叫直快，也经过10来小时的运行，第二天早上到达大同站，马不停蹄，坐公共汽车直奔20千米外的云冈石窟。我们都是第一次到大同，石窟的恢宏气势和众多的精美雕像让我们流连忘返。傍晚，在大同市区品尝了特色小吃后，又坐硬席回京，经历与去时一样，周一早上踩着点赶到工厂，直接上班，真是不知什么叫累的年龄。那次绿皮车的旅行因是第一次而难忘，时过30多年我们谈论起来，仍津津乐道。

  坐绿皮车的旅行是从上车的那一刻开始，慢悠悠的火车时光延长了旅途，留下的往往是不可复制的故事。

# 火车专家

## 开专列进站时最威风

在铁路上，人们习惯把蒸汽机车司机称为"大车"，含有敬重之意，像"大师傅""大工匠"一样。

陈秉义开过蒸汽机车，开过内燃机车，当过铁道部驻厂验收室主任，可以说是长辛店技术最全面的火车司机。陈大车在工厂是名人，一进厂我就知道他，听师傅说，他是火车专家。我在转向架车间工作时，离他的办公室很近，验收室与车间隔着几股铁道，我的机床靠窗户，可以清楚地看到对面的验收室，那是一栋20世纪初法国人留下的尖顶房子，这样的房子在厂区有数十栋，是一项文化遗存。房子门口一块铜牌，上写：铁道部驻北京二七机车车辆厂验收室。有时隔窗看到他，拿着一把尖头检验锤，夹着一个文件夹，迈过几股铁道，匆匆从窗下走过，来往于南门交车线和验收室之间。

离开长辛店一晃10多年，心里还是没忘记一直敬重的陈大车，想见一面，听他聊聊老火车的故事。一次跟工厂老领导范国兴书记提起此事，范书记说

　　巧了，他俩住前后楼。2013年冬天，在范书记的引荐下，我与陈大车见了面。那年他年逾80，除腿脚稍有不便外，身体硬朗，穿着干净利索，说话中气十足。

　　陈大车16岁就进了铁路，跟一位姓韩的师傅学习开火车，先干司炉。新中国成立前的徒弟可不易，除了有眼力见儿伺候师傅，干活上也不能让师傅着急。那时他还是个未成年的孩子，簸箕似的大铁锹空端都费劲，别说冒尖儿的一锹煤，那也得咬着牙干。火车一动，他就得在14分钟里投出180锹煤，脚踩风缸，炉门开一次，就要三锹进炉，同时还得看水表，盯气压，跟师傅有应有答，有时火烧不上来，车越走越慢，师傅起身不管哪就是一脚。陈大车依然对韩师傅心存感激，骂几句打几下，肯定是哪做得不好，师傅沿袭着旧社会的老规矩，想让徒弟多学点本事。新中国成立初期，陈大车跟着韩师

傅还到八达岭关沟实习了半年，技术提高了一大截。

严师出高徒。1952年陈大车升为正司机，那年他刚21岁，是丰台机务段最年轻的正司机。他先是牵引货物列车，主要跑京沈线。在50、60年代，他开过各种车型，如前进、解放、人民、建设等，还开过日本人留下来的一台老机车，叫"波西米亚号"。

陈大车最难忘的经历是担当专列司机。1952年11月、12月，他的司机组，担负了运送苏联红旗歌舞团成员的任务。苏联红旗歌舞团一行250人首次访问中国，参加"中苏友好月"活动，成为轰动国内外的一件大事。歌舞团在哈尔滨、沈阳、北京、天津、上海、广州等城市演出，参加各种活动，并在中南海怀仁堂受到毛泽东、周恩来、刘少奇、朱德等党和国家领导人的接见。陈大车负责北京至山海关的专列牵引，圆满完成了任务，受到机务段的表彰。

在以后的10多年里，陈大车担任首长专列的牵引任务，细心检查车况，平稳操纵机车，严格遵守纪律，保证各项工作万无一失，被领导和同志们称为"放心车"。专列经过的车站一律不停车，站台上有警卫人员，列车是两个车头，一个前拉，一个后推，双保险。开专列进前门火车站时最威风，站台上有欢迎的人群，布满鲜花彩旗，机车一声长笛，在注目礼下缓缓停靠。

出于保密要求，他们事前不知道车上是哪位首长。有的事后才知道车上的首长是谁，朱德总司令、周恩来总理、彭德怀元帅等都坐过他的车，说不定毛主席还坐过他的车呢！

陈大车说，在丰台机务段，他跟杜英本师傅搭档的次数最多，同事中有好多是铁路的标兵，如开"毛泽东号"机车的李勇、郭树德、胡春东、岳尚武、蔡连兴、王纯善等师傅，有的后来成为铁路部门的领导，如王纯善担任北京铁路局局长，蔡连兴担任全国铁路总工会副主席。

60年代末，陈大车扎根在了长辛店。工厂修理制造的所有型号的蒸汽机车，新研制的所有型号的内燃机车，他都开过，如北京型6000马力液力传动货运内燃机车、北京型3000马力液力传动客运内燃机车、东风7C型液力传动调车机车等。1970年，陈大车驾驶全国第一台北京型6000马力内燃机车开往天津新港，这是一趟特殊的专列，上面坐着李先念副总理和国家计委、国家经委、铁道部、交通部等部门的领导，范书记当时在党委工作，

也陪同前往。这趟专列有两个任务，一是作为新机车的试车，二是考察天津新港码头的规划发展。陈大车作为机车的专家，在负责机车验收工作期间，二七厂制造的上千台内燃机车，都是经他的手验收、签字，开出工厂南门的交车线，奔向祖国的四面八方。

陈大车有一双火眼金睛，检查验收时，在最不起眼的地方也能发现问题，凡涉及行车安全的地方，再小的毛病，工序再麻烦，也必须整改，绝不留下一丝一毫的隐患。有的不碍大局，只是外观或形状上的小毛病，他会提出最简便可行的整改措施，不影响生产进度。范书记跟陈大车共事和邻居多年，他说："陈秉义为人正派，工作认真负责，尤其实践经验丰富，现场解决问题能力强，在工厂发展中贡献突出。"

陈大车从蒸汽司机到内燃专家，跟火车打了一辈子交道，在家安度晚年还是忘不了火车。他说，在工厂宿舍住，最舒心的就是每天能听到工厂的汽笛声，按照汽笛的钟点遛弯、吃饭，好像火车仍在身边一样。

# 三个驾驶证

> 有一丝遗憾，有一丝不舍

自 1899 年卢保铁路通车到 2012 年，蒸汽机车在长辛店运行了 113 年。鹿忠生大车是长辛店开最后一台蒸汽机车的司机，2010 年，我在北厂交车线旁的乘务员小楼见到了他。鹿大车拿出了三个火车司机驾驶证，故事就从这里讲起。

第一个驾驶证是 1987 年 12 月填发的，上面写着："鹿忠生同志按照铁道部规定蒸汽机车司机条件，经考试合格，准予驾驶机车。" 鹿大车出生于火车世家，爷爷、父亲都是丰台机务段的司机，开了一辈子蒸汽机车。他进二七厂后在运输车间开推土机，威风凛凛的火车头让他动心，总想着像长辈一样神气一把。1983 年在他 27 岁时机会来了，他当上了实习司炉，两年后考上了正式司炉。司炉也讲究技术，但最基本的条件是要有把子力气。考司炉的技术标准是老辈留下来的，多长时间往炉里填多少锹煤有规定，头 50 锹要将火床铺满，按十几个投煤点抛撒，煤要均匀。过了三年，鹿大车

又考上了副司机。副司机主要负责车况检查，保证机车的润滑系统运转正常，行车时帮助正司机瞭望。

考正司机最难，由北京铁路局保定机务段的考官来主考，先考理论后考实际，包括技术规程、机械构造、牵引操作、查找故障等。每一关都得聚精会神，如查找故障。考官在机车上提前假设10个故障，5大5小，拔了开口销、松个油堵算小的，踏面擦伤、轴瓦毁损算大的。考试时鹿大车发现大轴下有渗油，便喊道："油管破损。"看考官没反应，又喊："油管有裂纹。"考官还是不理。最后想起来了，标准口令应该是"油管漏油"。话音一落，考官马上给了红牌。红牌是大故障通过，白牌是小故障通过，按得牌多少算成绩。考实际操作是拉几节车厢，起车、行驶、停车。起车时轮子空转不合格，撂闸时车厢上的木墩子倒了不合格。考试中任何一项不合格就不再往下考了，下车走人，考官绝不给情面。那天11个参加考试的司机，过了6个，折了5个，

真刀真枪。鹿大车爱上了火车司机这一行，喜欢上了与他一同为工厂建设奔忙的老伙计。鹿大车开过解放型、上游型、建设型等多种型号的机车，无论是开车还是修车，技术都是一流。有一年厂里进行乘务员技术比赛，各个项目综合评定后，他取得总成绩第一名，获得厂级技术能手称号。20多年里，鹿大车每天开着火车头，牵引从玉皇庄到厂里的通勤车，调度编组进厂出厂的货车，运送生产用的物资，风雨无阻，安全运行，像爷爷和父亲一样，在平凡的岗位上取得了不平凡的业绩，多次被评为厂级优秀班组长和厂级先进生产者。

　　第二个蒸汽机车驾驶证是2000年更换的，仍是由铁道部颁发，但职责范围发生了根本变化，驾驶证上写着"中华人民共和国合资地方铁路机车驾驶证"。这一年中国铁路管理体制进行了一场前所未有的重大改革，五大公司与铁道部脱钩，归属国务院国资委领导。原中国铁路机车车辆工业总公司，重组为中国南方机车车辆工业集团公司、中国北方机车车辆工业集团公司，引入竞争，走向市场，开始新一轮大发展。

第三个驾驶证是2007年换的，与前两个证件不同的是，"准驾车型"由蒸汽机车换成了内燃机车。为适应生产发展需要，工厂引进了两台GK1C型内燃调车机车，经过一段时间的刻苦学习，鹿忠生又得心应手地操纵起了新机车，还负责他所在班组16名机车乘务员的技术培训。

鹿忠生说，他的老伙计还是一位影视明星。北厂的火车道口算得上一个景点，拍电影的、拍电视的、搞摄影的、中外火车迷，一年到头不断线，他们都是奔着那台蒸汽机车来的。蒸汽机车触动着人们的怀旧情结，烘托着特定时代的氛围。鹿大车和同事可能是见过文艺界大腕最多的司机，十几年来，这台火车头出现在几十部影视剧中，如《彭雪枫》《夜袭》《冒险王》《八月一日》《云水谣》等，刘劲、侯勇、宋春丽、关之琳、李连杰、陈坤、李冰冰等明星都来过这里拍片。鹿大车多次开着火车，听从导演调遣，在摄影机前来回走场。2009年6月，电影《八月一日》来厂拍摄，拍的是夜场戏，鹿大车开着火车停在厂房前，扮演周恩来的刘劲从车的扶梯下来，为增强气氛，车停下后鹿大车拉动手柄让机车喷出大团蒸汽。两分钟的镜头，导演宋业明总是不满意，整整拍了一宿，第二天又拍了半宿。那年八一建军节放这部片子时，鹿大车从头看到尾，虽然自己的身影一闪而过，但还是特别高兴，因为那台火车头就是自己开的。鹿大车知道这台车要退役了，他有一丝遗憾，有一丝不舍，也有一丝被定格在电影镜头里的欣慰。

2012年我又一次去了北厂交车线，这台上游0732号默默地站在铁道上，炉火已经熄灭，司机室座椅上落了一层灰尘。但车身上的铭牌依然醒目：铁道部唐山机车车辆厂制造，1962。

# 关沟故事

青龙桥至南口一段俗称『关沟』

京张铁路,是中国第一条自主修建的干线铁路,詹天佑因主持修建这条铁路而被称为中国铁路之父。京张铁路1905年动工,历经4年,于1909年竣工,创造了震惊世界的奇迹。《旧都文物略》有一段描述:"青龙桥在居庸关之西北,为平绥路(京张路)所通过之地,筑有车站,地势两山连峡,为长城冲要之地。四壁飞岩,下临深涧。平绥路线至站前,转如V字形,故两列车入站后,恰首尾倒转,再行前进。过站西行里许,即入八达岭山洞,长几约二千公尺,为世界著名工程之一。元时屯军于此,称为居庸北口。由岭下视,关城若建瓴。岭下悬崖,刻有'天险'二字。"青龙桥至南口一段,俗称"关沟",全程约20千米,平均坡度33‰,最陡处达36.8‰,超出了蒸汽机车爬坡能力的

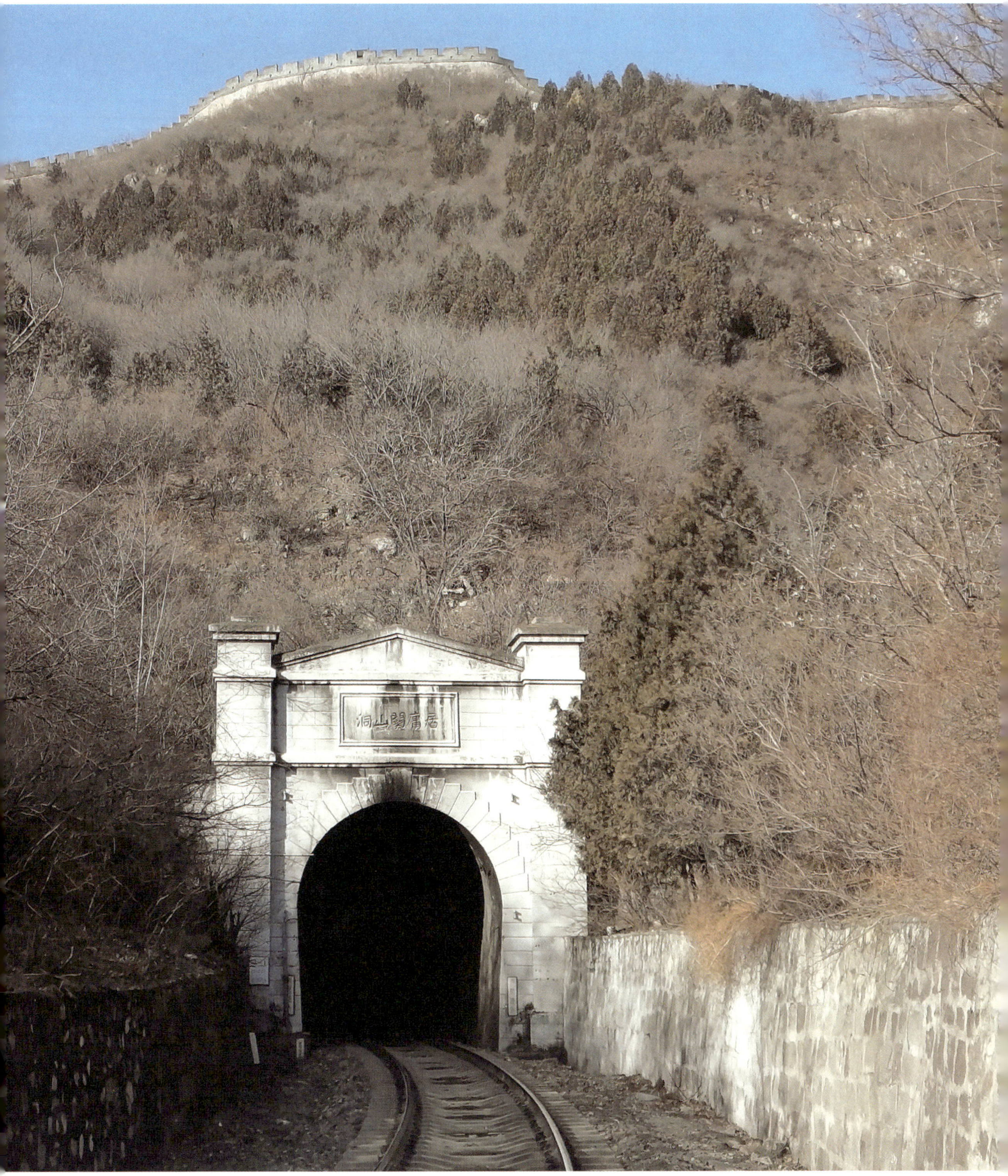
居庸關山洞

极限，所以，南口机务段的大车面临最大的考验，就是过关沟天险。

首先过洞难。一百年前开挖山洞，可不像现在设备手段都是高科技，那时全靠打钎爆破，人挖肩扛，宗旨是省工省料，单洞单行，能过火车即可，因此排风不畅就成了问题。最难过的是居庸关山洞，虽然不长，只有367.6米，但山洞在一个大S弯上，曲线半径仅有200多米，正常过洞时间不到一分钟。但要想顺利通过，可不是一件容易的事。进洞之前要给锅炉添足了煤，不成文的规矩是副司机亲自添煤，司炉去关门关窗。进洞后，司机和伙计得用棉袄包住头，湿毛巾捂住脸，窝在那不能动，煤烟、火星和蒸汽从缝隙中压进来，什么都看不见，司机室的温度最高可达70摄氏度。在洞里绝不能停车，上不去就要往后退，新中国成立前过洞就发生过几起窒息死亡事故。出了山洞，立即开门开窗，司炉加紧添煤。刘连祥大车遇到过一次，过居庸关山洞打了空转，慢了20秒，司机室压力大得不能忍受，吸口气都是烫的，喘不过气来，如果再耽误一会儿，结果就另说了。王明森大车说，上山得猛"削"，你半分钟过去了，最安全。但过洞子特别讲究"斤劲儿"，只顾加煤猛"削"，不见得过洞子就快，一旦"翻炉"更麻烦。他当伙计的时候，留心技术好的师傅开车手法，琢磨师傅为什么这么做，并牢记在心。他跟一个师傅的车就翻过炉，这位师傅的特点是开车猛，炉灰把火压住了，蒸汽上不来，这样还容易把炉条烧化，如果在洞子里翻炉，那可就麻烦大了。翻了炉火车就要停下来"整炉"，分秒不停地干也得好几分钟。一年夏天，2407次货车上山，有一家人要把100多箱蜜蜂从南口运到康庄。他们在车站办好手续，把嗡嗡响的蜂箱搬上了挨着车头的两节敞车，还带上几个装满水的大桶。火车推着列车从南口往山上爬，过居庸关山洞时，水桶里的水洒出来了，流在了铁道上，车轮打滑，造成车在洞里打了几个空转，速度比平时慢了一点，到青龙桥车站停车一看，坏了，一家子钻进水桶的还好，凡露在外面的地方都被烫伤，蜂箱也没了声音，蜜蜂全军覆没。针对这种情况，北京铁路局《行车组织管理规程》增加了两条规定，一是上山列车过隧道不能在隧道里停留，不进则退，后退时运转车长和司韧员不得采取制动措施。火车允许后退，只有关沟有这项规定。二是禁止运输动物和危险品上山，路程再近，也必须绕道丰沙线。

其次上山难。33‰的坡度，公路不算什么，可对铁路来说是大陡坡，关沟是全国铁路最长最大的坡道。关沟上山对"轴重"和"计长"都有规定，列车最大载重不能超过450吨，雨雪天气减10%，总长不能超过车站设施限制的长度，一般22节车厢。别说关沟20千米陡坡，就是昌平到南口8‰的缓坡，城里的大车弄不好就得误在这。李景义大车讲过一个"上坡救火"的故事。有一次，他进城办事，搭了一列折返段的车回南口。南口机务段下辖三个折返段，三家店、西直门和永定门。车头是个解放型，拉了1500吨货物，出昌平站就开始上坡，一会儿火车的动静就不一样了，喘气变粗，快到南口西弯道的时候，轴辘开始打空转，空转是牵引力大于粘轴力，跟汽车轮子在泥里打滑一样。在司机和伙计手足无措的时候，李大车看看压力表，再看看炉膛，不由分说拿过司炉手中的大铁锹，刷刷刷一阵飞铲，火车顿时来了精神，哐哐哐，大轮子一带，车起来了。李大车说，关沟的司机都知道烧火的要领，上坡加煤，有18个投火点，尤其要投两边压锅角，即锅炉后面的两个死角，一定要将煤送到位。南口站"西弯道"，坡度为10‰，是个曲线半径不大的弯道，不熟悉的司机到这就发怵。王明森说，西弯道紧邻机务段，有车进站值班员都竖着耳朵听，听到阀气声不对或轴辘打空转，就知道外面连滚带爬了，一旦停车就要退回直道重起，这时调度马上派出人或机车前去支援。孙万里师傅，大家叫他"孙二爷"，他的任务就是在西弯道蹲着，有1500吨生手出站或昌平过来崴泥的车，值班员就叫一声："孙二爷您来着？""走着。"在他手里没玩不转的活儿，上坡那斤劲儿，刚一排气就回，跟拉锯一样，车老绷着劲儿，"二爷"的名号可不是白给的。

南口机务段的几位大车朋友中，刘连祥年龄最小，生于1963年。别看他年龄小，资历可不浅，15岁初中没毕业就接父亲班进了铁路，跟着王明森师傅学徒。王明森开的车是"前进366"，多年保持着"学习毛泽东号模范机车组"称号，是南口机务段的标杆、北京铁路局的先进集体。在王明森师傅的言传身教下，刘连祥22岁就考上了正司机，是全段最年轻的蒸汽机车正司机。刘连祥说，上坡要跟上劲，锅炉压力15公斤，软了不行。上坡不但要往上爬，还得到站停靠，停车再起。下行客车一般拉15节，最大轴重670吨，列车到南口后，由机务段出一台"补机"，主机前拉、补机后顶上山，中途有东园、居庸关、三堡、青龙桥等停靠站。货车都是一台机车，从后边往山上推。居庸关、三堡因为是弯道坡起，所以起车最考验司机，气门拉早了不行，拉晚了不行。半道都得撒沙子防滑，在快停车时就得把沙子铺好，铺多了增加阻力，铺少了不管用。停车时就要为起车做准备，观察曲拐销的位置是否合适，这对起车有一定影响。他发现一侧停在动轮的2点钟位置，起动力最大。待全列车都处于缓解状态时，慢慢回机车的小闸，这时列车要往后退了，准备好了气门，相当于汽车的油门，头探出去看着地，稍一后退，一下就把气门拉到头。机车往前动了，要赶紧回一下气门，不然牵引力突然增大容易空转，打几个空转，车就撂这儿了。火车起动了没事，如果头一下没起来，或者往后溜，还有各种技术措施应对。不管是客车还是货车，只要到站停车，扳道工就把后边的岔子扳到了迁出线，迁出线也叫避难线，一旦溜车避开正线。

第三下山难。王明森开蒸汽机车时，主要跑2407/2408次两趟货车，他体会最深的是"上山难下山更难"。每次上山到沙城，从没放单机回来过，挂车3400吨到康庄，在康庄重新编组，挂1000吨到南口。从康庄到西拨子73千米处（从前门火车站算起）是上坡，连续两个S弯，最高处叫"王八山"。过了"王八山"就进1080米的八达岭山洞，山洞里面是罗锅形的，火车钻进去，开着开着才能看见亮。这10千米路，机车得咚咚咚一阵猛"削"，洞子走一半开始下坡，就得撂闸了。闸分大闸和小闸，大闸是整列车的，小闸是机车的，机车闸把有几个位置，常用制动位、非常制动位、缓解位、冲风位、保压位。制动靠风，主风缸压强0.9兆帕，副风缸压强0.6兆帕，长大下坡道风泵不闲着，一直处于冲风状态。手艺高的司机，什么时候用大闸，什么时候用小闸，斤劲儿把握得恰到好处。有的司机犯懒，想少撂两把闸，违章使用"偷风"，就像汽车点着刹车，挂空挡滑行。有一列下山货车，从沙城到狼山一直"偷风"，带着闸看信号，风没冲足，最后撂了非常制动，半列车都出了红灯信号，发生险性事故。有个司机，拉了20多辆石渣车下山，忘了接风管，全列车没了大闸，怎么都停不住了，上了避难线，把土岗都推平了，煤水车和锅炉撅成了90度角，水柜掉坡底下支住了锅炉，万幸没出人身事故。溜车是关沟下山最容易出的险性事故，铁路上有一个专用名词叫"放飏"。为防止放飏，线路采取了很多措施，如每个车站都铺设两条避难线。在三堡站，实行"一度停车"，就是在站外必须停车，停稳了鸣笛，车站确认后再给绿灯进站，就怕直接进站停不住。车上安排司闸员，一个人负责两节车厢，工作相当于汽车的"拉手刹"。到车站司闸员就要检查闸瓦，厚度低于15毫米就得更换，磨薄的算好的，有的都黏在瓦靴上了。闸瓦的损坏程度与司机的操作水平密切相关，闸使得好就少换，使不好的大批换，一换两三小时。白天下山刹车的吱吱声响成一片，夜晚则是一条火龙。列车到青龙桥站停车，司闸员安装排气角，根据载重吨位安装不同规格的排气角，如1.0的几个，1.5的几个等，目的是控制风缸的排气量，让它排风慢，保证后续有充足的制动力。

王明森是关沟最后一位蒸汽机车司机,他1976年上车,给郭柏龙师傅烧火,仅仅三个月就能独立操作了,从学员升为司炉,一年后上班手里就有了一支手电筒,每月可领三节电池,手电筒是副司机以上职务的标配,1981年他考上正司机,到1989年共在蒸汽机车上待了13年。之后开了几年内燃机车,又做了12年机车检修工作,于1998年调到北京铁路局工作,走上领导岗位。从80年代初开始,南口段分批淘汰能耗高、污染重、工作环境差、动力不足的蒸汽机车,引进内燃机车,到1987年几乎全部更新。内燃机车除上面几项得到改进以外,最大的优点是实行了电阻制动,蒸汽机车过关沟如履薄冰的情况成为历史。在蒸汽内燃交接的当口,段里留下了4台性能较好的蒸汽机车,作为"补机"盘短和拉小票车,其中有王明森的"前进366号"模范机车。王明森总结了一句话:"蒸汽机车要技术,内燃机车要学问。"开内燃机车需要掌握先进的科学知识,在"转型"期间,机务段对全段职工尤其是火车司机进行了集中培训和严格考核。相对而言,蒸汽机车更要技术,开车、修活及各方面的技术,技术中还包括经验,比如,车上没有电台,没有速度表,全凭判断,观察路基石渣、电线杆,就得知道速度是多少,有经验的师傅分秒不差。开蒸汽机车时,机务段搞安全竞赛,通常是以"百日"为单位。为什么?因为蒸汽机车操作是个手工活儿,要做到很难。比如,80年代初,有一回百日安全竞赛,眼看就到第100天的最后一刻了,铁路通常以18点为交接口,17点半,一台折返段的单机到南口洗完炉,要开回三家店。机车过扳道房时段长追着车头嘱咐司机,只差半个钟头,千万别大意。司机信心满满,放心吧,没问题。结果到了丰西站,一黄一绿并排的两个信号灯,以为别人的绿灯是自己的,进了站,值班员急了,大喇叭连着喊:"出去,出去!"司机这才醒过梦来,赶紧退出了正线。这属于冒进信号,险性事故隐患，离百日安全竞赛结束就差几分钟了。要没这事，全段职工每人都有25元奖金，顶半个月工资。机务段食堂已准备好庆功宴，又是啤酒又是扒鸡，电话来了，机车冒进信号，庆功宴、奖金全吹。事故司机六个班组轮班做检查。王明森说，对火车司机来说，安全压倒一切，铁路局制定的《铁路行车管理规程》以及段上司机的安全口诀，每一条每个字都是经过血的教训得来的，是无数事故证明过的，十次事故九次违规。如"站稳抓牢"，在蒸汽机车走板上作业，稍不小心就会掉下来；"动车鸣笛，高声呼唤"，因为现场噪声大，不遵守这一条准出事。细心的司机不但先拉笛，后呼唤，有了应答都不成，必须看到人站到了一边才放心；"禁跨地沟"，地沟一米来宽，能轻松跨过去，可不怕一万就怕万一，摔下去轻的也得伤筋动骨。

"蒸汽机车"与"京张铁路"一样，是载入中国铁路史册的光荣名字。新中国成立后的20年里，蒸汽机车为这条北京通往西北咽喉要道的运输，建立了不可磨灭的功勋。50年代经过关沟的客车有263/264次北京至包头直快、169/170次北京至银川直快、43/44次北京至兰州特快、3/4次北京至莫斯科国际列车，以及一些中短途列车。货车主要有两趟，即2407/2408次，西直门到沙城。50年代后期修通了丰沙线单线，分流了部分客货运输任务。70年代初，丰台机务段先后进口了几批内燃机车，主要跑丰沙、京山、京原及京广线等，南口机务段的运输量大幅减少，但仍有客货车通过。

关沟天险的畅通无阻，离不开火车司机的无私奉献。王明森说，那时的司机不计时间不计报酬，一心扑在开车上，如他开的2408次，早晨7点沙城出勤，6点就得出公寓，走3里多地到车站，冬天的西北风刮得脸生疼，一分钟不动地方，鞋粘地上了。到了机务段，清炉，看车，出发，一般拉3400吨。到了康庄列检看车，调车单子一来最少30多钩，开始摘挂车厢，先给2点多出发的编出一列，让它走，剩下自己拉，青龙桥还有甩挂，干活麻利的，到南口也得晚上6点多。到了南口机务段，还不能入库，接茬摘挂，那时车紧张，调车机拉着小票车去西直门了，等它从西直门回来，入库房，加煤加水，10点多出库房，王明森的车才能进去。进库上煤上水，水还没上完呢，接班的来了，从早晨6点出发到夜里11点交班，一干就十七八小时。火车的正常运行也离不开全段职工的配合支持。比如，司制员一人管两节车厢的"手刹"，在车厢里还好，有时只能站在手闸下面的踏板上，无论骄阳似火还是滴水成冰，他们一刻也不能离岗，手拿着一米长铁家伙，听汽笛指令，一会拧刹车盘，一会撬卡子，一会安排气角，一会换闸瓦，风险和辛苦可想而知。煤台工，火车一进库，用大耙子将炉灰搂到车下，堆在两边，再用小车推到西弯道大坑里。然后给机车加煤加水，每台机车能装17吨煤、40吨水，关沟上山一趟就得消耗4.3吨煤，哪台车也得补10吨煤20吨水。后半夜机车密集回库，每台车都得清灰、加水、加煤，用汗珠子摔八瓣儿形容一点不夸张。还有段上的各部门及线路上的巡道工、护路工、扳道工、值班员等，少了哪一个岗位，火车都过不了关沟。

京张铁路从1909年通车起，到1989年，蒸汽机车运行了整整80年，传承着自强不息的"詹天佑精神"，也记载着几代蒸汽机车司机的拼搏奉献。几位大车对他们的师傅和前辈敬重有加，钦佩之情溢于言表。王明森说，南口机务段对司机要求高，工资也定得高，这是国家的关怀和肯定。南口机务段不少司机工资达到100元以上，这在全国铁路系统也是最高的。范廷左大车，江苏人，1929年上班，开过詹天佑时期的马莱型机车。1975年范大车退休，拿上班工资75%，即80多元，比在岗的正司机还高。范大车戴着白手套，闭着眼睛跟睡觉似的，听气阀的声音，就知道哪儿该拨一下气门，哪儿该回一下气门，一般司机下山要撂20把闸，范大车下山只撂四五把，斤劲儿就到那份上。范大车开了一辈子车，别说事故，一次坡停都没有，就连最难开

的"老K"石渣车，他也轻车熟路。汤耀永大车，防止了一次放飚事故，奖励5元并入工资，共107元。董志达大车文化最高，工资也最高，111元，他曾到唐山铁道学院进修，回来担任工程师，段上都管他叫"董老师"，有时遇到段长都忙了爪儿的技术活，只要董老师一到，手到病除。李友兴大车还健在，94岁了。他技术精，心态好。每次拿到调车单，瞅一眼往那一撂，活多活少、活难活易，从来不跟人磨叽，该快该慢胸有成竹。张恒玉大车、罗成德大车，都是108元指导级的工资。拿102元的大车有宋世谦、侯永富、高德福、张仕元、魏书华等。老一辈蒸汽机车司机，是南口机务段的骄傲和荣耀，他们的勇气和担当，他们的经验和技术，是留给后人的宝贵财富。

除上面提到的大车，张宏强、赵炳福、王春义等大车，也讲了过关沟的难忘经历。我认识的南口机务段的几位大车，他们既是好同事，又是好朋友,都是70年代进入机务段,到80年代头几年在蒸汽机车上,后来开内燃机车。退休的前几年,有的在领导岗位,有的从事质量管理工作,有的担任"带道司机",站好最后一班岗,为京张铁路保驾护航。在同时代的司机中,王明森和刘连祥师徒俩占了两个之最,师傅开蒸汽机车时间最长,13年;徒弟开蒸汽机车和内燃机车时间最长,将近40年。

2021年年底,我和刘连祥、张宏强师傅走了一趟关沟,沿铁路线上山,参观了东园、青龙桥车站、居庸关山洞、"人"字形铁路等詹天佑时期的工程。在居庸关山洞前,刘连祥抚摸着洞壁说,父亲和自己曾经天天经过这个山洞,但从没有让火车坡停、后退,从没有在洞口下车,这是第一次看清洞口的岩石和题字。

古人说:观云要上最高峰。南口机务段的几位大车和他们的同事,无数次驾驶火车通过关沟天险,也无数次饱览了这古已有之的"关沟七十二景"——居庸叠翠、长城烟墩、青龙吸水、弥勒听琴……除了他们,怕是谁也看不全那七十二处古迹名胜、水光山色。南口机务段70年代进路的大车,是中国最后一代蒸汽机车司机,他们既开过蒸汽机车,又开过内燃机车和动车,亲历了新中国铁路从蒸汽到高铁的发展过程,是京张铁路的承前启后者。今天的关沟,真正实现了"天堑变通途",八达岭车站地下三层,涵洞单孔最大跨度达33米,居庸关隧道长度4千米,八达岭隧道长达12千米,隧道埋深312米,高山变成了平地,时速300千米以上高铁风一般通过……在古老的长城下,在伟大的新时代,铁路建设者创造着一个又一个奇迹。

# 大学本儿

## 司机本儿等同社会上的大学本儿

王博学小学、中学都是我的同班同学，虽然叫"博学"，似乎只有他没有实现父母起名的愿望，学业只到初中，而姐姐和弟弟都是名牌大学的研究生。

从上班第一天，到退休的前一天，博学都在火车上，他挺看重"火车司机"这个"学历"。1972年初中毕业到长辛店农村插队，主要活茬是放牲口。1974年8月2日，他正骑着一匹大黑马在地头兜风，被下放干部老姚叫住："小王，你分了，丰台机务段。"并把一张通知书递给博学。他高兴坏了，一抖缰绳跑回住处，收拾一下东西，队里分的几十斤小米都没拿，直接回了家。

第二天博学去报到，单位是北京铁路分局丰台机务段。段长看到他说："小伙子这身板是块开火车的料，好好干。"说着递过来一把大铁锹，从那天起，博学上了车。老爸送了他一句话："争取早点考上司机，别小看司机本儿，等同社会上的大学本儿。"老爸叫王士俊，是二七厂机车组装车间的党支部书记，作为老铁路，子承父业是一个心愿。

博学在蒸汽机车上烧了三年火，吃苦受累的活儿抢着干，性子直说话冲，挺对师傅的脾气，他又爱动脑筋，不懂就问，各方面都不让别人落下。当了三年司炉后，1978年考上蒸汽机车副司机，又过三年，1981年拿下了内燃机车司机的"大学本儿"正司机，那年他24岁。没过几年，他又参加了集中培训，考过了电力机车司机本儿，火车双学位。

别看博学五大三粗，不拘小节，可一上火车心比针鼻儿还细。1984年，开"韶1"的时候，京山线电气化改造，边施工边通车，实行半自动闭塞法。即甲站到乙站区间内没有自动信号机，凭一张车站填写的"路票"划定安全区间，路票内容包括甲站和乙站的站名、车次、编号、时间等，路票就是通行证。每次拿到路票，博学都仔细核对，一次发现写错了车次，一次发现漏填了下站站名，及时更正，消除了事故隐患。有一回在落垡，进站时看到一个施工人员，在手推车上睡觉，车轱辘在路基的石渣上，他停车后走了几百米到车尾，叫醒了睡觉的人。那人还老大不乐意，博学把车踹下路基说："这是睡觉的地吗？丢了命就晚了。"博学对数字的敏感在机务段出了名，他跑的京山线近200千米，哪是上坡哪是下坡、哪是直道哪是弯道记得清清楚楚，沿路的数字都在脑子里，如调车信号码、区间千米数标记、调度单上的车次时间等，心里有一张精确的"导航图"。博学平时爱喝两口小酒，可只要有出勤任务，从头一天开始就滴酒不沾，跑了一辈子车没破过一次例。

"大学本儿"让博学引以为豪。一次聚会，有个铁路物资口的人跟博学说："你知道吗，干铁路可不简单，第一要有责任心，第二要熟悉规章制度，第三要……""打住，"博学说，"别忘了我是火车司机毕业。"这句话的自信，来自"大学校"和"大学本儿"。丰台机务段始建于1892年，是设置在北京的第一个机务段，地处京山、京广、京原、丰沙等铁路干线交会点，是沟通我国东北、西北、华北和中南地区的交通枢纽，在全路运输生产中占有重要位置。段里有火车头中的火车头"毛泽东号机车"，有佩戴军功章的英雄大车，有层出不穷的先进集体和标兵，这个传承着火车头精神的集体，鞭策着博学"广泛地学习"，踏实地工作。1992—1994年，他担任段上的指导司机，带徒弟，添乘，完成特殊任务。他是段上指定的"毛泽东号机车"代班司机之一，多次完成专列牵引和超级超限的军用物资运输任务。他多次被评为全段的安全标兵，5年一发的证书，10年一发的奖章，得了好几个。他带过的徒弟中，有20多名考上了正司机。

博学对火车的热爱渗到了骨子里，到哪都能显出是"火车司机毕业"。一次坐火车去张家口，在车厢门口列车员查票，博学说他是段上的火车司机，列车员让拿出有效证件，他把身上翻了个遍，工作证忘记带了。正犯难的时候，忽然灵机一动，说有一本《车机联控标准用语》，列车员手一挥："上车。"不是司机，谁能说出这词儿。《铁路行车规程》《铁路技术规程》及

所有的规章制度，博学都熟念在口，牢记在心。走在街上，听到一辆汽车鸣笛不一样，他脑子一闪，这位八成是火车司机出身，两长一短召唤催促，两短一长后车注意。一次到铁路总院检查身体，大夫说到了"添乘"二字，两人立马成了知音，聊起了铁路话题。检查完毕，博学问有没有事。大夫说："有事，三高。"博学说："个儿高，分量高，嗓门高，没治！"走廊里的人都笑了。

从18岁时段长递给他一把大铁锹，到55岁退休，博学在火车上待了37年。他拉的都是货车，除蒸汽机车外，先后开过东风4型、东风8型、ND4型、ND5型内燃机车。开过韶山1型、韶山4型、和谐型电力机车。和谐型机车最带劲儿，堪称超级大力士，单机拉100节货车厢，满载8000吨货物；起动快，几分钟就提到每小时80千米限速。他主要跑京山线，由丰沙线来的组合列车在北京双桥站编组，运煤大列再开往秦皇岛。

现在老同学聚会，博学每次都自然而然地聊起开火车的经历，同学们说他，这辈子算入对了行，"博学"没白叫。

# 工厂生活

工厂的 20 年留下了最深刻的记忆

自从踏进二七技校的大门，我就实现了小时候的梦想，成了一名铁路工人，从此与火车零距离接触。工作生涯前 20 年在二七厂，后来虽然离开了工厂，但也没离开机车车辆行业，一辈子与火车结了缘。从实习算起，我在生产一线工作了六七年，这一段经历让我有一种特别的感受，因为那几年出厂的蒸汽机车和内燃机车上，都有自己亲手加工的零件，尤其是我在 C650

车床上干了两年内燃机车重要部件——轮对车轴，体会到了劳动的光荣。上技校时我们有半年实习，我和十几名同学分在"老部件车间"，车间仍延续着蒸汽机车的修理，就是加工机车走行部的各种零件，用专业术语说，有导板、十字头、汽室、汽缸、连杆、摇杆、曲拐销、勾贝及各种销、丝、套、轴、垫等。蒸汽机车时代，车间基本是按机车结构划分的，名字一听就明白，如解体、锅炉、车轮、车架、底架、煤水车等。也有的是按车间职能叫的，如机车、货车、工具、部件、锻工、铸钢等。

  我的专业是车工，分配到车架班，跟顾永平师傅学徒。我们班是冷加工班，以中小型车床为主，分布在厂房西侧。对面是修理车轮的班组，机器都属大力士级的，如百吨油压机、龙门刨、龙门铣、立旋等，还有热加工，喷枪吐着火舌，给零件磨损部位挂合金，用热胀冷缩原理拆开或组装轮箍、轮芯。火车最吸引眼球的是那几个大红轱辘，直径1.5米左右，红底白圈，在黑色的火车头上特别耀眼，这几个大轱辘叫动轮。从动轮的数量上可以分出火车头的型号，如3对动轮的是人民型，4对动轮的是解放型、上游型、建设型，5对动轮的是前进型。轮子为了便于修理，分成两部分，轮箍和轮芯，配合部分留出过盈量用压力机压入。没想到小时候看着漂亮却没机会靠近的大轱辘，一对对，一排排，遍布车间。

跟着顾永平师傅上机床才知道，干活容不得一点马虎，还得靠技术保证，配合的地方差一分一毫也不行。刚开始几天，顾师傅只让我在旁边看，做点清刨花、递工具等边角活，我几次跟师傅提出走一刀，师傅说不着急，你先多看。我心说以前实习都干过，这没什么难的。终于露一手的机会来了，顾师傅挑十字销上的丝扣，半截去磨刀，我把刀尖对准工件，按下走刀手柄，一出刨花我就知道坏了，乱扣了，原来的丝扣全部被削平。顾师傅回来我没好意思抬头，他一句话没说，卸下废品，又卡上一个十字销，手把手地教会了我挑丝扣。还有一项要技术的活是配十字头，要与导板上孔的内圆配合，配合的锥度面叫梢（音臊），梢面接触达到95%才算合格，试配时观察梢粉的接触痕迹，再调整车床小拖板角度，顾师傅最多两次就成活。我是总也看不准，工件越车越小，刚开始出了两个废品，顾师傅也是耐心指导。我们班工件精度最高的，要属王勇同学的师傅王连壁，王师傅是七级车工，大高个，光头，工作服不沾一点油渍，喝水用一个巨大的把儿缸子，不苟言笑，干活踏踏实实，有条不紊，特有老一辈高级工匠的气派。别看王师傅用的是一台老掉牙的车床，干的可是细活，活塞和汽室套，配合面的公差是两三道，一道是一毫米的百分之一，一根头发丝就有七八道。

1975年6月18日，是二七厂具有历史意义的一天，修理的最后一台前进型1265号蒸汽机车出厂，制造的第一台北京型3002号内燃机车诞生，标志着74年修理蒸汽机车历史的结束，拉开了批量制造内燃机车的序幕。从

1958年试制成功第一台蒸汽机车起，共修理制造了上千台蒸汽机车和数万辆货车，为铁路运输事业做出了重要贡献。

　　进厂后，我们近200名技校生分配到各个车间，我分配到转向架车间。先跟着师傅学习，熟悉内燃机车零件，掌握精密加工技能。说来也巧，我和四个师傅是当家子，都姓王。跟王永昌师傅学习轴承套、压套、油封的加工，跟王印英师傅学习细小零件的加工，跟王玉海、王晏明师傅学习了喷油泵、勾贝杆的加工，他们丰富的经验和精湛的技术，为我独立操作打下了基础。车间里的50名技校生虚心向师傅学习，将在学校的理论知识应用到生产实践中，不长时间，许多同学就在各自岗位挑起了大梁。转向架在机车上的重要性不言而喻，就像一个人的腿脚，支撑着全身，起到奔跑的作用，关系着安全，对零部件的精度要求极高。如一、二、三轴及轴承套，要经过锻铸、粗车、半精车、淬火、精车、磨削等不下10道工序，公差都是两道，即0.02毫米。车间由修理蒸汽机车向制造内燃机车转产，从工艺规程到操作方法，都发生了根本性变化，为我们这批技校生提供了用武之地，在车间技术人员的帮助下，结合岗位实际发明了不少新工装、新刀具、新操作法，使生产效率成倍提高。到1989年，全厂共制造400多台北京型液力传动内燃机车，成为多条铁路干线的客车牵引动力。

　　二七技校成立于1951年，在以后的五六十年中，为铁路工厂培养了大批技术工人，所学专业都是根据工厂生产实际设立，有锻工、铸工、钳工、车工、热处理工等多个工种。技校生两年制，半工半读，理论针对性强，如我们车工专业，课程有高中数学、机械制图、金属材料学、工程力学、电工学、车工工艺学等，进厂后很快将所学知识应用于实践，并触类旁通，除了车床，插、铣、刨、钻、镗、磨等机床也操纵自如。职业教育在工厂各个阶段的发展中功不可没。

时光在不知不觉中远去，在工厂的 20 年留下了最深刻的记忆。忘不了车间里的师傅和同学，忘不了办公室的领导和同事，自己思想、学习和工作上每取得的一点进步，都离不开他们潜移默化的影响和悉心的帮助。工厂血脉传承的凝聚力，大工业特有的分工协作，全员参与的各种活动，居住地的高度聚集，使得相互间有更多的联系，感情基础深厚。20 年的工厂生活，让我学到了知识，开阔了视野，汲取了营养，丰富了爱好。我喜欢工人的性格，说话一是一，二是二，做事丁是丁，卯是卯；我欣赏工人的习惯，干活儿自有标准，牢靠实用，尺寸规矩，美观大方。在工厂朝夕相处的师傅和同事，成了一生的朋友，无论谁有事，不用说任何客套话，尽力而为，热心帮助。

# 两张火车图

中国铁路发端历史

说到最早在中国跑的火车是什么模样，大概没有比这两张绘于100多年前的图画再直观的了，一张是《上海铁路火轮车公司开往吴淞》，另一张是《铁路火车图式》，这两张图画形象展示了中国铁路发端的历史。

2002年，中央电视台拍摄了一部反映机车车辆工业发展的纪录片，名为《中国火车》。单位委派我和有关同志参与了部分工作，分别跟随编导张焰老师赴牡丹江、佳木斯、大连、沈阳、武汉、株洲、资阳等地，采访了机务段和铁路工厂，在拍摄素材的同时，也了解了一些中国火车诞生和发展的历史。在北京，张焰老师到家里采访了原二七厂党委副书记、著名作家钱小惠。钱小惠是剧作家、文学史家阿英之子，13岁参加新四军，是一位在枪林弹雨里成长起来的军旅作家，同时也是一位工人作家。他长期在二七厂深入生活，创作了大量反映铁路工人生活的作品。钱小惠讲述了当年二七斗争中的悲壮故事，介绍了他在工厂20多年里的发展概况。当得知电视片的主

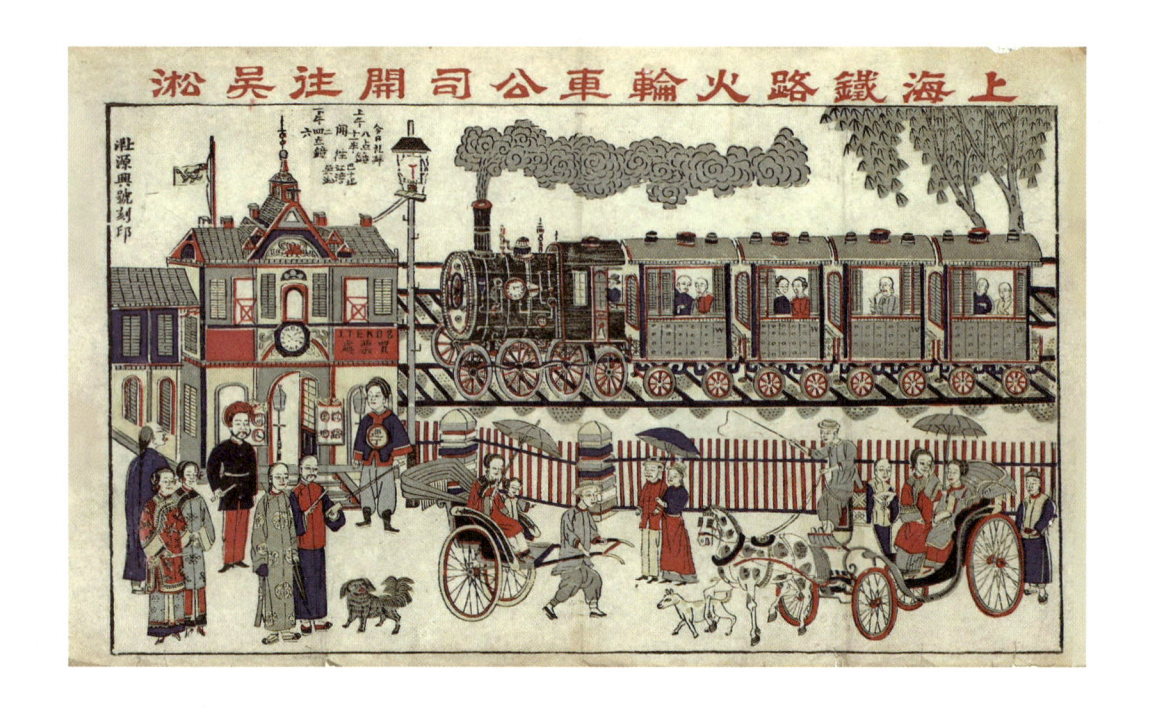

题是介绍中国火车的发展脉络时,钱小惠说他有两份资料可做参考,随即拿出了两张火车图,这两张图是钱小惠在整理父亲旧作时发现的。

《上海铁路火轮车公司开往吴淞》,为套色木刻,长44厘米,宽26厘米,印于1876年,描绘的是中国修建的第一条商业运营铁路——淞沪铁路开通后的情景。淞沪铁路也叫吴淞铁路。1875年,英商怡和洋行决定自上海至吴淞间修建一条铁路。吴淞是一个海港,商业繁荣,火车开行可以获得更大的利润。当时清政府对火车的态度正处于论争时期,洋务派主张引进火车,"采泰西之长技,助中国以自强";保守派却视火车为"妖物",怕引进后坏了大清王朝的风水。英国人怕遭到反对,就搞了一个骗局。表面上,他们说购买上海到吴淞间的土地,是为了修建一条寻常马路,实际上却在筑路基、铺铁轨,并偷偷从英国运来了机车、车辆和其他铁路器材。1876年1月20日开始铺轨,2月14日以先期到达的仅重1吨多的小型机车"先导号"试车。清政府一直蒙在鼓里,试车时才发觉此事。上海道台向怡和洋行提出,

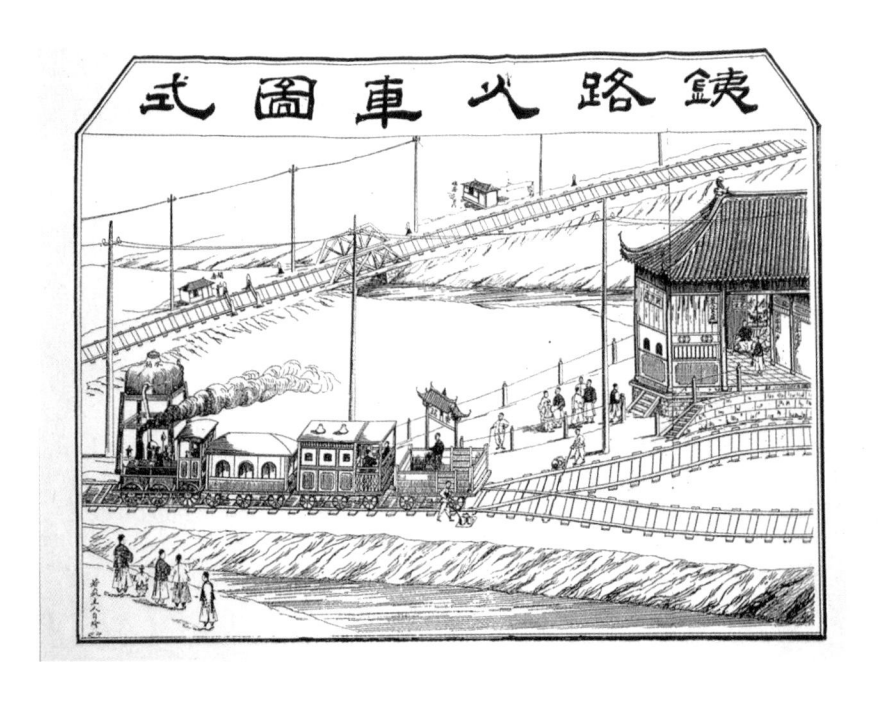

修建这条铁路未经批准，要停下来等北京的指示。怡和洋行表面上做了让步，停止试车一个月，实际上铺轨工程仍加紧进行。同时，又从英国运来重9吨的"天朝号"机车。一个月过去了，清政府并没有提出抗议，3月下旬，重新恢复试车。这条全长15千米的铁路，于7月3日举行了正式通车运营典礼。运营一年后，被清政府用28.5万两白银赎回拆毁，物资运往台湾。

《上海铁路火轮车公司开往吴淞》可能是通车时的招贴画，上面注有"今日礼拜。上午八点、十一点半钟，下午二、四、六点钟，开往巴塘、江湾、吴淞"。可见，这还是一张中国最早的火车时刻表。英国人叫的"火轮车"，是火车的又一个名字，更形象，"烧火推着轮子转的车"，容易想到中国的"风火轮"，有"快"的意思。画面上的上海站为西洋建筑风格，一个小型蒸汽机车拖着四节包厢驶入车站。这台机车应为1876年英国运来的"天朝号"，是第一台运行于中国的蒸汽机车。

《铁路火车图式》是《铁路要览》一书中的插画，标有"若痴主人自绘"

字样，作于光绪十五年（1889）。1864年英、法帝国主义帮助清政府绞杀了太平天国以后，便开始了由来已久的铁路侵略计划。针对清政府的守旧、腐败、贪污和昏庸的特点，他们用欺骗的手段擅自修筑铁路，以偷运机车的实际行动威胁利诱清政府，在已成事实的情况下接受侵略计划。1865—1876年的11年间，英国人多次在华北和华东擅自修筑所谓的"实验性铁路"。英人肯德在他所著《中国铁路发展史》中说："为中国人提供一种示范，使他们在心理上习惯于这种新的观念，为将来的发展铺平道路。"其侵略目的昭然若揭。在长达20年的关于火车的论战中，洋务派一面力斥保守派的攻击，一面积极筹划创办铁路。洋务派代表李鸿章不断向清廷最高统治者提出奏请，终于得到了上谕，把兴办铁路定为"自强要策"。1880年以后，中国开始自己修建铁路。1881年李鸿章专折奏准修建的唐山至胥各庄铁路通车，这是中国自己兴建的第一条铁路，为中国铁路发展揭开了新的一页。

从《铁路火车图式》可以看出，当时火车在全国已司空见惯，形成了一套严密的管理系统。轨道有旗房、闸房、扳道、上水，分工清楚；车站有装货处、买票处、官客房、女客房、客座，设施齐全；车厢有全包、半包、敞车，等级分明。这也可能是中国最早的一张火车站线示意图。

火车引进中国是一把双刃剑，一方面促进了民族工业的发展，另一方面遭受了帝国主义列强更疯狂的掠夺。《铁路要览》一书提到了淞沪铁路的命运，对清政府提出了批评："西人创设（铁路）于上海以达吴淞，中国人始得见之，附以往来，一扩眼界者，盖不乏人。惜乎！中国出资购取而不自驶行，以求推广，乃拆而去之，此大失计之事也。"这是洋务派的观点。还有保守派的观点，如有大臣奏折云："铁路一修，则险要尽失，虽有百利，不能当此一害。"关于中国引进铁路火车利害的争论，已远远超出了经济范畴，李国祁在《中国早期的铁路经营》中说："在早期西方列强希望中国修建铁路，多少是含有侵略的意味。中国的抗拒，也多少是含有自卫的成分。当时中国虽不了解铁路富强的功用，但对其侵略的能力，是不予置疑的。"话虽说得有些委婉，但观点很明确，指出了列强贪婪的本性。

　　这两件关于火车的文物，是研究早期中国铁路发展的珍贵资料。纪录片《中国火车》上下集，在中央电视台多次播出，产生了较大社会反响。其中《上海铁路火轮车公司开往吴淞》一图首次面世，引起铁路学者的关注。

# 风物掠影

南关断桥

紫霞石雕

西峰夕照

月半陈庄

大宁鱼跃

玉皇铁塔

崔村灯火

盆塔玲珑

地名由来

古物一窥

卢沟桥

清清九子河

童年游戏

蛐蛐儿

大灰厂

蚕种场

# 南关断桥

## 一座明代石拱桥

某地几景之说，自古有之，由恋乡耽情之人归纳，冠以四字，有的被史书记载，有的在民间流传，目的是赞美家园，远播声名。一般多为八景，如燕京八景、大兴八景、居庸八景等，也有列景多者，如宛平十景、西山十景等，多的要数圆明园，清代有御赐四十景。最多的还有关沟七十二景，步步有景，难以割爱，遂繁列成篇矣。

最早听到长辛店八景，是我70年代进入二七厂以后，听车间的老师傅提起过，80年代到工厂报社工作，有了更多耳闻，今天看来，有的入选颇具乡土特色，当之无愧，有的因时过境迁，已有名无实。因是口口相传，每个人说的内容基本相同，略有出入。

南关断桥，长辛店八景之一。长辛店大街有五里长街之称，据老人说，南关北关原有门楼，圮于民国，在南关有一座桥，现埋在地下。长辛店大街在良乡和卢沟桥之间，古时在同一条进出京的咽喉要道上，位置居中，车水

马龙，商铺云集。这条路的繁忙应始于元代，为巩固国朝，加强通信联络和运输管理，设立驿站。《析津志辑佚》载："然宣朝廷之政，速边徼之警报，俾天下流通而无滞，惟驿为重。"朝廷在全国设立了多座马步站、舟站、骆驼站、牛站等，长辛店以南接壤的良乡即设一站。《析津志》是北京最早的志书，著于元代。

南关的这座"断桥"，指的是"永济桥"。这座桥规格很高，为皇家"敕建"，竣工后，吏部尚书李时奉旨撰写了碑文，时间为嘉靖十五年（1536），这是明朝第十一位皇帝明世宗朱厚熜的年号。57年后，即万历二十一年（1593），宛平县令沈榜把碑文记录在《宛署杂记》里，名《敕建永济桥记》。六七百字的碑文，信息量很大，详细介绍了从运料到竣工的过程，对考证长辛店的历史脉络具有重要参考价值。

碑文介绍，建桥石料来自长辛店西北的卧龙冈，现莲石路与西六环交

会处。明代定都北京后,这里的石头因纹路细密且软硬度合适,被开辟为石料加工场,为京城皇家督办的重要建筑提供用石。碑文说:"按西山卧龙冈抵义河,相距三十余里,沟渠险隘,岩岸倾侧,加以山泉潴汇,霖潦注溢,每届夏秋,则众水漫流故道,运军遏阻,固不但褰裳濡轨而已。"

这段文字说明了两点,一是永济桥下的河叫"义河",应就是现在的九子河。二是石料场去长辛店的路坡陡水多,运输困难。碑文最后描述了路、桥和堤坝的规模:"乃筑旧路,南北二十里,崇一丈有奇,阔视崇再倍,其间开通故沙,导浚山泉,更治路二于新店、义河之东西,又为坝四引于河口,以时泄水。复虑土壤汗旷,众流会归,乃创石桥,以图永久。桥三洞,长亘十丈，崇一丈五尺，阔加崇一丈，上翼以栏，左右岸各为堤坝，率坚好完固。自是水由故道转，沮洳而为垲爽矣。创始于今年三月二十日，讫工于九月初五日。桥成，诸臣奏绩，上嘉之，赐名永济，仍命辅臣为纪其事。"

为何朝廷对这座桥如此重视，不惜工本修路运石，建成后皇帝赐名立碑？因为长辛店是京城西南的门户，官道的必经之路，消除水患、保证畅通是一件大事。

古老的长辛店犹在眼前，垫高加固了旧路，高一丈有余，有的地方宽度根据高度再加倍拓展。还在长辛店和义河东西修了两条路，于河口建了四座坝，再加上一座30多米长的三孔石桥，景象宏伟壮观。有一种说法，长辛店大街形成规模，始于明嘉靖十五年（1536）建永济桥，到2021年是485年。永济桥的修建，便利了人流物流，从此商业繁荣，居民增多，胡同房屋、馆舍店铺随之大量修建。明代万历年间，宛平县设铺舍，长辛店居其一。《宛署杂记》载："宛平县凡一十二铺，每铺设铺司一名，掌送到官文书籍记件角时日而递发之。铺兵三名，轮次递送，凡四十六人。自县前铺起，十里至施仁铺，分为二。一自施仁十里至彰仪铺，又十里至义井铺，又十里至卢沟桥铺，又十里至新店铺，通良乡。""铺舍"应算邮电局的前身。

关于永济桥的位置，长辛店的老人都能说出大概，60年代此桥还在地表，在大街的路西，桥面与路面并不平行，略偏西南。这座桥因1970年前后挖防空洞被埋在地下，现在路西有一块盘龙石碑，三分之二掩在民房里，三分之一露出屋顶，碑额无一字，据说碑文也完全风化，上面应该就是关于长辛店最珍贵的一篇古代文献——《敕建永济桥记》。

二七厂职工何大炎1973年作《南关断桥》诗："官路贯西东，驼铃送异同。当年河道改，石拱记繁荣。"这首诗很耐读，字字都说到了点子上，四句话里有四处关键景物，官路、驼铃、河道、石拱，描绘了南关的面貌，

道出了"断桥"的作用,简笔勾勒了一幅长辛店版《清明上河图》。

我单说说诗中的"驼铃"。从有记载的元代开始,直到 20 世纪 50 年代,骆驼因老实听话,负重量大,善跑长途,所以充当着货物运输的重要角色。城里不说,光长辛店就骆驼成群。据王栋臣老人说,长辛店大街南头新中国成立前有不少养骆驼的。三多里是车店口的一条小胡同,最里边老温家养了一大把,骆驼论"把",小把 4 个,大把 7 个。王栋臣住的王家口,四爷家在七号院和八号院各养了一小把。还有王仲祥家,在院子后边也养了两大把。别的胡同还有养的,一是卖,二是出租,三是拉脚。

我听车间老师傅讲过一个传奇故事。长辛店南关有个练家子,虎背熊腰,力拔千斤。他家院外有一口井,水如桂凝秋露,清冽甘甜。路上常过驼队喝水,有时将井沿弄脏。练家子不觉心中郁闷,搬来一块二三百斤的大石压在井口,名曰以石会友,实则断人水源。过了半月,不见有人搬动,他暗自得意。一日大雨过后，院门口一片积水，练家子见一人推着独轮车过来，车上装着几扇羊肉，足有二百斤。推车人到了水边，丹田提气，腕子上绷，双手攥着把头，将独轮车平端而起，练家子目瞪口呆，那人连看都没看他一眼，到十步开外干松处放下，推车扬长而去。练家子顿时领悟，人外有人，天外有天，马上搬开了巨石。从此，驼队每到水井边，人喝马饮，劳苦顿消。不过，井沿每天都是干干净净。

大多数八景之说，不是把它说实，如"拱桥""石桥"等，而是把它说虚，如"长桥""断桥"等，给人以遐想的空间。长辛店是进出北京的驿站，日夜蹄轮鼎沸，往来不绝，卢沟桥大青石上深深辙印就是证明。南关是分界，一头繁华市井，一头萧条村落，无论是达官显贵，还是商贩脚夫，站在桥上，或向南或向北，自有一番心境。住店的，"冒雨投前驿，侵星过断桥"；赏景的，"流水断桥芳草地，淡烟疏雨落花天"；郁闷的，"觅心无得安心竟，行到穷源逢断桥"；高兴的，"细路人穿新路去，长桥船出断桥还"……长路漫漫，悲欣交集，人生又怎一个"断"字了得？

# 紫霞石雕

## 一座明代古墓前的石像生

紫霞石雕，长辛店八景之一。紫霞石雕指的是一座明代古墓前的石像生，长辛店人称"石人石马"。这座古墓由文物部门考证为张辅、张懋父子墓。1988年出版的《北京名胜古迹辞典》，有"张辅、张懋墓石雕"词条："在长辛店乡吕村东山坡。是明成祖至英宗时名将张辅及其子张懋的墓葬，原在长辛店以西张家坟，现墓地被占用，地表石雕，置于此地。"

小学住东南街时，常和伙伴们翻过西山坡，到张家坟、吕村一带摘酸枣、逮蝈蝈，每次去少不了转转石人石马。那时的一群石雕立在山坡顶上，人马阵列，石碑高耸，还有成对的石马、石羊、石狮、石虎等，气势非凡。"石人"四对，两对文官执笏，长袍大袖，两对武官佩剑，戴盔披甲，各个栩栩如生。"石马"两匹，比真马还高，要搭人梯才能上去，伏身马背，既觉得威风又有点害怕。石人石马反映了明代精湛的雕刻艺术水平。石人石马在"文革"中遭到破坏，残躯断肢散落在荒草中，两匹高头大马卧地不起，景象凄凉。

关于石人石马的来历，《宛署杂记》录了几通碑文，从中可知始于张玉墓，张玉为张辅之父，在跟随明成祖朱棣起"靖难之役"中，于建文二年（1400）战死。《明史》载："循河而南，至东昌（今山东聊城），遇庸（盛庸）与铉（铁铉）等战，大败燕师，阵斩张玉。玉为燕将，最悍，后所谓靖难第一功臣者也。"张玉死后41年，明正统六年（1441），国朝重臣杨士奇大学士亲撰碑文，《敕赐河间王忠武张公神道碑铭》勒石立碑，与众多石像生组成墓前"神道"。"神道"是皇帝祖坟十三陵才有的规格，长辛店自此有了"紫霞石雕"一景。

《敕赐河间王忠武张公神道碑铭》用洋洋2200言，介绍了张玉的身世，他不愧为"第一功臣"。张玉是明成祖朱棣发现的人才，智勇双全，被视为左膀右臂。何去何从靠张玉："王推诚殚虑，夙夜不懈，事可否进止，众论纷纭未定者，王定色数语决之，咸适度而合机，故凡举措必咨于王。"冲锋陷阵靠张玉：首用王策夺北平九门、抚顺，继而率大军连克遵化、密云、涿州、雄县、楼桑、真定，又在白沟大败李景隆，并乘胜追击至济南。最后："进攻东昌，敌列阵决战，上以数千骑绕出阵，后敌围数匝，上已冲击而出，王不知上所在，突入敌阵，大战，连杀百数十人，王亦被创而没。春秋五十有八。"

在朱家叔侄争夺皇位的战争中，叔叔朱棣始终冲杀在第一线，为什么毫发未损？《明史》曰："耿秉文师出，帝诫将士，'毋使朕有杀叔父名'。"侄子给叔叔穿了护身符，给将士戴了紧箍咒，结果把自己害了。明成祖朱棣，是明太祖朱元璋的第四子，1402年即位，改年号永乐，即位时43岁，在位22年，崩年65岁，葬于长陵。张玉死后，皇上决定厚葬张玉，追封荣国公，谥忠显。后仁宗皇帝又加封其河间王，改谥忠武。《敕赐河间王忠武张公神道碑铭》还提到了张玉的大儿子张辅："长辅，起武功，累进奉天靖难推诚宣力辅运佐理武臣，特进光禄大夫，左柱国，英国公，太师，监修国史，功德硕茂，为国元臣。"张辅少年即随父征战，父阵亡后，张辅继任其职，明成祖三次派张辅平定安南（今越南）叛乱，消灭叛军，战功卓著。正统十四年（1449），蒙古瓦剌部落也先率军侵犯，明英宗朱祁镇亲自出战，结果在

土木堡全军覆没，英宗被俘，张辅战死，时年75岁。张辅死后被追封定兴王，谥忠烈。

《宛署杂记》载："河间、定兴二王墓。河间、定兴二王俱死王事，敕赐衣冠冢于县南卢沟桥新店，立祠其上，有司岁祀。"从《敕护河间定兴王坟墓祠宇碑》可知，弘治十四年（1501），在墓地上建了一座"世忠祠"，皇家派专人拨专款，每年春秋两次祭祀。

张辅的儿子张懋于正统十四年（1449）9岁时袭爵，凡66年，握兵权40年，尊崇为勋臣冠，明正德十年（1515）卒，时年亦75岁。后被追封为宁阳王，谥恭靖。

石人石马现已被文物部门妥善保护。站在长辛店西山坡的高处，面前是一条深谷，远方是燕山山脉，每当夕阳西下，云蒸霞蔚，辉煌在野，"紫霞石雕"默然伫立，阅尽五百春秋。正是：

残碑藓蚀文章旧，

异代人传姓氏新。

# 西峰夕照

## 最成谜的一景

　　西峰夕照，长辛店八景之一。西峰夕照是八景中最成谜的一景，说的是二七厂南门外的西峰寺居民区，以寺命名，古时这里应有一寺。这个寺虽无从考证，却是所有传说者共识的一景。西峰寺无文字可寻，无老人说起，寺的遗址具体在哪，规模多大？建于何代、消失于何年？都有待发掘有关史料。西峰寺地形由北向南陡坡逐渐降低，最后展成平原，依山向野，襟带两河，是建寺庙的理想选地。西峰寺东边以九子河为界，西边是丘陵，翻过丘陵是蟒牛河，北邻二七厂南门，南至赵辛店，多为平房，其中数栋小灰楼为二七厂职工宿舍，是20世纪50年代按苏联图纸建造的，与三角地的建筑相仿，当时应算档次较高的住宅。

　　西峰寺的寺无处可寻，但也不是空穴来风。1997年，我与米文群、王勇等发小到西峰寺转了一圈，想找找这个景点的遗迹。走到山坡下一个菜园旁边，遇到一位70多岁的老住户，他指了一处地方，说这里就曾经有一座

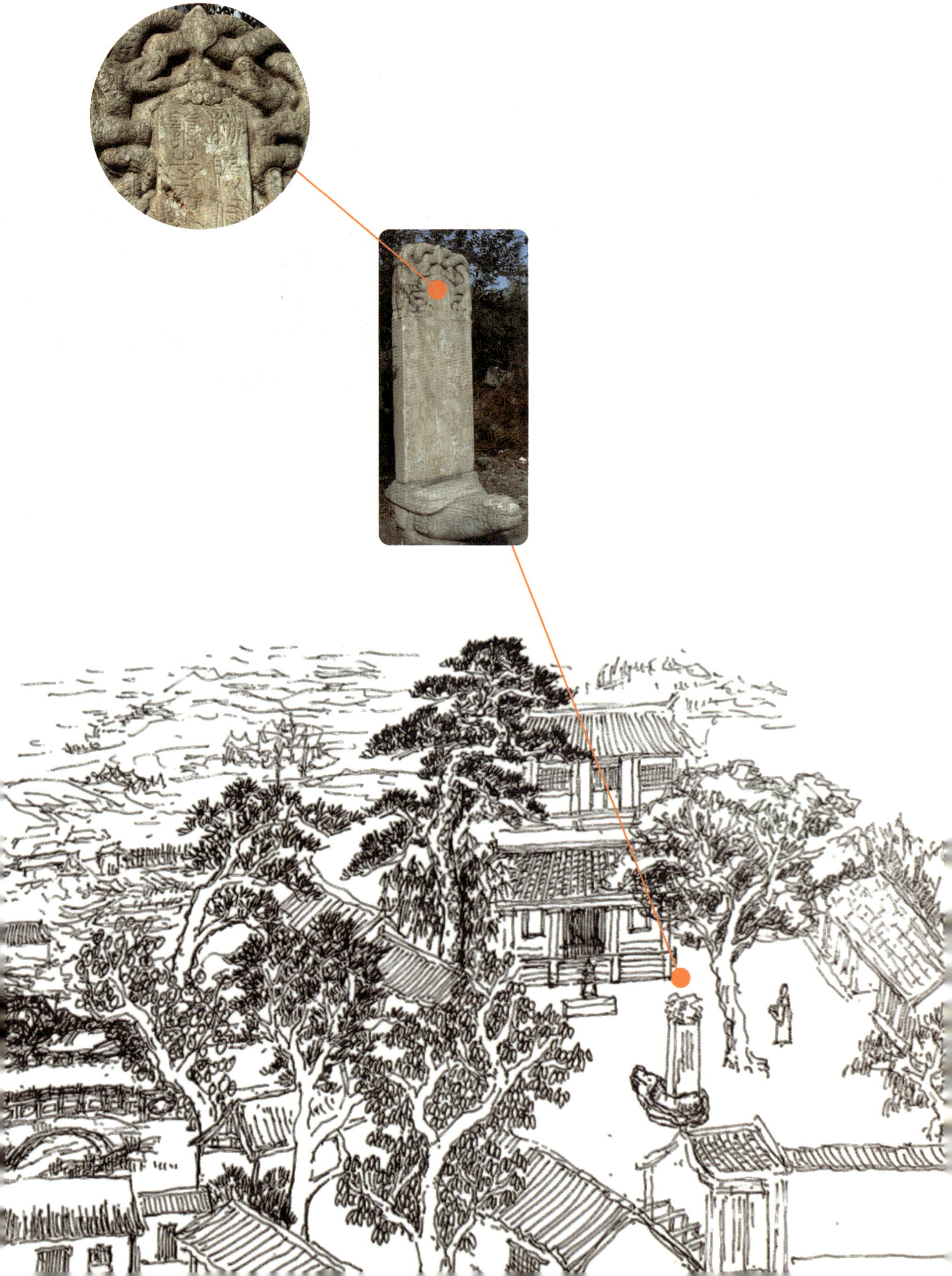

寺庙。我们一看，四周是民房院墙，有一片枣树林，一道土坎断层上可见旧砖瓦的碎片。他说，地下就埋着西峰寺的根基，旁边还有一座单孔石桥，石桥是他亲眼所见，也在地下埋着，桥上有石栏，桥头有卧姿绵羊石雕。老人描述了细节，听来确有其事，但无法印证。如果有桥，应在流过西峰寺的九子河上，长辛店老人说，五六十年代，西峰寺只有一座漫水桥，平时要踩着石头过河，没有任何古桥痕迹。

转过一片民房，眼前一亮，在山坡上，立着一座石碑，高约3米，宽约1米，碑头有两条盘龙，为皇家规格。细看石碑，是质地较软的大青石，风化严重，无一字可辨。碑额篆书大字还可认出："敕赐佑善寺记。"这块碑为何在西峰寺？佑善寺是否后来改名为西峰寺？均不得而知。

《宛署杂记》果然有记载，并且名字和地址都对得上："佑善寺，在西新店村，古刹。景泰壬申太监尚立，成化丁卯太监罗重建，敕赐今名。户部郎中居达记。"景泰壬申为景泰三年，即1452年，景泰帝是明代宗朱祁钰。成化年为1465年到1487年，皇帝是明宪宗朱见深。

虽然记述清楚，但还有疑问，需要专家来解读。太监"尚""罗"是何人？户部郎中"居达"是何人？是重建而不是重修，为何重建？成化并无丁卯，是否为辛卯之误？景泰年到成化年仅过了几十年，为何重建？

《宛署杂记》也确实提到了西峰寺，但并非二七厂南门的西峰寺。书中记载："西峰寺，在李家峪，唐名会聚，元时改为玉泉。正统元年太监陶镕等重建，敕赐今名，有记。景泰四年赐护持敕谕。检讨严素记。隆庆六年又敕赐碑，鸿胪寺卿王之垣撰。"

明代《日下旧闻考》对西峰寺更有详细记载，这座寺与戒台寺相邻："自戒坛至西峰寺山门，有泉最冽。西峰寺明碑四：一无撰人姓名；一翰林院检讨盱江严素撰，皆正统四年立；一礼科给事中王之垣撰，年月已泐；一为助缘人姓名碑。寺后东北塔一，共六层，高三丈许，额曰鞍山故俊公和尚之塔。又石幢一，题识云大都鞍山慧聚禅寺月泉新公长老塔铭并序，大都万寿退隐林泉老人从伦撰，至元二十八年住持山主成璞等建。俊公塔之北有池，据寺碑，是为胜寒池。池左有地藏殿，其修建年月无考。"

《宛署杂记》在"古迹"部分还提到一个西峰寺："甘露井，在卢沟桥，离县三十里西峰寺前。泉水涌出，甚甘，冬夏不竭。"难道卢沟桥还有一个西峰寺？这么多问号，越说越弄不清西峰夕照的来历了。这块碑现不知移到何处，不知有没有人曾读过《敕赐佑善寺记》，上面也许会有答案。

# 月半陈庄

月半是每月的十五日

月半陈庄，长辛店八景之一。这是个人文景观，指开支那天街上的热闹景象，反映了在物资匮乏年代职工群众的生活状况。月半，是每月的中间即 15 日，那天是二七厂开支的日子。陈庄，就是陈庄大街，长度虽然只有二三百步，但日常生活所需一应俱全，是桥西唯一的商业街，因西端有一个横跨九子河的桥，也叫"大桥"。

大桥的每一间房子我都熟悉，长到七八岁会打酱油了，几乎每天都去。出了同兴里南口，左边是副食店，因有一道铆钉连接铁条的折叠门，俗称"铁门"，油盐酱醋白酒等都是零打，要自己带瓶子、碗。右边是肉铺，小时候我买一两角钱肉的时候多，售货员一刀准，连肥带瘦一薄片儿，用包装纸托着回家。正对着胡同口是水果铺，房子在半地下，路边一排大木槽，里面东西按季节变化，瓜果梨桃大枣山里红之类。我特别感念看水果摊的大爷（听说他姓张），黑红脸膛，胖胖的，夏天穿一件白粗布盘扣坎肩，脖子上搭一

条白毛巾，冬天穿一件黑棉袄，吆喝一声整条街都听得见。大爷对小孩子格外照顾，5分钱杏给两大捧，只有2分钱想吃个柿子也没问题，张大爷让拣大的挑。一间木门木窗的小屋，是钟表修理铺，师傅眼皮上夹着放大镜，表明这是一个精密活儿。钟表那时很重要，不像现在有手机手表随时看点，那时只有在家里才能知道准确时间，家底厚的趁个大座钟，条件一般的有个小闹钟，坏了不准了就得修，所以修表师傅闲不住。70年代最时髦的是戴上海牌手表，120元一块，价格不低，还要凭票买。回民小铺是三间平顶小房，别看门脸不大，香味飘得最远，早点羊杂汤、豆泡汤、糖耳朵、芝麻火烧最有名。往东是理发店，里面一拉溜七八个白色圈椅，对面大镜子，家伙什齐全。那时候的业务不光是理发，许多老顾客来享受洗剃刮吹的头上全套服务。70年代男同志连推头带刮脸，是两角钱。80年代有了女同志的烫头业务，起初5元钱一位，后来10元到几十元。开支后的那几天，理发馆被踢破了门槛，六七个理发员忙得不亦乐乎。再往东是陈庄一小的校门，我小时候觉得像个老宅院，都是成排的平房。靠陈庄大街这一排最有特点，下面青灰矮墙，上边方格木窗，房顶铺着石片儿。俱乐部是工厂也是桥西片的文化中心。

建于60年代的工厂俱乐部，尖房顶，红砖墙，高台阶上几扇对开的大木门，观众席分上下两层，可容纳1000多人，整个剧场没有一根立柱，90年代以前在整个北京城也算高档影剧院。俱乐部每周放电影，在车间科室发票，免费观看。每逢二七纪念日、节日和重大活动，这里都会有演出。俱乐部旁边有座二层小楼，一层是文体活动室，二层是图书馆。东边是两个水泥地的灯光篮球场，靠南有体育器械，如单杠、双杠、吊环、爬杆等，那时的男孩子"练块儿"是一种时尚，比肌肉，比体育，单杠双杠大多能玩几下。

再往东是工厂大浴池和医院，这是两个重要的福利部门，对职工免费。大浴池前脸是一座欧式风格的高牌楼，铁门和墙壁上雕刻着花卉图案，四根通天立柱上有瑞兽和花篮，是建筑与艺术结合的佳作。这座浴池是20世纪30年代由工人集资建成，功能从未做改变，有喷淋、澡池、木床、炕桌、热毛巾、毛巾被、搓澡、理发等，服务设施和项目一应俱全，现在看也不落伍。直到2009年浴池拆除，大牌楼作为文物保留下来。陈庄大街南侧中间的高台阶是粮店，并排几个敞口大木柜，主要有三样，大米白面棒子面，凭粮票供应。木柜上一个铁斗，将面口袋一兜，售货员用个大铁簸箕一倒。六七十年代，粮票跟钱一样重要，除了家里必需的面、米、粗粮要用粮票外，买粮食制品、到饭馆吃饭都得用粮票。粮店旁边有药铺、铁匠铺，药铺坐诊的是中医世家郑大夫，铁匠铺是位驼背的师傅，整天敲敲打打，用白花铁做些烟筒、水壶、水桶、佘子、勺子、铲子、水舀子、土簸箕等日用品，长辛店桥西的老人都会记得郑大夫和铁匠师傅。

桥头东边把角是个二层百货商场，为桥西最大的商店，对过是月半陈庄最有代表性的地方——玉隆春饭馆。据说这是个百年老字号，传统风味，厨艺正宗，早餐有豆腐脑、炒肝、豆浆、炸油饼、包子、火烧，正餐有数十道菜可选用，高档的荤菜如熘肝尖、红烧肉、糖醋鱼等，5角钱左右，中低

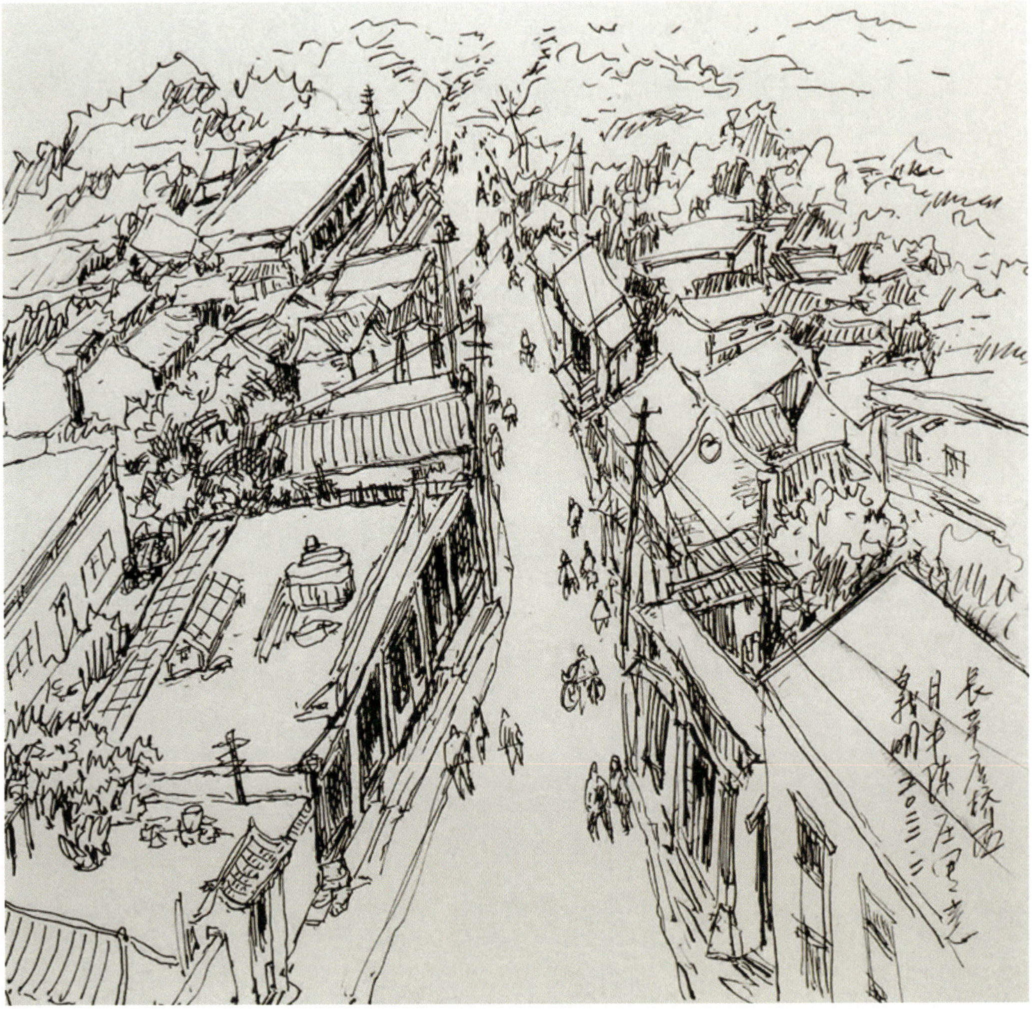

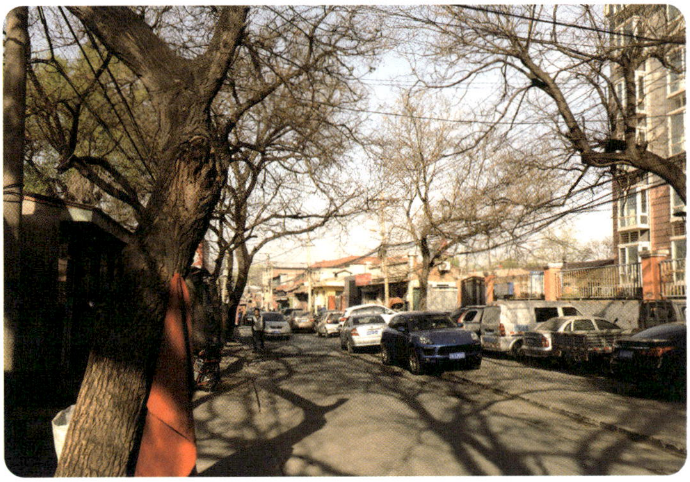

档的素菜如家常豆腐、醋熘白菜、酸辣土豆丝等，2角钱左右。

那时整个社会都收入偏低，大部分家庭是"月光族"。开支之后，首先要考虑下个月柴米油盐粮等基本生活用度，其次再适当改善一下个人的伙食，如买点好吃的，下下饭馆等。能在玉隆春聚个餐，点个荤菜喝二两，是一件很享受的事。

原二七厂党委副书记寇胜春，是60年代的大学生，1988年写了一篇随笔，叫《月半、半月、满月》，先后发表在《二七机车报》和《北京日报》上，对"月半陈庄"做了生动描述。文中写道：

"每月领工资后先买粮食和食堂饭票，然后在陈庄大街最热闹的'月半'，去采购孩子要吃的糖、奶粉和大人用的肥皂、牙膏之类。有时也买一瓶'二锅头'，拿回家慢慢喝它一个月，80年代初，职工们涨了点工资，手上的'体己钱'也就水涨船高，'月半陈庄'的繁华由两三天延长到半月左右。有个老工人凑趣地说，'月半陈庄'变成'半月陈庄'了。又不知从哪天起，四村八乡的菜农、城镇的商贩、江浙的手艺人，挤满了陈庄大街。街上的人总是熙熙攘攘，甚至分不出哪天是开支的日子。终于有一天，同事们一致同意将'月半陈庄'一景改为'满月陈庄'。"

# 大宁鱼跃

## 一汪碧水那就是大宁水库

大宁鱼跃，长辛店八景之一。沿京港澳高速过卢沟新桥，南行不远便看到一汪碧水，那就是大宁水库，因紧挨着大宁村而得名。大宁水库的水源来自永定河。20世纪70年代以前，卢沟桥常年有水，枯水季节细流涓涓，到了夏天雨季水势暴涨。卢沟桥下游不远，有一座五道闸，引出一条支流，通往几里外的大宁水库，水库南面有座三道闸，提闸放水浇灌下游千亩稻田。五道闸将五股巨大的水流注入一个水泥池，然后沿河道流走，这条河连同大宁水库，因在长辛店东边，俗称"东河"。这条支流夏季堤平槽满，水流湍急，隔不远便有一座草桥，长二三十步，宽能过一辆马车，木桩桥柱，没有桥栏，桥面铺玉米秸垫黄土，水边杨柳遮阴，蒲苇夹岸。盛夏时节，五道闸人声喧闹，有人钓鱼，有人撒网，更多的是扑通扑通跳水游泳的孩子，胆大的敢从五六米高的闸门上跳进旋涡。河的东边是永定河大堤，西边是大片沙石河滩，因采沙留下了许多水塘，小的如篮球场，大的比足球场还大，清澈见底，岸

边长满杂草灌木，是我们游泳、钓鱼、捉蜻蜓、逮青蛙的好地方。河滩里还有个小厂子，称为"野炼厂"，我们上中学后才知道"野"应为"冶"。厂子没有围墙，里面有几间房和一个化铁的炉子，钢铁的下脚料随意堆放。

东河的河滩上有很多小动物，如蜥蜴、刺猬、长虫什么的。有一种我至今也不知它叫什么的小虫子特别好玩，我们管它叫"倒退儿"。这种小虫可以算作昆虫里的阴谋家，它只有黄豆粒大小，在河边干松细软的沙地上，用后脚弹出一个锥形的陷阱，只顾奔走寻食的蚂蚁一掉下去便在劫难逃，刚要爬到坑口，"倒退儿"用后脚弹起沙粒使其滑落，最后蚂蚁筋疲力尽，被拖进沙土，成为阴谋家的美餐。东河很容易捡到蛇蜕和蝉蜕，因可以入药，大街农具部收购，我们攒多了就去换点零花钱。

沿河而下便是大宁水库，邻近水库河面变宽，形成扇面形的大片滩涂湿地，河汊纵横，芦苇茂盛，鱼虾成群，水鸟起落，堪称长辛店第一自然美景。在东河的岸边行走,蜻蜓翻飞,青蛙跳水,水蛇出没,我们与小动物们在互相惊扰。随便截一段沟渠,无须借助任何工具就可以摸到品种繁多的鱼虾。一次大雨过后,我和几个同学去钓青蛙,用线拴个弯脖大头针,挂个蚂蚱为诱饵,随便往河边的草丛里一伸,便有青蛙上钩。东河雨后那湿漉漉的青草味道,那水洗般纯净的蓝天白云,那倒伏着苇叶的泥泞小路,那随时在眼前出没的小动物,如同走进了一个童话世界。东河里最多的是鱼,阴天下雨气压低时,大鱼在水面翻跟头,激起一圈圈涟漪,在河边会看到成群结队的小鱼。东河是各种水鸟和候鸟的栖息地,常见的就得有十几个品种,鸟叫声不绝于耳,这些鸟我们大都叫不上名字,只认识野鸭子,一群一群在水面忽起忽落。有的鸟只知道俗名,如臭奔的、墩鸡子、苇炸子。上小学时为寻求刺激,还到东河掏过鸟蛋。我们五六个小伙伴一同下水,分头寻找,会吹口哨的省事,不会吹的用柳枝做成柳笛,以便随时联络。芦苇里最多的是苇炸子,叽叽喳喳叫声响亮。它们用稻草将几根芦苇拢在一起,在半腰盘个小窝,哪叫得欢窝就在哪,高高在上,自报家门,所以苇炸子蛋最好掏。苇炸子蛋比鹌鹑蛋还小,我们不屑一顾,以掏一窝墩鸡子蛋为骄傲,墩鸡子不知是不是鹭鸶,下的蛋比鸡蛋稍小,上有赤色麻点,一窝有十多个。墩鸡子窝搭得极隐秘,在河里的矮树上,紧贴水面,窝是用苇秆编的,圆盆形状,那次去我们掏了两窝,回家煮熟,胡同的小伙伴们分着吃了。后来想起掏鸟蛋实在不妥,扼杀了襁褓中的美丽生命,上中学后再没掏过鸟蛋,也不用弹弓打鸟了。

大宁水库的原生态环境和自然野趣堪称绝佳,北有河流,两岸绿植覆盖;中有湿地,小动物安家之所;南有平湖,人们的戏水乐园。60年代,二七厂在水库的西北角修建了游泳区,靠岸两面有水泥护坡,临水两面有浮漂隔离,岸边设铁制扶梯和救生观望台,山坡下是更衣室。每到夏天,游泳区水

花飞溅，欢声笑语。1969年7月16日，是毛主席畅游长江三周年的日子，二七厂的民兵举行了一次武装泅渡演习，在红旗的引领下，几百名工人民兵身挎背包，从西岸游到东岸，盛况空前。据说60年代，二七厂还在大宁水库芦苇湿地办了养鸭场，单身职工在食堂能隔三岔五改善一下伙食，吃上一顿鸭肉煮饭或鸭蛋炒菜。

不管是大街还是桥西的孩子，都爱到东河去玩，留下了同样美好的记忆。家住桥西三角地、厂工会的贾军，在1989年6月30日的《二七机车报》上，发表过一篇散文《钓鱼话今昔》，描绘了到东河玩的情景。文中说："我上学时就很喜爱钓鱼，那时钓鱼不用出去很远，在离家不远的大宁水库就有很多鱼。在水库周围的一条条小河里，可以看到成群结队的鲫鱼和小白条儿，这些鲫鱼大多两寸多长，白条儿长一些，不论是垂钓还是网捕都很容易。在水库的上游，有一座水闸，因有五个孔被大伙儿叫为'五道闸'。那儿的石缝里、草棵下都能摸到鱼。在放水闸下常有人撒网捕鱼，放水时有人一网能扣好几条大鲤鱼。我曾和邻居家的大人一起用自制的抬网去捞鱼，很有意思。"

贾军也说到了掏鸟蛋："那时水库周围可美了，芦苇丛生，鸟语花香，菜田里彩蝶纷飞，成群的野鸭子在宽阔的水面上时起时落。还有一种形似鹤类的大水鸟在浅水中觅食，人们都叫它'长脖老等'。还有一种小鸟叫苇炸子，我们有时钻到苇荡里去掏它的窝，找鸟蛋，经常能够捡到。出来时还要摘些蒲棒玩耍。"

20世纪六七十年代的20年，是大宁水库生态环境最好的时期，既有人管理，又不过分干预，三面水泥堤坝，北面的河流、湿地全是原始泥土，芦苇、野草自由生长，是各种昆虫、小动物良好的繁衍栖息地。从70年代末开始，永定河的水流逐渐减小，没过几年五道闸的作用彻底消失，大宁水库干涸见底，东河一片荒芜。近几年来，政府对环境治理的力度加大，已初见成效，卢沟桥下的永定河、大宁水库有了水，东河一带建成了"绿堤公园"，随着"保护生物多样性，共建万物和谐美丽家园"措施的落实，这里又重现了"大宁鱼跃"的水泊胜境。

# 玉皇铁塔

玉皇庄原名豫丰庄

玉皇铁塔，长辛店八景之一。玉皇，即玉皇庄，原名豫丰庄，在二七公园的后身，西抵山坡，东到京广铁路，北至崔村汽车站。小时候常到玉皇庄玩，那里从二七公园到打靶场之间是上百亩菜地，蝴蝶、蜻蜓成群飞舞，徒手就能抓到，堪称一景。东边有"工人义地"和煤场。据老住户回忆，"工人义地"是二七大罢工后工人集资买下的，紧邻铁路线，北至煤场，南到水渠，狭长的一块地皮，用于安葬去世的工人。

关于玉皇庄的史料很难找，我只见过一篇介绍玉皇庄古迹的文章，是北京著名"草根清史专家"冯其利先生写的，刊登在2002年2月新华出版社出版的《北京档案史料》里，题目叫作《玉皇庄的将军奕山墓地》。玉皇，一般指玉皇大帝，乃道家至尊，清代以前此地是否有道观不得而知。文章介绍说，奕山墓地在玉皇庄村北，背靠山坡，坐西向东，原有虎皮石围墙，占地40余亩。墓地南侧为阳宅一所，两进院子，房屋10余间。奕山墓的宝顶高3米，下边按昭穆次序，依次葬有奕山后代。墓地东南还有一个松树圈，占地不到1亩。1931年之前，奕山墓地除了留下的甬道之外，看到的都是松树。据长辛店老人说，60年代还存有石墩、石台、柱础等遗迹。

爱新觉罗·奕山（1790—1878），字静轩，满洲镶蓝旗人，清朝宗室。康熙帝十四子爱新觉罗·胤禵玄孙，道光帝族侄。侍卫出身，历任塔尔巴哈台领队大臣、伊犁参赞大臣、伊犁将军、黑龙江将军等职。其在第一次、第二次鸦片战争中，分别与英、俄签订丧权辱国的不平等条约。他两被革职，两被复用，是历史上有争议的人物。奕山卒于光绪四年（1878），终年88岁，谥庄简，葬于玉皇庄。

再说铁塔。我们小时候将铁塔称为"铁架子"。铁架子矗立在东南街后面偏东的山坡顶上，据长辛店老人说，铁架子是南苑机场导航用的军用航标塔。北京南苑机场是北洋军政府于1920年前后修建的一个军用机场，因当时还没有雷达技术，便在陆地的显要处竖立起一座可供目测的航标塔，为飞机引航。

据东南街的老住户刘京辉先生回忆，铁架子实际属地为东南街。六七十年代，整个长辛店都属农业区，长辛店生产大队下辖南关、北关、米家口、崔村四个生产队，玉皇庄属北关生产队，东南街属崔村生产队。山坡的地由东南街的农民种，玉皇庄的人很少到坡上来。铁架子以边长10厘米的角钢为材料，每层高度约2.5米，底面呈三角形，边长五六米，共有14层，总高度约40米。铁架子下口大，上口窄，到了第13层顶部时，三角形铁架收成圆形，铺着直径1米的木板，中间留有圆孔，人可上下。这一层的木板安装着铁管护栏，最上端是一个木制塔顶，涂成红白相间色。铁架子东北一侧的角铁上，安装有钢筋棍扶梯，每一层都有角铁斜对角支撑加固，非常稳定结实。新中国成立后，铁架子原有的导航功能改作了国家测绘地形地貌的用途。

玉皇铁塔在西部丘陵的边缘，东面一马平川，近看国道，远望京城，要津形胜，尽收眼底，堪称京西第一观景台。1968年国庆节的晚上我和小伙伴登上铁塔的最高处，看天安门放礼花，20千米外的烟火只能看见一片红光。登铁架子是长大以后再也不敢做的事，现在想起来都怀疑自己曾有过那么大的胆。当年，桥西孩子们登上铁架子是常事，有的孩子还登着斜撑攀上去，一般孩子爬到13层也就止步了，站在木板上，身边有护栏，很有安全感。个别超级胆大的孩子敢爬到14层。

玉皇铁塔的西边也是长辛店的一处景观，沟坎纵横，梯田错落，居高临下，视野开阔。铁架子四周有几米深的排水沟，长满各种野菜，小时候常去挖，在玉皇铁塔下认识了刺菜、苋菜、马勺菜、苦蔓菜、曲蔓菜、野苜蓿、车前子、白蒿头、拉拉秧等多种野菜，什么菜人能吃，什么菜兔子能吃，一清二楚。初春麦苗吐绿的时候，我们在铁架子下放风筝；满坡青纱帐的时候，我们找甜玉米秆、甜高粱秆吃；秋天到收割过的地里刨白薯，那里黏红土里的白薯生吃赛水果，又脆又甜。玉皇铁塔现已不存，山坡削低，建成一个高楼林立的花园式小区，名为"长馨园"。1975年开通309路公共汽车，这一站起了新名，叫"崔村花园"，预言成真。

# 崔村灯火

## 长辛店历史最早的村子之一

崔村灯火，长辛店八景之一。这个景观不是传说者有共识的一景，久居长辛店桥西的老人才提到，可能是他们曾亲眼所见的缘故。20世纪五六十年代，随着二七厂生产的发展，尤其是1958年，二七厂有5000名新工人入厂，成为万人大厂，桥西的面貌也随着工厂的壮大而改变。

"崔村灯火"被列为一景，不是没有缘由，因为崔村是长辛店历史最早的村子之一，且依山傍水，顺坡而建，街巷笔直，两边均有院落，是桥西最大的一片老街区。道路的北侧还有几家建有石台，夏秋季节在石台上乘凉，喝茶聊天。崔村占地面积广大，据老人讲，50年代方圆数十千米都是崔村生产队的范围，南至二七厂，北至马家岭，东至京广铁路，西至西山坡。

崔村是明代《宛署杂记》记载的村名，且单独提起，与"新店村"并列。崔村西高东低，西边是小山，东边是河谷，九子河横亘在前。《宛署杂记》在"山川"一章曰："连仙岗，在县西北四十里京西乡崔村，土岗相连，故名。""连仙岗"即现在的"连山岗"。

崔村街中间,有一座古庙,《宛署杂记》载:"五圣庙,一在卢沟桥,离城三十里;一在崔村,离城四十里。"这座五圣庙没说创立年代,但最晚也是书籍记录的年代,明万历二十一年(1593),距今已有400多年的历史。

据我的初中同学、在崔村长大的王新勇、王博学、冯玉芬等回忆,新中国成立后五圣庙改作了崔村小学,1963年他们刚上学的时候,老庙的模样还在。门楼很高大,比平常的门楼宽一倍,厚厚的两扇红漆大木门,进门30步有一间独立的小殿,用于供奉神像。再往前20步是大殿,青砖灰瓦,宽敞高大。大殿西边有几间厢房,大殿和厢房都改成了教室,门窗安上了玻璃。在院墙的西北角有一棵大杨树,树干直径足有80厘米,树高有三四十米。大殿南侧还有一棵大槐树,树干粗壮,成人搂不过来,估计得有200岁以上,树荫覆盖了半个院子。王新勇说,那棵大槐树不知何年被雷劈了一个弧形大洞,刚好斜躺一个人,夏天还有几次钻进去睡午觉。这座庙在"文革"中被拆除,盖起了新校舍,现在大殿的地方是一座二层教学楼。

崔村的大户姓吴,家底殷实,高墙大院中有套院,占地足有10亩。新中国成立前吴家大院是个骆驼店,从西山运煤运灰的驼队在这里歇脚,60年代仍偶有驼队在崔村街里经过。70年代吴家大院临街的几间房,改成了崔村粮店。王新勇说,吴家人知书达理,跟邻居相处和睦,尤其是吴家老大待人和气,见到小孩子都说个话儿。

从崔村街中间岔路往南,至铁小后身,俗称"松树林",原有几百棵松树,占地两三亩。大约60年代末,松树陆续被砍伐,二七厂先后盖起了"设计室楼"和"红楼"。西山坡与连山岗相接,1951年至1958年,二七厂大力改善职工生活条件,在西山坡面朝东的坡上,盖了成片的平房宿舍,分两个宿舍区,因是工厂职工自力更生所建,所以一叫"南自建",一叫"北自建"。房屋

为红砖挂瓦平房，像梯田一样，一排一排从坡脚延伸到坡顶。70年代以后，平房逐渐被楼房所代替，最早的建筑按序号命名为崔村一里、二里；往后命名胜利楼、光明楼，建设一、二、三里等。90年代初，平房就没有了，山坡削低，道路加宽，盖起一排排四五层的楼房。日本人盖的"三大栋"、按苏联图纸盖的"十四栋"同时被拆除。

九子河流过崔村街东口，60年代以前没有桥，是几块大石头放置河中，平日水小，人在上边迈过，水大时便道路受阻，人要蹚水过河。河边绿草茵茵，点缀着砖窑茅舍柴门，一派田园景色。

崔村灯火，是长辛店八景中唯一的夜景，为居高临下所观，展现了桥西职工生活的一个大场面，"安居"才能"乐业"。站在崔村西端最高处的连山岗，向下一望，山坡及古街灯光星罗棋布，闪闪烁烁，远山微茫，近树朦胧，依稀可见老街古庙、小桥流水，如一幅淡墨写意画，简洁而单纯，静谧而安详。正是：

一角夕阳依山尽，

万家灯火照溪明。

# 盆塔玲珑

## 盆子坑塔在长辛店以西云岗的山坡上

盆塔玲珑,长辛店八景之一。这第八景不好选,因为没有了重合度,我只听几个人说起过,想来想去,还是列进了我认为的八景,因为很有长辛店古迹的代表性。八景中有几处是古迹,但美中不足,南关断桥未见真容,西峰夕照无处寻踪,石人石马残缺不全,将保存完好古塔名列其中,也算弥补了一点遗憾。

盆塔,即盆子坑塔,在长辛店以西云岗的山坡上,据传此处是西山龙脉一端,为防止龙脉塌毁或迁移,遂建此塔,故名镇岗塔。关于这座塔在北京史志上多有介绍,资料较为详备。《北京名胜古迹辞典》记述:"镇岗塔,在丰台区长辛店乡云岗村(张家坟村)。金代建筑,是一座砖结构的实心花塔,坐北朝南,通高18米,周长24米。底座呈八角形,低矮敦实,平座上有双抄重拱五铺做斗拱,每面各一攒。拱眼壁上有盆花、兽头等精美古朴的浮雕。西北面还浮雕有两武士、两文官和大鹏金翅鸟。雕刻的线条朴实有力,

面部表情也极为生动。"

　　书中还说："原塔前立有石碑一座，为明嘉靖辛酉年（1561）重修镇岗塔碑记。现已失落。"我在网上看到，有人说见过此碑的拓片。拓片高149厘米，宽69厘米。碑额篆书"重修镇岗古塔碑记"，碑文有些字已经辨认不清，大致记载如下："京师西山原有宝塔铭曰镇岗，不计年代，年深日久，坍塌颓毁，不（易）观瞻，呈祥献瑞，时常放光，凌云（霄）汉，舍利中藏。"此说未见资料证实。据传镇岗塔北面曾有一座崇寿寺，寺里有明代天启六年制的大铁钟，现存大钟寺。

从镇岗塔往南几千米的王佐乡还有一座砖塔，名为峰香公寿塔，又名密檐塔。此塔形制与镇岗塔一样，像是比照而建，同样有浮雕花瓣、门窗、瑞兽、佛像，塔前立有"丰台区文物保护单位"石座。这座塔在《北京名胜古迹辞典》中也有记载："峰香公寿塔，在王佐乡瓦窑村和栗园村之间，建于明嘉靖年间。瓦窑村南栗元村北原有密檐式塔十数座，俗名乱塔寺。在抗日战争期间，塔群被日军拆毁，从遗弃路旁的元至大元年所立的敕赐大庆寿寺栗园碑，可知此地本是金代所赐栗园，至元代，至元甲子又分建中和、海云二塔于赐园之隅，由此可知乱塔寺乃庆寿寺塔院。今存一座砖砌密檐塔，为明代万寿寺住持的和尚寿塔。由现存明嘉靖年间石碑一座可知。其文曰钦授万寿戒坛宗师兼敕赐崇福寺第一代住持峰香公寿塔碑铭。"

由此可知，密檐塔的前身是中和、海云二塔，建于元代，建筑规模比镇岗塔要大。

2019年夏天，我和几个发小同学去了趟栗园村，穿过一片茂密的树林，来到密檐塔下。塔座呈八角形，酷似镇岗塔，仿木结构，层檐下为四面门窗，座下为两层雕花砖。王新勇同学说，他小时候常到塔下来玩，70年代还可见庙和塔的遗迹，庙前有一座大砖台，上有石桌石凳石凫等物，并有十来座残破塔基环立周边。现除密檐塔外，"乱塔寺"的痕迹已无存。

镇岗塔与卢沟桥同龄，已有800多年的历史，是长辛店现存年代最久远的文物古迹，加上明代的密檐塔，双塔耸立，瞩望山峦，扼津守要，强形钜势，河清湖碧，云从星拱，让人欣然欲赋。

# 地名由来

明代叫『新店』，清代叫『长新店』，后改成了『长辛店』

长辛店是个千年古镇，居京畿要冲，历代史志多有记载，所以引起不少专家学者和坊间人士追根寻源，著书立说。关于"长辛店"名字的由来就是一个命题。如果"长辛店"三字最早出现在某一本古书上，且名称变迁也有据可察，那样就断代明确，考证不费周折。可事实不是这样，名字不知何年有了变化，先叫"新店"，后来冷不丁出来一个"长店"，两者合在一起，变成了"长新店"。又不知何年由"长新店"变成了"长辛店"，延续至今。两次变化没有确切的记载，所以引出了种种推测。

我最早看到长辛店地名由来的文章，是二七厂宣传部同事李昌仑所写，刊登在1986年厂内文学杂志《新泉》上，题目叫《长辛店、火车、机车厂》。文中说："近有学者考查推测，长辛店是随着金、元、明、清相继定都北京，商旅往来繁多，而逐渐发展形成的。过去曾叫'长新店'，是由于永定河经常迁徙改道，长见新，所以叫长新店，因而推断'长辛店'名称是因河道变

迁演变而来的。而我却宁可相信当地老人们的说法，长辛店距京师四十里，正好是古代车马半日行程，古代朝廷在此设立了驿站，由南进京的达官贵人、赶考的秀才举子到此歇息，第二天中午正好进城，有远来辛苦之意。且小镇地势狭长，店铺相邻，堪称'长店'。"

　　这段文字，基本概括了关于长辛店地名的几种说法，如今可查阅的资料很多，观点大同小异，有的毋庸置疑，有的仍在探讨。下面做一浅显的记述。

首先，明代称"新店"可以定论。对长辛店地名的考证，最早可追溯到元代，一说叫"苇泽店"，"苇泽"言河流湖泊，"店"言铺舍驿站。这一名称还需要史料印证。明代时，长辛店叫"新店"多有记载。《宛署杂记》云："又二里曰西五里店，又四里曰抽分厂，又一里曰卢沟桥，又四里曰新店村。"《宛署杂记》著于明万历二十一年（1593），距今400多年。作者沈榜是宛平县令，在他自己的辖区内考察地理、搜寻掌故，所记应为第一手资料。沈县令在文中一律称长辛店为"新店"或"新店村"。"店"和"村"有区别，可以理解为"店"在村子里。如"佑善寺，在西新店村，古刹。"佑善寺碑曾留存于二七厂南门外西峰寺。又如，"河间、定兴二王墓。河间定兴二王俱死王室，敕赐衣冠冢于县南卢沟桥新店。"这两例带来两个疑问，一是"西新店村"的叫法，如佑善寺碑留存处是寺的原址，那"西新店村"就是长辛店大街西边的西峰寺一带，是个新地名，与"东新店村"相对，不然的话应说"新店村西"。二是河间、定兴二王墓，当地俗称石人石马，原址在618厂内，属张家坟，离赵村（今赵辛店）和吕村很近。又说："世忠祠，在新店村，离城四十里，弘治丁巳年建。"赵村和吕村在《宛署杂记》中都有提及，有确定地址，舍近求远，仍以新店为参照，不知是随手而记，还是

新店的范围很大，包括了西边的小村子。不管怎么说，"新店"二字落实。

1983年版《日下旧闻考》，赵洛在再版说明中，支持了长辛店因河道变迁、"常建常新"的说法："弘历更说'小黄河剧大黄河'，永定河的灾害胜过了黄河。而现在卢沟桥南长辛店的名字，也是由于河道变迁而得名的'长新店'演变而来的。"

其次，"长店"来由不明。关于"长店"史书提及甚少，具体位置不详。

"长店"主要根据《日下旧闻》的记载："天启元年（1621）十二月，御使李日宣议于都门抵良乡界五十里，如长店、大井、柳巷、五里店、太平埚等处，每五里筑墩堡，宿兵十名，遇有窃发，协力出救。"

《日下旧闻》是康熙二十五年（1686）编著，到了乾隆三十九年（1774）《日下旧闻考》出版，对以上说法做了补充订正："柳巷在广宁门西迤五里，大井在广宁门西十里，五里店在卢沟桥东五里，长店即当今长新店，在卢沟桥西五里。太平埚无考，赵村隶良乡县境。"

《日下旧闻》用了"长店"地名，看顺序应是由城外向城里走，长店、大井、柳巷（今六里桥）、五里店、太平埚（是否为今太平街）、广宁门（今广安门）。其中五里店位置有误，应排在"长店"之后，这样可以确定"长店"离"新店"很近，而且是在"新店"的北面。而过了88年，"皇家翰林"将"布衣作者"的说法做了订正："长店即当今长新店，在卢沟桥西五里。"这可以读出两个意思，一是叫"长店"叫错了，二是这期间"长店"与"新店"合并。因此一种观点认为，"长店"与"新店"并不是相邻的两个村子，而是一个村子的两种叫法，一据"长店即新店"的订正，二据"长店"与"新店"从未在史志中同时出现过。另外，因村子狭长，把"新店"叫成了"长店"，也有可能。不是土生土长的人，一提长辛店首先想到的就是一条船形古街，其他地方容易忽略，商旅过客更是如此，对桥西了解的人怕是不多，起一个简明好记、特征明显的俗名很有必要。大桥、西山坡、东河、东后头、盆子坑、河沟等地，地图上找不到，没门牌没路标，可长辛店人都知道具体方位。俗名盖过本名，只是一种可能，还有哪个在南、哪个在北的推测，都需要进一步考证。

再次，"长新店"的叫法始于清代。清代以后，"新店"前加入了"长"字，合并为"长新店"。《日下旧闻考》记录了乾隆皇帝作的一首诗，是乾隆三十一年（1766）过卢沟桥时所作。其中的四句是：

过桥村店号长新，

旅馆居停比接邻。

试问于中投宿客，

阿谁不是利名人？

乾隆皇帝亲口说到了"长新店"，"过桥村店号长新"，这是"新店"变为"长新店"最早最权威的证据。"旅馆居停比接邻"，描绘了长辛店的面貌；"阿谁不是利名人？"点出了过客中两种人最多，一是跑买卖的，二是考功名的。

最后，"新"变成"辛"成谜。记录"过桥村店号长新"是在乾隆三十一年，可仅过了几十年，纪晓岚在《阅微草堂笔记》中写成了现在的名字"长辛店"。他写道："余官兵部尚书时，往良乡送征湖北兵，小憩长辛店旅舍，见壁上有归雁诗二首，其一曰'料峭西风雁字斜，深秋又送汝还家。可怜飞到无多日，二月仍来看杏花'。其二曰'水阔云深伴侣稀，萧条只与燕同归。唯嫌来岁乌衣巷，却向雕梁各自飞'。末题晴湖二字，是先兄字也。"

纪晓岚时居兵部尚书高位，在长辛店歇脚，说明这里有档次不低的旅馆。《阅微草堂笔记》编写于乾隆五十四年（1789）到嘉庆三年（1798），距今200余年，"新"换成"辛"的时间不算长。

至于"新"变成"辛"，是百姓取"辛苦"之意，还是官属遵旨改动，又是一个谜。"新"和"辛"并不是通假字，词义也大相径庭，但两者都入地名，"新"如新乐、新余、北新桥、新街口、新庄村等；"辛"如辛庄、

北辛安、黄辛庄、辛集、辛木等。如此看来，"辛"字并非只有"辛苦"之意，不然怎么有这么多地名用到？如"辛盘"。清代《帝京岁时纪胜》云："春盘。新春日献辛盘。虽世庶之家，亦必割鸡豚，炊面饼，而杂以生菜、青韭芽、羊角葱，冲和合菜皮，兼生食水红萝卜，名曰咬春。"

可见辛盘里，既有老百姓全家迎春的希冀，又有绿色可口的美食，在这里"辛"既有本义，又有与"新"的相通之处。

长辛店的名字到底是怎么来的，我说了半天也没出方家所言范围，只把众所周知的结论复述了一遍，即明代叫"新店"，清代叫"长新店"，后来改成了"长辛店"，延续至今。虽没弄清根由，也觉得挺有意思，像看魔术，对外行人来说，一头雾水胜于水落石出，留下了好奇、探寻的空间。长辛店因为是古镇，才会有那么多饱含文化底蕴的故事，才会有那么多需要探究的谜题，这也正是历史的魅力所在。

# 古物一窥

*有些散落的文物被有心人记录*

长辛店桥西尤其是西山坡一带，因京城西山是皇家龙脉的一端，被视为风水宝地，正如《日下旧闻考》王鳌游西山诗所言："人间富贵尔所有，不虑生前虑生后。高坟大井拟王侯，假借佛宫垂不朽。"龙脉延伸到长辛店，故有许多皇亲国戚、元勋功臣的陵墓。在20世纪90年代以前还有不少文物遗存，后可能被文物部门收藏，可能遗失民间，不知最终下落。有些散落的文物被有心人记录，如今方得一窥。

1986年我到厂报社工作后，设计处杨雄京工程师给了我几页纸，是复印他的日记。1982年，杨雄京大学毕业被分配到机二车间，听工友聊起长辛店有不少古迹，挺感兴趣，便骑车考察了一番，并随笔记下。

铁小旁边的"西山地宫"是"文革"中挖防空洞发现的一个古墓，已看不到任何痕迹。之后看了"石人石马"，回来到工厂图书馆查阅了《明史》，了解了一下背景。

103

在太子峪供销社门前见碑刻一块，上有《皇清诰授中宪大夫江南卢州知府加五级见阳张公墓志铭》："君以佳公子，束发嗜学，博览坟典，为诗文卓荦有奇气。旁及书法绘事，往往追踪古人；曹鉴伦撰，王云锦书；康熙四十六年丁亥五月初九日。"

"见阳张公"即张纯修（1647—1706），号见阳，曾任卢州知府。擅山水，得董源、米芾之沉郁，兼倪瓒之逸淡。尤妙临摹，盖其收藏颇多，故能得前人笔意，所临作品名家亦难辨真伪。书法宗晋、唐，精通篆刻。在长辛店众多古墓中，张纯修是唯一的书画家、收藏家。其墓志铭在太子峪张家坟。张家坟因有明代张玉、张辅和张懋祖孙三代墓而得名，不知是否有联系。

在杨家坟北见碑刻两块，其中一块为《谕祭碑》，上书："康熙三十一年二月初三日，皇帝遣礼部郎中谕祭故都督同知管陕西宁夏总兵官事加赠右都督李嗣兴之灵曰，鞠躬尽瘁，臣子之芳踪；恤死报勤，国家之盛典。尔李嗣兴，性行纯良，才能称职，方冀遐龄，忽闻长逝，朕用悼焉。特颁祭葬，以慰幽魂。呜呼！宠锡重垆，庶沐匪躬之报；名垂信史，聿昭不朽之荣。尔如有知，尚克歆享。"

李嗣兴是李定国之子。李定国是赫赫有名的抗清名将和大忠臣，张献忠的养子，功彪史册的人物。李嗣兴后归降清廷，被授予都统品级，曾任陕西宁夏总兵。杨雄京说，李嗣兴是他敬佩的古代人物之一。

该处还有残破的石供桌、石香炉、石门、石狮子，以及似为华表的八棱石柱。有石墩数个，上有人物浮雕。坟有三个，一字排开，中间大，两旁小。碑有两块，一全一残。

在吕村见《御制赐谥文正赠太傅体仁阁大学士朱珪碑》，嘉庆十一年（1806）十二月所立。朱珪，字石君，乾隆十三年（1748）进士。18岁即选庶士散馆（官职），因成绩优良，授以编修，累迁侍读学士、侍讲学士，历官礼部侍郎、安徽巡抚、两广总督、兵部尚书等职。嘉庆时期任皇帝的老师。嘉庆十年（1805）卒，终年76。赠太傅，祀贤良祠，特谥文正，葬赵辛店，朱家坟因而得名。

在618厂东北墙外，见碑刻一块，为《太医院右院判加四级食正二品俸又加一级李德聪之父李瑄之母薛氏诰命之碑》。落款是清雍正年间。李德聪是康熙皇帝的御医。另有一块《大明追封宁阳王谥恭靖张公神道碑铭》。

在二七厂西约二里处，618厂北门外，有碑刻一块，上书："奉天承运，皇帝制曰，国家于我臣之有勋劳者，必锡封爵，以荣贵之。且俾其子孙世袭焉，此报功之盛典也。尔英国公张懋乃故英国公张辅之子，眷为尔父。当我皇曾祖靖难之初，攄忠效力，克树华勋，累封皇爵，传及于尔，尔能继承不替，令誉有闻，兹特赐之诰命，以示褒嘉于戏，世禄惟厚，世德宜宗。尔尚思前人成立之难，应念朝廷崇报之厚，必忠必孝，毋怠毋骄，庶保荣名于永久，尔其钦哉。制诰。天顺七年（1464）十二月二十二日。"

此外，碑上尚有"成化十六年十二月二十五日、成化二十年五月十二日之制诰、弘治十二年二月初六之制诰"等字样。

在陈庄一小后身的陈庄煤厂内，有一对四方鸳鸯碑，一块刻一列篆字；另一块上刻有"太子太傅□□殿大学士""康熙十□年"字样。碑约一米见方，是密密麻麻的小楷字，已模糊不清。

1973年何大炎所言长辛店十景中，有一景为"杨公古墓"，他在《自选诗集》中写道："地宫南北向，背靠老山头。为有残碑在，今知御马侯。紧挨工厂西北角的宿舍区，地名杨公庄，1971年挖防空工事时挖出一座古墓。古墓后面是西山坡宿舍，西山坡最南面有一凸起的高地，小孩们称为'老山头'。墓碑在挖出后即被运走，断成两截。碑文记载，墓中葬的是清初宫中负责饲养御马的杨姓太监。杨公庄因此而得名。"

"杨公古墓"就是杨雄京说的"西山地宫"。我记得是在铁小围墙的西南角靠山坡的地方，是个十几平方米的大方坑，里面散落着不少铜钱。方坑上面盖的是青条石，有六七米长，共10多根，据说某中学将条石运走了，用来砌操场主席台的基座。杨公庄紧邻二七厂北门，二七厂的地址就是杨公庄1号，现二七体育场曾是杨公庄一大户人家的麦地。

20世纪80年代，在西山坡各处还散落有碑刻，可惜我没有像杨雄京一样有心，详加记录。2000年，最早鼓励我写写长辛店的米文群同学，告诉我太子峪河边有几块碑刻，我俩去看了看。在河边的草丛中有三块石刻文物。一块墓志铭约80厘米见方，篆书，保存完好，字迹清楚，上面写着："皇清诰授通□大夫，巡抚广东等地方提督军务兼理粮饷都察院右副都御史，加七级，又军功加二级，纪录九次。杨公墓志铭。"旁边另有两块雕花汉白玉残缺基座，图案简洁，线条圆润，似为明代之物。

《宛署杂记》载："崇恩寺，在新店村，正德年造，万历十七年重修。"崇恩寺，原在北京十中校园内，大殿曾作为校办工厂，"文革"后被拆除。

《宛署杂记》载："世忠祠，在新店村，离城四十里，弘治丁巳年敕建，为河间王张玉、定兴王张辅。详恩泽下。"世忠祠现已不存，也未见其他资料提到。

《宛署杂记》载："天仙庙，一在田各庄，正德年建。一在义井村，嘉靖三十九年陈总兵建。以上离城约二十里。一在卢沟桥，一在新店村，一在新店南。以上离城约四十里。"新店南的天仙庙听人说起过，60年代还在。

火神庙，在长辛店大街中间路东，庙的创建年代不详，据长辛店老人讲，不会早于元代。《北京名胜古迹辞典》介绍了火神庙的建筑特点："山门为砖砌仿木结构（无梁），封护檐，歇山调大脊，筒瓦，拔卷门三间，门匾刻有'敕建延祚善庆宫'，雕二龙戏珠。天王殿三间，顶已改，一斗两升带麻叶头斗拱，明间六攒。建筑形式应属于明末清初时的遗构，保存较完整。"

火神庙是长辛店二七大罢工重要纪念地之一。1923年2月4日，长辛店铁路工人响应京汉铁路总工会的号召，实行总罢工。2月7日，3000名铁路工人，前去警察局所在地火神庙交涉，要求释放被捕的工会委员，冲突中，反动军警对工人进行了残酷镇压，葛树贵等5名工人当场中弹牺牲，还有3名工人惨死在狱中或家中。二七大罢工虽然失败了，但充分展现了中国工人阶级反帝反封建的彻底革命精神和高度的组织纪律性，标志着中国工人阶级登上了世界政治舞台。火神庙作为红色旧址，2013年被列为全国重点文物保护单位。

# 卢沟桥

## 世界上最好的、独一无二的桥

毗邻长辛店的卢沟桥，举世闻名。卢沟桥工程宏伟，技艺精湛，建成后大约一百年，意大利旅行家马可·波罗曾经来到这里，称赞这座桥是世界上最好的、独一无二的桥。

卢沟桥始建于金大定二十九年（1189），竣工于金明昌三年（1192），历时三年建成。卢沟桥的建成，对于金王朝在军事、交通、经济等方面起到重要作用。

长辛店北关距卢沟桥只有两千米，童年和少年不知去过多少次，虽说339路公共汽车在卢沟桥上就有一站，但我和伙伴们还是走着去，或扛着竹竿沿铁路旁的小路走，边走边在树趟子里粘鸡鸟（知了）；或拿着抄网顺东河的河滩走，边走边在水洼里捞小鱼。走走玩玩，一会儿就到了。

卢沟桥有两个地方最令人赞叹，一为桥基牢固，在浑流巨浪中屹立800年仍坚不可摧；二为狮子众多，"卢沟桥上的狮子数不清"，一句谚语意趣

无穷。我和小伙伴不止一回要打赌数清狮子，数半天也是白数，几人相差不止个位数。

其实，关于卢沟桥的狮子，别说孩子，就是大人也没数出个准数。首先从古人说起，他们从来就不数，关注点没在细节上。元代《析津志》记载："上架石梁，有狮子栏楯。"《马可·波罗游记》说："桥两旁皆有大理石栏，又有柱，狮腰承之，柱顶别有一狮，此种石狮甚巨丽，雕刻甚精，每隔一步有一石柱，其状皆同。"这是距建桥仅一百多年的记载，重点在石狮的艺术性上，那时候好数，一个石柱上有一个狮子，281根石柱就有281个狮子。

到了明代狮子多了起来，如《帝京景物略》云："卢沟桥跨卢沟水，金明昌初建，我正统九年修之。桥二百步，石栏列柱头，狮母乳，顾抱负赘，态色相得，数之辄不尽。"正统九年为1444年，在明代已有小狮子出现，虽没提到概数，但一定是不好数了。清代《宸垣识略》说："左右石栏刻狮子数百枚，情态各异。"概数是数百枚，比以前增加了不少。

那么卢沟桥现在的狮子到底是多少个呢，真的就数不清吗？还真的挺难，不是数不清，而是辨认不清。《燕都说故》中有孔庆普一文，谈到了数

109

狮子的经历。他说，由于有"卢沟桥的狮子数不清"的传说，所以到桥上数过狮子的人很多，作为桥梁养护者更应该数清楚它。卢沟桥于1950年由河北省移交到北京市以后，在测量建档时清点过桥栏上的狮子，可以确认的有484只（含2只顶狮）。辨认不清的有12个。1952年被长大物件运输撞坏了两根望柱，修配时少做了3个狮子。1957年罗英工程师清点过，认为至少有狮子481只。1961年文物工作队清点后认为，至少有481只（含2只顶狮，不包括华表上的狮子）。1967年桥面加宽工程开工前，清点栏杆狮子有480只，有一部分望柱损坏严重需要更换，本着使狮子数不少于484只进行雕刻，完工后可辨认的狮子总数为488只。1986年桥面修复工程开工前，清点的狮子总数为486只，20年受风化腐蚀又少了2只。似是而非凸起状有5个。

看到狮子数目的来回变化，不知您感觉如何，反正我还是没闹清有多少个。这还没完，在同一本书中乔良也谈到了数狮子。他说，新中国成立后，文物工作者对卢沟桥进行了各系统调查，查明全桥共有大小石狮498个。清查慎行《人海记》载卢沟桥石狮368只，与现存石狮相比为什么如此悬殊？从现存的金、明、清及清以后护栏和雕饰中，发现造成石狮数目不准的根源出自大狮子上的小狮子。从风化程度和雕刻风格，可以确定护栏的年代，文物工作者发现，金代的护栏上只有大狮，没有子狮，而明代的护栏上已有子狮出现。至于明以后的护栏，子狮的数量又有增加，这一点从古书的记载也能看出来，从"柱顶别有一狮"发展到了"刻狮子数百枚"。石狮数量的增加，也反映了石刻艺术的发展轨迹，金代简单质朴，较少纹饰；明代保持古风，有所创新；清中晚期至民国追求华丽，繁缛失神。

说完数狮子，再说说刻狮子。卢沟桥上这些让人欣赏不够的艺术品，到底产自哪里，出自何人之手呢？据《元大都宫殿图考》记载，著名产石地河北曲阳县，有一石匠叫杨琼，"世为石工，精巧绝伦"，他奉召进京，参与了大都城的全部建造。《永乐大典》中有"采石局"一条："采石局，《元史》至元四年始置。大都兼山场石局总管，以杨琼为之。……十一年，于大都附近拨采石之夫二千余户，常任工役，改置大都等处采石提举司，秩正五品。"似可以这样推测，最初卢沟桥上的狮子是由曲阳县杨琼等雕刻的，因此出了名，被调进都城，并设立机构，赐予官位。

卢沟桥共有四块石碑，"卢沟晓月"乾隆题诗碑、康熙"重修卢沟桥碑"、康熙题"察永定河诗碑"、乾隆"重葺卢沟桥碑"。四块碑都是皇帝"御笔"，但其中一块有点不一样，这就是乾隆写的《重葺卢沟桥记》，他从"归顺"和"归降"两个词的辨义说起，转到桥的"修"和"葺"的不同。接着又回顾了一下卢沟桥的历史，路面的损坏情况，然后说到这次重修。拆开洞门发现，古人的用工已达到极致，重修不如照旧。"朕因是思之，浑流巨浪势不可当，是桥经数百年而弗动，非古人用意精而建基固，则此桥必不能至今存。"最后乾隆话锋一转，批评了好大喜功之人，告诫当朝和后世，不可沽名钓誉。"夫金时钜工至今屹立，而人不知或且司工之人，张大其事，图有所侵，冒于其间焉。则我之此记，不得不扬其旧过去之善，而防其新将来之弊。是为

记，以详论之。"皇帝立一块警示碑，似不多见。

　　四块碑中人们最熟悉的当属"卢沟晓月"碑，燕京八景之一，为乾隆十六年（1751）乾隆皇帝题写，并题诗一首刻在碑后。据金代《明昌遗事》所载，燕京八景之说始于金章宗年间。古时这里涧水如练，西山似黛，每当黎明斜月西沉之时，月色皎洁，十一孔联拱石桥倒映水中，组成一幅绝美图画。明《长安客话》："每当晴空月正，野旷天低，曙色苍苍，波光淼淼，为京师八景之一，曰'卢沟晓月'。"历代文人墨客吟咏"卢沟晓月"的诗词俯拾即是，大多以"月"为点睛之笔。元杨陶然诗："十二飞虹架石梁，上都津要会群方。月钩落水玉痕冷，海气截天清影长。"明王英诗："浑河东去日悠悠，斜月偏宜入早秋。曙色微涵波影动，残光犹带浪花流。"

　　卢沟桥是"七七事变"的发生地，1937年7月7日，日寇以一名日军失踪为借口，要过桥进宛平县城搜查，遭到了中国守桥部队29军的拒绝，日寇悍然向卢沟桥发动进攻，29军奋起反击。"七七事变"是日本帝国主义全面侵华战争的开始，也拉开了中华民族全面抗战的序幕，中国人民经过艰苦卓绝的抗日战争，取得了最后胜利。

　　卢沟桥，一座巧夺天工的桥，一座气贯长虹的桥。

# 清清九子河

## 孩子们独创的游戏是"招青头"

九子河是一条古老的河,我小时候不知其名,大人和孩子都叫"河沟"。九子河在20世纪70年代以前从未断过流,只不过有水大水小之分。60年代,我和伙伴们溯流而上找过发源地。出胡同西口,现在309车站的地方还是一片荒地,一条狭窄的柏油路从野草中穿过。顺河边小路往上游走,过一座砖窑到崔村东口,沿二战校西墙到坦克道,河水在马家岭、留霞峪一带便没了踪影,我们断定是"控山水",到此止步。一说九子河是小清河的支流,主流汇入永定河。九子河过崔村街东口开始流入桥西,西岸是二七厂宿舍区和厂围墙,东岸是东南街、乐山里、同兴里、德善里、二七通信工厂,然后自西峰寺流出桥西。1993年,因修建京石高速,挖出的南岗洼古石桥,桥为五孔,建造年代不详。南岗洼桥和南关明代的永济桥,不知是否同为九子河的故道。

我住的胡同出西口便是九子河,这几百米景色最美,河道变宽,水从西北过来,到煤铺马场坡下拐弯,然后笔直南下。两岸是缓坡,中间有深有浅,深处小鱼成群结队，浅处绿草丛丛。河边有一棵歪脖大柳树，枝条伸到河中央。树下是个小土包，常有人观景乘凉。那时的地下水位几乎与地表持平，在河岸挖个小坑，用脚尖点几下马上出水，在东南街北面山坡有两口机井，水面离井口也就两米。我们发明了"冲坝"游戏，一个在上游建库蓄水，一个在下游堆泥筑坝，中间挖二三米河道，然后开闸放水，看谁的坝结实。我们还玩"补锅"游戏，用泥巴捏成一个小锅，往地下猛地一扣，锅底便被气流炸开，对方要用双倍的泥巴补窟窿。这泥巴可不是一般的泥巴，是到二战校西南门外取的，那有一个大水坑，泥巴是红色的，土质细腻，黏度极高，我们称为"胶泥瓣儿"，大水坑叫"胶泥瓣儿坑"。胶泥瓣儿是我们的橡皮泥，能捏各种各样的小动物。

河沟里有成群的小鱼小虾，最多的是泥鳅，拨开水里的草，连泥带水双手一捧，是抓泥鳅的好办法。河面上有一种昆虫，身子像瓜子，四条腿细如发丝，在水面上快速滑动，我们叫它"香油儿"。香油儿在我们眼里不好玩儿，所以不存在被捉的危险，在水草间串来串去，玩得很自在。

夏秋之际，在河边水里捉蜻蜓是最有趣的事。有资料说蜻蜓是远古的昆虫，全世界有5000多种，中国占200多种，九子河上的蜻蜓不下20种。

那时蜻蜓太多了，尤其是大雨过后，天空大地都是湿漉漉的，不知在哪避雨的蜻蜓一窝蜂似的钻出来，到处飞舞。大部分蜻蜓我现在也不知道学名，只知道土名，连土名都不知道的，一律归为"玛楞"。全身橘黄色的"薄翅蜓"数量最多，一群一群的，忽快忽慢，上下翻飞，一团蚊子转眼就被打扫冲散。薄翅蜓又分好多种，模样大小相同，只是尾巴的颜色不一样。我们当然要逮最漂亮的，尾巴红得发紫，我们叫"红辣椒"，飞行速度快，好单独行动，河边吕大妈家的菜园是最佳伏击点，一排树枝篱笆墙，开满南瓜花喇叭花，常有红辣椒在此小憩。到处都有但很难逮到的是草花，长得有点土，颜色单一，雌的暗黄，雄的浅灰，在草尖或水面超低空飞行，像直升机在空中悬停，遇到情况瞬间快速起动。蜻蜓里的老大是"麦鹞子"，身量足有10厘米，尾巴黑黄相间，像一架轰炸机，偶尔在上空疾驰而过，从不停留。小时候逮了十几年蜻蜓，从没逮住过"麦鹞子"，一次次无奈地行注目礼。还有好多种小蜻蜓，在草叶间飞飞停停，只有一种我知道土名，翅膀扇动频率很慢，黑的叫"黑老道"，绿的叫"绿老道"，只要全身没差样的颜色我们一律取名"老道"。

捉蜻蜓的办法很多，弯个铁丝圈，系上一排小线，相邻的两根搭扣，便做成一个小网，绑在竹竿上，飞着的落着的都可扣住。或直接用铁丝圈卷几层蜘蛛网，蜻蜓碰上就别想跑。我们比蜘蛛聪明的地方是主动出击，而不是守株待兔。

孩子们独创的游戏是"招青头"。青头是个儿比较大也比较多的一种蜻蜓，我查了查学名叫"碧伟蜓"，雌的腹部为绿色，雄的为蓝色，细线一头拴住雌青头，一头拴在一尺来长的树枝上，嘴吹口哨，手画圆圈，让诱饵在头顶飞舞。雄青头看见雌青头，会从空中直扑过来。夏秋的傍晚，九子河边至少有数十个孩子在招青头，还有人站在水里，水里比岸上好招，高手一个傍晚可招10多只，但也有不少孩子两手空空，光机灵不行，还需要点运气。在桥西，住东南街、三角地、同兴里、杨公庄等河两岸的孩子，都会招青头。

九子河里还有好多鱼虫，一种是小米粒一样的蹦虫，一种是鲜红的线虫，如今在花鸟鱼虫市场买可不便宜。在河边的浅水里，可以看到一团一团的红色小蹦虫，离家近的，就用纱布做个巴掌大的小抄子，捞一下就回家，直接放到鱼缸里。我用芝麻酱瓶子养了几条红剑热带鱼，接自来水，喂活鱼虫，长得快着呢！一年冬天下了雪，我把芝麻酱瓶子放在炉台上加温，结果忘了，鱼全煮熟了，难受了半天。远道来捞鱼虫的，拿的是大抄子，豆包布缝的，一米多长，一捞好几斤。头上飘着长长的鱼虫抄子，坐在自行车货架上够着骑，一副很悠闲的样子，是九子河边的点景人物。

到了冬天，九子河依然是孩子们的乐园，在冰上滑冰车，冰车都是木板钉的，有豪华版的，木条规矩，下装角铁。有普通版的，东拼西凑，下安铁丝，以两根火筷子为动力，在冰面上你来我往，玩得头上直冒热气。没冰车的孩子也能玩，助跑、侧身，用鞋底滑出去老远，如穿着白塑料底鞋，比冰车还快，但也有"老头钻被窝"的。当时大多孩子穿的是家长做的"毛窝"，白塑料底黑条绒五眼棉鞋算奢侈品，五六元钱一双，穿这种鞋的孩子不多。

九子河平日水没膝盖，一遇大雨河水暴涨，河面变宽，两边的土路淹没其中。1969年，北京市政四公司负责治理河道，河道里站满了工人，他们穿着高筒雨靴，整齐的蓝色工作服，用铁锹往岸边扔淤泥，两岸用水泥方砖砌了护坡，治理了杨公庄小桥到陈庄大桥的一段，有三四百米，还把两座桥建成了水泥桥。杨公庄小桥用铁管焊成桥栏，两侧各一行六边形铁皮，上有标语，北边是什么记不得了，南面一行是："敬祝毛主席万寿无疆！"

九子河多年没有水了，两边的房子已连成片，那清清的河水、嬉闹的孩子、飞舞的蜻蜓和畅游的小鱼，有时还走进梦里。

# 童年游戏

## 胡同孩子玩的都是自制土玩具

如今的儿童玩具让人眼花缭乱，从插片到乐高，从遥控车到无人机，还有手机、电脑上的游戏，种类繁多。如今的玩具与20世纪六七十年代的玩具相比，一个复杂，一个简单，一个重智力，一个拼体力，一个自己玩，一个和伙伴玩。当然区别最大的，是一个老贵，一个不花钱。我和胡同孩子玩的都是自制土玩具，如陀螺、尜尜、铁环、沙包、弹球、垒球、杂炮枪等。那时的游戏玩起来都比较简单，运动量大，适合户外，带来的好处是身体皮实，动手能力强。下面我介绍几种我们常玩的土游戏。

推铁环。用细钢筋棍弯成一个圆圈，就做成了铁环，一般是家里大人帮助做的，因为一是钢筋棍小孩子弯不动，不易做圆，二是接口处没法处理光滑，需要焊接。好在不少家长是在二七厂上班，这点事不在话下。在铁环上再放几个小铁圈儿，我和胡同里的伙伴们，前前后后在东南街的土路上推着铁环跑，小环碰大环的哗啦哗啦声响成一片。东南街在一面山坡上，全是土路，高低不平，拐来拐去，推铁环得有点技术，不然走不了几步就会脱把、翻车。玩得溜的，能单手起动，铁钩子在铁环上往前一顺，铁环就滚起来了，过沟过坎也不当回事儿。铁环几十年没推过了，但手感还有。2013年，在房山黄山店一条民宿街上，有几项怀旧的玩具，其中有个大铁环，我找到了小时候的感觉，推起来上坡下坡走了几个来回。一群孩子和家长大加称赞，才知道铁环怎么个玩法，请我这个"老大爷"做了一回技术指导。

抽陀螺。陀螺是司空见惯的玩具，如今玩的人少了，但没有失传，偶见地摊上有卖的。长辛店的大人孩子管陀螺不叫陀螺，叫"汉奸"，玩陀螺叫"抽汉奸"，从小到大没听过一个差样儿的称呼，不知北京城里是否也这么叫。

管陀螺叫汉奸，据说始自日本侵略时期。这别名起得太好了，爱国热情爆棚，汉奸是坏蛋，拿鞭子抽最解气，越来气越使劲，越使劲转得越快，转得越快越好玩。我和胡同伙伴们的陀螺都是自己做的，用一截粗细长短合适的木头，从三分之一以下用圆弧过渡，一头削尖，以敦实、圆滑为佳。我

跟同学借了一把剃刀，细把大肚子，锋利无比，削了一个桃木的陀螺，跟小窝头一样大，上沿刻了一圈花纹，尖上砸进一颗自行车的滚珠。这是我做过的最漂亮的一只陀螺，代价是左手无名指削去指甲盖大小的一块皮。抽陀螺在硬化的平地最好，我们常去二七厂北门，小广场中间有个椭圆形的金鱼池，周围是水泥地面。二七俱乐部东边是几个灯光篮球场，全部是水泥地面，那里抽陀螺的孩子最多。

抽陀螺的鞭子也有讲究，是用旧皮带或旧轮胎里的小线儿做的，我们把这种小线儿叫"鞭梢儿"，现在已经见不到了。那时用皮带轮的机器很多，如煤场的蜂窝煤机，农村的收割机、拖拉机，工地的卷扬机等，皮带经常更换，还有拖拉机的旧轮胎，都不难找。皮带里是小线儿，用橡胶浸过，格外结实。把小线儿一根根扯下来，先拧成股，再编成三股辫子，绑在一尺长的木棍上，就成了一根既结实又漂亮的皮鞭。鞭子看你怎么编，可粗可细，可大可小，那时胡同里的孩子都用这种鞭子抽陀螺。有的还做成大鞭子，两个手指头粗，两米来长，抡起来一甩啪啪地震天响，这是又一种玩法。2018年，

我跟几个同学去镇岗塔，见到几位老人玩皮鞭，或蹲或起，或转或跳，做出各种武术动作，皮鞭甩得山响，甩皮鞭是他们健身的项目。刘世明同学甩了两下，一看架势，一听响声，就知道小时候玩过。

玩弹球。弹玻璃球是男孩子们喜爱的游戏，在胡同的空地上，常看到仨一群俩一伙，蹲在地上玩弹球，这个游戏对男孩子有吸引力。有一定技术含量，击球的准确性是胜负的关键；有赌一把的刺激，赢可以增加自己玻璃球的数量和品种，输了则心爱之物就归了别人，那时玩具少，五颜六色的玻璃球成了宝贝。小学时我常在邵玉华、韩天华同学家院外的空场玩，偶尔也到三角地、永兴里等地方跟人叫板。初中时搬到了大街，便在紫草巷小田家的院前和朝大街的宽敞处玩，在这结识了长辛店的一帮弹球高手，当然，我也在高手之列。

弹球的玩法有很多种，如卯箱、进坑、跑马、撞钟等。可以两人玩，也可以多人玩，最讲究技巧的要数卯箱玩法。这种玩法的规则有点像台球，在地上画一个梯形，为"箱"，各人把同等数量的玻璃球押在里面，叫"卯"，箱里面的球叫子球，相当于台球的红球和彩球。每人一个主球，用拇指和食指将主球弹出，打击子球，打出箱的子球便归自己。如果主球被击中或留在了箱里，主人便被淘汰出局，抵押的子球血本无归。游戏时先在箱五六米的地方画一道杠，从卯箱处向杠处弹球，以主球离杠的远近决定击球次序，与台球的开球一样。用主球击打子球，一是要准，二是要根据需要选择击球点，与台球的主球走位相同，尽量靠近对家的主球，用连击之利将其淘汰，击中主球与挨个击打子球相比，事半功倍。对弹球高手来说，三四米之内的球，几乎弹无虚发，一局赢几十个玻璃球的情况常有。撞钟玩法是，对着一面墙画三个边，有半间屋大小，把主球弹向墙，撞回后离线最近的有首发击球权，将别人主球击出边框为胜，胜方可以获得对方的主球，也可以得到若干子球，按事先约定办。进坑的玩法是，主球先进坑升级后，才有淘汰别人的权利。跑马玩法则是互相追逐，谁被击中谁算输。参与哪种玩法，根据自己的实力和本钱而定。最漂亮的主球是"汽灯"，比花瓣球略大，水汪汪的浅绿色，煞是好看。因玻璃主球容易碰伤，有不少孩子到石人石马捡来汉白玉的碎块，磨成石球当主球。

砸杏核。砸杏核可不是将杏核砸开，掏出杏仁，而是各玩家将同等数量的杏核放进一个坑里，依次序用"老子儿"把坑里的杏核砸出，出来的全归自己。这种玩法先后次序很重要，要根据"老子儿"离一条杠的远近而决定，再从这条杠向坑投老子儿，如直接投进坑里，则里面的杏核全锅端。第一个砸杏核的人，如果力度和角度合适，会让坑里的杏核一粒不剩，如果没砸好，老子儿留在了坑里，这叫作"密"，要以一倍数量再往里填，如玩30粒的，就再放30粒。看谁家的窗台上的杏核多，他准是高手。那时杏是最多最便宜的水果，5分钱的就能管够，再说周边野地里还有不少杏树随便摘，吃完了把杏核洗干净还能玩，一举两得，街上玩砸杏核的比玩弹球的多。

"老子儿"都是用铅做的，厚度五六毫米，直径60毫米上下，上面是平的，下面是弧形，便于顺滑地将坑里的杏核抄底而出。用铅做，一是有重量，便于发力，二是易成形，方便加工。铅的来源有两个，一个是牙膏皮，一个是子弹头。说起子弹头，就要说说打靶场。现在的装甲兵工程学院，长辛店人简称"二战校"。二战校东南门外，即现在的公交车崔村站南边，有一个打靶场，约有一个足球场大小。打靶场当时的管理不是很严，围着几道铁丝网，只有北面的大门口有解放军站岗，行人可以趴在东面的土坎上观摩打靶。70年代初，根据战备需要，进入全民皆兵的状态，解放军、民兵、学生经常进行实弹射击，我还参加过两次打靶。每次打完靶，孩子们就掀起稀稀拉拉的铁丝网，到靶子后面的陡壁捡弹头。子弹头有圆柱的，也有尖形的。用于做老子儿的是手枪弹头，半圆形，外面是铜皮，里面是铅，一次能捡到一小把。回到家把子弹头放进铁勺在火上烧，铅水流出后，用钳子夹出铜壳，将一只碗倒扣过来，铅水倒在碗底的"模子"里，降温后便成了一个老子儿。在打靶场的射击位置还能捡到子弹壳，不少也是铜的，紫铜黄铜都有，非常漂亮。铜壳可以做杂炮枪，还能跟货郎换玩具。长辛店的男孩子大概都玩过子弹壳。

打垒球。打垒球是最有超前意识的一项游戏，与现在的国际打法完全一样，只不过球简陋了些，是袜子里填充布头做的。上小学时我常在邵玉华家门前玩，那是东南街最宽敞的一块地方，大槐树是本垒，西面墙垛设一垒二垒，东南面楸子树是三垒。人员分成两队，投球手喂球，击球手用手掌击打后跑垒，如球被接住，全队输，攻防转换；如触垒前被球击中则淘汰出局，三个垒安全跑回得一分。这是一项适合孩子们玩的游戏，需要速度、机智和胆量，速度要快，以最短的时间触到下一个垒；脑子要灵，何时偷垒，何时跑垒，跑几个垒，随机应变；胆量指的是关键时刻要敢于扑垒。常在一起打垒球的伙伴有小梁子、金成、大生子、双月、双山、小朋、小贵、小二等人，每次都跑得满头大汗。

纸游戏。有两种纸游戏风行一时。一种是扇元宝，把一页纸叠成元宝状，放在平地上，对家用相同大小的元宝往地下掷，双方轮流进行，直到翻面为止，翻过来的元宝就归了对方。这个游戏的战利品没什么用，只是一张张折过的纸，但过程有意思，角度要选好，有时要用大力，有时四两拨千斤。扇元宝也有高手和低手之分，不只是手上的运动，得全身使劲。另一种是拍烟盒，把烟纸折叠成长条状，轮流用手掌在旁边拍，气流让烟盒翻了身算赢。用烟盒玩游戏，一是好找，二是好看，玩时牌子也要对等。那时恒大、牡丹、白云、大前门、人参等高档烟，三四角一盒，一般家庭的烟民抽不起，烟纸不易得。中档烟有海河、飞马、战斗、八达岭、富强等，两角多一盒。两角钱以下的低档烟有经济、绿叶、烟斗、官厅等。

那时候孩子常玩的游戏还有打尜尜、撞掰子（有的地方叫撞拐）、捉迷藏、跳皮筋、跳山羊、跳房子、跳绳、拽包儿、踢毽儿等。跳皮筋欢快活泼、活动量大，深受女孩子喜爱，我在陈庄二小上学时，一下课，楼前楼后都有几群跳皮筋的女生，到了长一中，还能看见女生跳。跳皮筋的歌谣很有创意，意思哪都不挨哪，可顺口好记，完全贴合跳皮筋的节奏："小皮球，香蕉皮，马兰开花二十一，二八二五六，二八二五七，二八二九三十一"，歌谣一直唱到"九八九九一百一"，皮筋逐级升高，最后要单手举过头顶，身体的协调性和柔韧性堪比现在的体育生。

小时候的游戏如今都见不到踪迹了，是因为累脏险的成分大？是自发的集体活动少了？说不清楚，我觉得主要原因是随着科学的进步和经济的发展，条件好了，可玩可学的东西多了，淘汰了一些不相适应的游戏，同时，家长的教育观念也发生了变化。除了在学校，家长一般都不鼓励孩子参加自发组团的游戏，即使是一些场地要求低、便于普及、有利于身心健康的游戏，在公共场合也见不到了，如跳绳、跳皮筋、打垒球、拽包等，有也是家长陪着单打独斗。可能不少家长觉得，疯玩疯跑，一不安全，二没什么大用。

# 蛐蛐儿

那时候几乎所有长辛店的小孩儿都逮过蛐蛐儿

蛐蛐儿,学名叫蟋蟀,因其长得好看,叫得好听,生性好斗,号称天下第一虫,深得老北京人的喜爱。给你几种模样叫声差不多的秋虫,蛐蛐儿、金钟、老咪、棺材板、油葫芦、三尾(音以)儿、梢马子,听声也行,看相也行,能不能把其中的蛐蛐儿挑出来?对于现在的年轻人恐怕大有难度。可这对于50、60年代出生的人来说,一挑一个准儿。蛐蛐儿头是圆的,体态匀称,身形健美,叫声清脆,韵律明快。那时候别说田野郊区,就是皇城根下蛐蛐儿也有的是。

最早记录蛐蛐儿的文字是《诗经》,在《唐风·蟋蟀》等篇章里出现。蛐蛐儿的古名叫"促织",蛐蛐儿一叫预示秋天到了,天气转凉,提醒家庭主妇们织布缝衣。可见,两千多年前蛐蛐儿就进入了我们先民的生活。清康熙年间的《四生谱》之《促织经》描述了蛐蛐儿的历史,其序云:"蟋蟀见于《唐》什,详于《邠风》,是亦古风雅之士究心所在也。自李唐来,宫中

为蟋蟀戏，传至外间，人争效之。"玩蛐蛐儿的风俗一千多年前就形成了。

长辛店在天子脚下，离京城咫尺之遥，适情雅趣自有传承，又有山川沃野之利，金风渐起时，秋声满耳，嘶柳鸣旌。那时候自然环境好，河流湿地多，硬化地面少，胡同墙角，柴垛石堆，杂草丛中，庄稼地里，哪哪都是蛐蛐儿的栖息地。小时候也不知道蛐蛐儿有什么讲究，逮、养、斗都很简单，所以胡同里的男孩子几乎都喜欢蛐蛐，谁一说到哪逮蛐蛐儿，呼啦一帮，不愁没伴儿。关于流传的一些要领，有的应验，有的不准。比如，墙缝里的蛐蛐儿勇猛，水边的蛐蛐儿柔弱，这一条就没错。东河一带最多，最容易逮，只要拿个盆子，从水坑里舀满水，往鹅卵石堆上一浇，蛐蛐儿噼里啪啦往外蹦，用罩子随便扣。这儿的蛐蛐儿都个小，用探子一逗也张掰子（开牙），但是一上场准败，到那逮来的蛐蛐儿，就为养着玩，听叫声。小学同学韩天明在他家墙缝里逮了一只，结果一个秋天独霸东南街。当然，我们都是小打小闹,只懂一门,个儿大的就好,或找几个瓶子养在窗台,或跟胡同的伙伴角斗一番,输赢死活不管,图一乐而已。那时的器具倒也齐全,不过极不讲究,养用瓦盆瓷碗甚至拔火罐,罩用铁丝编,篓用旧报纸,逗用毛毛草,食用猫耳豆,把将军养成残兵是常事。小孩子以此为乐不提,下面专说说我见过面的几位长辛店蛐蛐儿玩家。

　　李明亮,是我初中同学董淑英的爱人,家住三多里,这辈子业余爱好就是玩蛐蛐儿。他从6岁就开始到处逮蛐蛐儿,到60多岁一年没断过。李明亮说,80年代以前,长辛店哪都有好蛐蛐儿。他曾在少年之家旁边的铁路桥洞里,逮住过一个蛐蛐儿,连胜几场,谁看见谁都眼馋,整皮紫,枣核钉,上谱的,那两牙一开,跟米粒一样。李明亮认为,好蛐蛐儿牙开得并不大,开牙小的反而下嘴狠,一下是一下,不用第二口。那条蛐蛐儿跟二七厂三七车间几个高手掐过,全胜。

　　摔跤、鸽子、蛐蛐儿,这三样可不是风马牛不相及,老北京的玩家常常这三样都玩,如卞玉章,跤摔得好,算得上"小镇跤王",鸽子长途短途比赛都取得过好名次,对蛐蛐儿也特上心。70年代,他在通信工厂宿舍逮了一个蛐蛐儿,拿给长辛店的蛐蛐儿泰斗侯老看。侯老新中国成立前曾在上海十里洋场当蛐蛐儿把式,给东家逮个好蛐蛐儿能得一块大洋,见过好蛐蛐儿,也见过大世面。侯老拿到太阳底下一看,不得了——"马蜂王"啊!马蜂王也叫"三段子",红头蓝脖玻璃翅,这个蛐蛐儿是三段子,还是枣核钉,占一样就是上品,它俩全占。它的尾巴朝上撅,鞍子紧,一身"蜜勒肉",又嫩又细。蛐蛐儿要长得糙,厉害不了。侯老给卞玉章传授了不少选蛐蛐儿的经验。蛐蛐儿一看长相就知道能不能赢,得逆着色,深色的白牙,浅色的黑牙。好蛐蛐儿得长得干净,肚皮微微发白,腿上有斑点,一身小绒毛,青丝过顶,脑线清晰。两根须子也有讲究,比一般的粗,有劲儿,须子一搭就知道了对

手的实力,与叫声一样,还有震慑作用。最厉害的要数"脱相"的,鞍子跟脑袋之间露肉了,有一道白印,脖子转动灵活,范围大,牙能翻过来咬。在谱的蛐蛐儿还有铃铛腿、竹节鞭、枯爪、爬爬爪等。卞玉章爱好摔跤,蛐蛐儿"遇敌必斗"的习性给了他启示,所以也玩了几十年。70年代进了二七厂,他组织南厂的玩家跟北厂的掐,虽然都是和平局,但觉得也特别过瘾。北厂组织者叫张国栋,每个星期都斗一场。后来,张各庄的、良乡的也加入进来,南北厂的代表长辛店桥西片,跟他们比赛。完了之后吃顿饭,交流一下经验,胜的败的都挺高兴。

李明亮所说的"枣核钉"和卞玉章所说的"三段子",在宋代《秋虫谱》里有记载:"身如枣核两头尖,仔细观来却似船,交锋便见强中口,咬得诸虫不敢前。""紫头青项有毛长,金翅生来肉带苍,两腿圆长斑白色,一对红牙不可当。"

我从小就知道盆子坑的蛐蛐儿最厉害,也跟伙伴们去那逮过,因对蛐蛐儿的了解甚少,可能逮住好蛐蛐儿也不识货,埋没了不少将才。那时候几乎所有长辛店的小孩都到那逮过蛐蛐儿。1993年《二七机车报》刊登了吴克力的一篇文章《打将军》,描述了逮蛐蛐儿的惊险:"在60年代,我和小伙伴玩起蛐蛐儿废寝忘食,乐此不疲。那时候别看咱长辛店遍地僵尸狗子,荒草没膝,还真出好蛐蛐儿。早上,天上的星星还眨巴着眼睛,我们就偷偷爬下床,直奔崔村后边的连山岗。那里尽是横沟竖坎、无主的荒坟和长疯了的酸枣棵子。我们拿了手电蹑手蹑脚大气也不敢喘,依着蛐蛐儿叫声寻去……还有时候蛐蛐儿在塌陷的墓穴里挑逗地'弹弦子',去捉时,突然惊起一条尺把长的草花蛇,吓得娃们头发都乍了起来,玩了命地逃之夭夭。"

盆子坑指的是镇岗塔一带,在长辛店西边山坡上,塔周边的庄稼地里散落着坟圈子,大的是名将勋臣,已成村名,小的是家谱宗亲,坟头参差,给这里的蛐蛐儿罩上了一层神秘色彩。这地界自古就出好蛐蛐儿。明代刘侗著《帝京景物略》云:"禾黍中,荒寺数出,坟兆万接,所产促织,矜鸣善斗,殊胜他产。"刘侗说的是永定门外胡家村,盆子坑的地貌也如是,这里的蛐蛐儿有"铁嘴钢牙"之说。

李明亮说,小时候在盆子坑也逮住过好蛐蛐儿,但都是在本地战斗。长辛店组队参加市区比赛或斗野局,出成绩的还是山东蛐蛐儿。例如,1985年在玉蜓桥花鸟鱼虫市场,10元钱买到一只山东的"曹子黄"。浑身黄里透紫,泛着金光,重有七厘,脖子比脑袋粗,彪悍虎实,绝对上谱。古谱说:"凡促织,青为上,黄次之,赤次之,黑又次之,白为下。""曹子黄"一上场别对牙,一对就不撒嘴,真往死了咬。李明亮和长辛店团队的五六个人,带着"曹子黄"到北京官园掐野局。官园是京城蛐蛐儿玩家的聚集地之一,高手云集,对方听说郊区长辛店来的,不当回事,一位掌门级的师傅说,你们先跟我徒弟试试吧！结果，"曹子黄"一口完胜，连胜三场，后来师傅上，结果一样。最后没人敢掐了，提议把"曹子黄"放在院里的一张八仙桌上，供各路玩家参观欣赏。到了饭点，对方挺仗义，给了他们100元钱，说这条蛐蛐儿让他们丢了面儿，也开了眼，算交个朋友，以后常切磋。哥几个拿这钱找了个老字号，敞开吃了一顿卤煮火烧。李明亮感叹，下嘴那么狠的蛐蛐儿，以后再也没见过。

李明亮说，盆子坑的蛐蛐儿由盛名到无名是有原因的，他听过一个传说。盆子坑连着西山龙脉，蛐蛐儿沾着仙气，清代以前名扬天下，号称"铁嘴钢牙"。康熙年间有个贝勒爷，是个大玩家，带着随从慕名而来，经过几天寻觅，在镇岗塔下逮住了那只"铁嘴钢牙"的蛐蛐儿王，然后打马直奔山东。因为他每年都去山东赌蛐蛐儿大局，输多胜少，几败家资。这次贝勒爷满心欢喜，有此蛐蛐儿王，翻本不在话下。他一路细心照料，恐怕出现闪失，可到了山东地界，一开罐子大惊失色，不知啥时蛐蛐儿王跑了。现在为什么山东的蛐蛐儿厉害，是那位贝勒爷的功劳。这传说长辛店的蛐蛐儿玩家都爱听。著名京味作家刘一达，在《京城玩家》里记载了"玩虫教授"吴继传讲的一个故事，说明了山东蛐蛐儿为什么厉害。风流皇帝宋徽宗酷爱蛐蛐儿，在沦为金人阶下囚押送途中，路过山东宁津，突然行李散了，掉下一个小罐，一只蛐蛐儿跳了出来。宋徽宗盯着爱虫，黯然神伤，对蛐蛐儿说，你留在故土吧，养精蓄锐，繁衍子孙，800年后可称雄华夏。正好800年，宁津举办了第一届蟋蟀文化节。白峰著《斗蟋小史》一书记载，自光绪二十一年（1895）至1940年，全国蟋蟀悍将26条，山东占了17条。

90年代初，李明亮在桥西胜利楼住的时候，城里一位钟姓的领队带队来到他家斗蛐蛐儿。刚开始城里的几场全胜，长辛店队眼看败局已定，这时涛子拿出了一只"玉尾"，将对方几员大将横扫，扭转了局势。涛子说这只玉尾是从4条好蛐蛐儿中选出的，赛前已被看好。掌探的领队高维甲顿觉扬眉吐气，把探子往桌上一扔，说："知道吗，这叫玉尾！"城里钟领队说："怎么说话呢，你师傅是不是姓赵？他都不敢这么跟我说话。"接着报出了姓名。高维甲马上连说失礼，两人握手言和。涛子说，钟领队可是京城虫界的风云人物，人家是偶败，咱是偶胜，不在一个级别。

京城里玩得最火的属牛街。1990年，北京城里景山的一个团队，领队姓沈，他们到长辛店来挑战，长辛店的几位玩家全败下阵来，头一回输得这么惨。黑子一看这不行，得把面儿找回来。他跟牛街玩蛐蛐儿的熟，去了一趟，请来了牛街一个大玩家，跟景山的又约了一局，把景山的全打败。那真叫大玩家，秋天把正房腾出来养蛐蛐儿。

涛子是70后，蛐蛐儿玩了40年。他见识广，喜收藏，善言谈，圈里人称他"蛐蛐儿王子"。涛子说，蛐蛐儿文化内容丰富，不只蛐蛐儿的养和斗，还有历史渊源、图谱专著、古玩文物等。他手里有20来本珍贵的蛐蛐儿老版图书，有大师制作的蛐蛐儿葫芦，有几桌近代名家蛐蛐罐，他认识不少虫界的大咖，互通有无。他有一个市面上难得一见的扇面，是天津朋友"北盆公社"送的，上边有30多个名家罐的落款，包括13个赵子玉罐的落款，可以读出源远流长的蛐蛐儿文化。涛子说，现在跟过去是两码事了，由于环境气候变化，加入了人为干预因素，鉴别和喂养方法都不能照搬古谱了。现在涛子正潜心研究蛐蛐儿的食谱配方，已获得玩家的认可。

蛐蛐儿文物中最重要的是罐子。随着养蛐蛐儿之风的盛行，蛐蛐罐自然也受到追捧。清代《帝京岁时纪胜》说："都人好畜蟋蟀，秋日贮以精瓷盆盂，赌斗角胜。有价值数十金者，为市易之。"这是百姓的玩法，蛐蛐儿可以去逮，也可以到集市上买。蛐蛐儿罐不过是"精瓷盆盂"。清人有诗道："锦罽红囊覆野鹳，千金胜负决朝暄。豪家别具清秋赏，捧出宣窑蟋蟀盆。"

这是豪门大户的玩法，一掷千金，家伙什儿也讲究，用的是宣德官窑重器。

涛子说，玩蛐蛐儿发源于南方，所以蛐蛐罐也受南方影响。罐子最有名的是明代万礼张和清代赵子玉罐。他认为现在市面上真品基本见不到，藏家秘而不宣。谁有一处宅子不新鲜，谁要有一桌赵子玉罐那可了不得了。他的话一点不夸张，吴继传曾看到过一个真的万礼张罐，一位台湾人以80万元买下。据说90年代，一个赵子玉罐，拍卖会上以18万元成交。蛐蛐儿罐的数量论"桌"，一个八仙桌摆24个，用乘法计算，价值可就翻上去了。

高维甲是长辛店有名的蛐蛐儿玩家，他80、90年代常带队到北京参加比赛，最好名次拿过全市第二名。高维甲对蛐蛐儿掌故很熟悉。他说北京最大的玩家当属王世襄先生，他是清华大学的硕士，对家具、漆器、竹刻、绘画、音乐、葫芦、蛐蛐儿、古玩，都有精深研究，出版了多部专著，他的学问无人能出其右，被专家称为"绝学"。高维甲说，蛐蛐儿是虫中之尊，这一点50年代北京市中华蟋蟀协会的名单足以说明，大多为政界或文化界知名人士，如荣高棠、焦若愚、王世襄、溥杰、侯宝林、傅耕野、孙百龄、杨伯声、吴继传、王长友等。他们都是蛐蛐儿的资深玩家，爱蛐蛐如命。如一位蛐蛐名家，在临终前抬了抬手，似有不甘，儿子忙拿出蛐蛐儿罐，用探子一逗，蛐蛐儿振翅高鸣，老先生微微一笑，这才安详地闭上了眼睛。高维甲说，养蛐蛐儿很讲究，垫土最好的是百年老房的土坯，罐子最好的是京津名家制品，这种罐子用的是三河县的胶泥，晒冻三年后烧制而成，确保没有火气。

李明亮带我去了九子河边的一处宅院，我见到了斗蛐蛐儿的场面，高维甲、涛子还有杨师傅轮流掌探，二三十位玩家的蛐蛐儿依次上场，人语虫鸣，好不热闹。其中资深玩家还有不少，以后有机会再认识，提到这几位算是递个话吧！

为什么从古到今，蛐蛐儿让那么多人喜爱、痴迷？也许它的鸣和斗正蕴含着朴素的人生哲理。明代《蟋蟀谱》归纳了蟋蟀五德：

鸣不失时，是其信也；

遇敌必斗，是其勇也；

寒则归宇，识时务也；

伤重致死，是其忠也；

败则不鸣，其知耻辱也。

# 大灰厂

古称草木灰为小灰，石头烧的灰为大灰

大灰厂是长辛店最西边的一个村子，在马鞍山脚下，北界门头沟区石佛村，西过石门口为甫营村，因盛产石灰而得名，古称草木灰为小灰，石头烧的灰为大灰，故称大灰厂。据说大灰厂村烧灰已有上千年的历史，明代蒋一葵著《长安客话》记载，当时已有"灰厂"之名："从卢沟桥西北行三十里为灰厂。出灰厂渐入山，两壁夹径，不止百折，行者前后不相见，径尽始见山门。有高阁在山中央，可望百里。"山门内是戒台寺，距大灰厂仅五里。清代震钧著《天咫偶闻》有一首诗，写了过戒台寺时看到的情景："西过石厂村，石子声琅琅……下有烧石人，烟光出林里。"《房山县志》载："羊圈头，后甫营，大灰厂，沿山皆产灰，有青白两种，青者出自然，白者本石质，必加火烧，而后性黏细，白者固砖，青者染色。" 村西的戒台寺和潭柘寺始建时都用这里的石灰，元明清建造北京城，也由此地供应一部分石灰。80年代在卢沟桥发现的一块"明代太监武俊碑"，记录了修建宛平城的详细情

况，其中说到了共用青白灰1873万余斤，合银子16000余两。因为距离最近，所以应该用了不少大灰厂的灰。在普遍住平房的年代，长辛店单位和家庭，盖房垒墙的石灰全部取自大灰厂，分为生石灰、熟石灰、灰膏、灰浆等，小时候经常看到拉灰的马车、手推车。

70年代末，到技校同学王运家去过两次，他家就住大灰厂村，在山口我看到过烧灰窑，好几个排在半山腰，高约10米的圆桶状，上面有人推着小车加煤加石头，下面是出灰口，到处烟气腾腾，从山口过就落一身白。据说6小时就可烧一窑白灰，一般点着了就不停火，一烧几年，甚至十几年。大灰厂的山石成分是碳酸钙，800~1000摄氏度高温分解后就变成了生石灰。初中化学课老师还写过分子式，但多少年前就已经还给老师了。

王新勇同学说，烧石灰很关键的一个环节是供料，山上开下来的石头大小不一，要破碎成拳头大小。1973年，他在大灰厂上技校，看到过运送石头的场面。在大山的三角形开采面，矿车要到山顶装石头，坡度在45度以上，根本无法上去，就安装了一套自动牵引设备，一根胳膊粗的钢丝绳，长达几百米，从山上到山下往复运行，在山顶上通过一个巨大的卷扬机转向，

就像缆车索道。空矿车到钢丝绳前挂车，有个自锁装置，隔二三米一辆，成串往山上走。到山上有个竖井，石头从竖井溜下装进车里，到山下后，又有一个自动解锁装置，工人插上连接销，把30辆车连成一列，再由小火车拉走。现在停靠火车的厂房叫"碎运"车间，就是将山石拉到此破碎成小块，由小火车再运送到烧灰地点。那时大灰厂的产品主要是石灰，还有附产品，如氧化镁、碱、小苏打等，小的碎石用于铺路和建筑。车间后来归了首钢，小火车仍在跑，拉山上的石头作为炼钢的添加剂。

2003年我还见过小火车，在一座有年代感的厂房前停着，两台连挂在一起，乍一看很陈旧，有的地方锈迹斑斑，沾满油泥。但仔细瞧制造精良，四个动轮，汽缸、连杆、锅炉、司机室、煤水车等主要部件，摩擦面油光锃亮，模样和安装位置与大火车无异，只是小了一号，动轮比家里的锅盖大不了多少，烟囱很夸张，像个大漏斗，上面还有盖子，这是为林区专门设计的，防止火星喷出。司机室侧面镶着一个森林铁路路徽，外形很像人民铁路路徽，只是里面镶嵌着"森林"二字。

从那时起我注意到，大灰厂小火车是网络上的明星，受到众多火车迷

和记者的青睐。小火车的前世今生，在各种媒介上都有介绍。大灰厂小火车共有4台，属于首钢建材化工厂。据有关资料介绍，这种森林小火车的型号为C2，轨距762毫米，差不多是标准轨距的一半，主要特征是无风泵，煤水车采用三轴式，整备重量28吨，构造速度35千米。C2机车由石家庄动力机械厂、大连机车车辆厂、哈尔滨林业机械厂、牡丹江林业机械厂、敦化林业机械厂等厂家生产，从1958年至1988年，30年间共生产了1000台。2004年有一家媒体报道，这几台"北京籍"的老式蒸汽森林小火车，因配件问题面临停驶，这更引起了国内外火车迷的关注，一年中接待了数百人。

　　大灰厂是个古老的村庄，有10多座庙宇，其中最著名的是明代天启年间重修的娘娘庙，全称为"天仙圣母王碧霞元君行宫"。据1958年普查资料证实，娘娘庙朝南，有山门3间，正殿3间，后殿3间，东西配殿24间，还有钟楼、戏台等建筑，是一座十分壮观的庙宇，香火曾兴盛一时。2002年，有关部门对娘娘庙进行了抢救式修缮，本着修旧如旧的原则恢复了本来面貌，2003年被列为北京市文物保护单位。

# 蚕种场

## 良乡清代黄辛庄行宫

提起桑蚕就得说到良乡。良乡位于长辛店南,相距不到10千米,从古至今与长辛店一样,也是拱卫京门的重镇。不知多少老人还记得,在今天的107国道西侧,良乡北关以北,80年代以前有几百亩桑树,桑林中掩映着几栋厂房和几排红砖平房,那是新中国成立初期组建的一个单位,叫良乡蚕种场。我大舅和大舅妈都在良乡蚕种场工作,初中时我住长辛店大街,星期日常骑车到大舅家去,对桑和蚕略有了解。

中国是世界上种桑养蚕历史最悠久的国家,桑蚕的字形最早见于甲骨文,诗歌最早见于《诗经》。公元前202年西汉时期,开通从长安到西域的丝绸之路,用蚕丝制品搭建了中国与世界交往的桥梁,到今天的"一带一路",桑蚕文化绵延了两千多年。

《诗经》中的《豳风·七月》,描述了从采桑养蚕到修枝剪叶,再到织布做衣的全过程,古人的方法步骤仍是今天的教科书。《十亩之间》诗曰:

"十亩之间兮，桑者闲闲兮，行与子还兮。十亩之外兮，桑者泄泄兮，行与子逝兮。"诗歌勾画出一派清新恬淡的田园风光，抒写了采桑女劳动时轻松愉快的心情。"十亩之间""桑者泄泄"，又说明了地之广阔，人之众多，三千多年前劳动者已开始规模化经营，栽种大片的桑树林。"开轩面场圃，把酒话桑麻。"历代文人墨客赋予了桑蚕诗情画意。

种桑养蚕受到皇帝的重视，由民间农事上升为国朝大事。采桑由皇家安排，仪式隆重。汉代《礼记·月令》记载："是月也，命野虞无伐桑柘。鸣鸠拂其羽，戴胜降于桑，具曲植籧筐，后妃齐戒，亲东乡躬桑，禁妇女毋观，省妇使，以劝蚕事。蚕事既登，分茧称丝效功，以共郊庙之服，无有敢惰。"

后妃要斋戒后，才能带领有一定地位的夫人女眷去采桑。《旧都文物略》记载，乾隆时期建有先蚕坛。坛在北海东北隅，垣周百六十丈，正门三楹，左右各一门。雍正年又建亲蚕殿、浴蚕池等。《大清会典事例》中，详细记录了皇后参加采桑和献茧活动的情况。初春时节，在西苑皇家桑园行采桑大礼，皇后执金钩金筐亲自采桑，载歌载舞，鼓乐齐鸣。等到蚕结了茧，还要将蚕茧献给皇帝，"以告蚕事之登"。

蚕种场场部和车间的位置，在如今区政府大楼的后身西侧，这是一个

古文物遗址，为清代皇帝的行宫，原有黄辛庄村，故称"黄辛庄行宫"，现为高楼林立的"行宫园"小区。

关于行宫的规模，1988年出版的《北京古迹名胜辞典》有详细介绍："黄辛庄行宫始建于乾隆年间。行宫坐北朝南。整体由三层殿宇组成，占地40余亩。黄辛庄行宫建筑宏伟，松柏参天。第一层殿明三暗九，硬山石板顶，调大脊，两侧有配殿各五间。院内有对称的牌楼以及古松树，高10余米，干径周长3.5米……现存第二层殿面阔三间12米，进深7.4米，柱高2.9米，柱础为古镜式。"殿顶铺水泥瓦，装修改成玻璃门窗，屋里地面已改水泥地面，槛墙用水泥改建。台阶三级，垂带踏跺，台基高0.5米。除此之外，还保存着花园、假山和几十棵松树。

从书中的记载看，在1988年还保存着第二层殿及花园、假山、松树。据大舅妈回忆，蚕种场主要建筑有五栋厂房，四栋为养蚕室，一栋为缫丝室，还有平房贮叶室。养蚕室靠墙立着铁架，从地面到顶棚码着一层层养蚕的大竹筐箩，每天喂两次，几千斤桑叶，蚕吃桑叶一片沙沙声，厂房里总像在下雨。

关于书里提到的那棵古松，大舅妈一家都印象深刻，在蚕种场的门口，树干要五六个人才能合抱，盘根错节，虬枝伸展，覆盖了大半个院子，估计树龄在三四百年。70年代，有一名电工在松树上架了天线，引来雷电，树干受损，战备时又在松树下挖了防空洞，树渐渐枯死。第二层大殿和柏树林、假山，在蚕种场90年代迁走前都在。

2020年5月，我到良乡转了一圈，问了几个人，他们都不知行宫所在。我在马路边看到有两棵柏树，在半高的水泥围墙里，干径一尺左右，巍然耸立。碰到一位原来住黄辛庄的老人，她说这两棵树就是行宫的树，有三棵，因修路挖掉了一棵。在蚕种场长大的二表弟，给我画了一张蚕种场平面图，大殿、大松树、柏树林的位置一清二楚，蚕种场办公生产区域就是黄辛庄行宫无疑。第一层殿和第三层殿，在60年代已不存。大舅妈说，盖缫丝车间时挖到了老地基，青砖都用江米灌缝，费很大劲才扒下来一块。

蚕种场东侧有两排平房，是职工宿舍，大舅家住在第一排的中间。宿舍是几排尖顶红砖房，房前屋后都是桑树林，每家用树枝圈起一个小院，种些玉米蔬菜，在那个物资匮乏的年代顶了不少事。新中国成立后，在良乡黄辛庄建立了粮种场，大舅便到这里工作，担任了会计。他很珍惜这份工作，业余时间坚持刻苦学习，1956年在"良乡县干部业余文化学校"拿到了初中毕业证书，这一年他已经24岁。大舅有记笔记的习惯，他有一个笔记本，留下了翔实的第一手资料，今天可以从中了解到蚕种场当年的一些情况。

良乡粮种场1958年8月改名为"北京市良乡蚕种场"，生产内容改变后，一边栽种桑林，一边搞基本建设。1959年，投入12万元，新建了地下室、催青室、蚕室等，共2900平方米。购买马车2辆，汽车1辆，牲口4头。1960年，生产蚕种8万张，原种550张，粮食84万千克，蔬菜40万千克，养猪1800头，养鸡2000只，养鱼10万尾。栽种桑树重点放在周边山地和沙荒地，拥有耕地252亩，壮蚕用桑224亩，小蚕用桑96亩。

从60年代蚕种场劳保用品发放可以看出，当时的工作必需品也是福利，严格控制。汽车、拖拉机驾驶员等重要工种，工作服2年1身，毛巾1年1条，肥皂1个月半块。需要雨衣、棉大衣的工种，要5年1件。电工的轻便胶鞋，3年1双，炊事员的围裙、套袖、工作帽1年各1件。哪件东西都得保管好，省着用。

大舅还记录了一些有关的数据和知识。蚕茧是我国重要特产之一，总产量居世界第一位。新中国成立初期蚕茧总产量为90万担（每担100斤），经过逐年发展，到70年代我国蚕茧总产量已达400万担。1元人民币的蚕丝可换取1美元，出口1吨蚕丝相当于出口310吨大米，可换回650吨小麦，或200吨钢材，或68吨化肥。

70年代北京市养蚕业盛极一时，1974年达到15万千克。当时有14个郊区县，就有12个区县、132个公社养蚕。怀柔县是队队栽桑，密云县是人人养蚕。1975年，全市共栽桑树400万株，育桑苗200亩，新建桑园300亩。

蚕丝单纤维长可达1000米；负荷量大，拉力相当于同等粗细的铜丝；

动物性蛋白纤维，环保，绝缘耐酸。蚕丝可做成丝绸自不用说，还是很好的工业原料，在国防、交通、电信、渔业、医药等领域，有多种用途。蚕浑身是宝，蚕粪做枕头，凉爽舒适，清热解毒。蚕粪颗粒含氮14%，磷8%，钾10%，用于农田施肥可大大提高产量。桑叶内含有丰富的蛋白质，蚕吃剩下的叶柄叶脉可喂猪喂鱼。桑枝、桑葚是中药材，具有降血糖、降血脂、增加免疫力等功效；桑葚除了当水果吃，还可以做成各种美味食品。蚕种场于90年代中期，改革转型划归北京市园林局，许多功能业务也随之改变。

我和胡同里的孩子都养过蚕，熟悉蚕从出壳到甩子的全过程，找个小纸盒，养十条八条蚕，到山坡挖野菜的时候顺便揪几把桑叶。那时候野外的桑树虽不成林，但也到处都有，东南街北边的山坡、西山坡、崔村、坦克道、卢沟桥，周边哪有桑树我们都知道。那时候蚕是胡同孩子的宠物，听着它们沙沙地吃桑叶，看着它们一天天长大，期盼着它们吐丝成茧，是一大乐事。

如今桑蚕业在北方已大为萎缩了，大规模养蚕基地都在南方。现在野外已很难见到一棵桑树，小孩子也没法普遍以蚕为宠物了。

良乡蚕种场的大片桑林已成为记忆深处的风景，欣慰的是这风景在现实中还能找到，有老园，有新囿。位于安定的百亩桑园，桑树大多已有经年，有的可以追溯到明代，被称为"御树""桑王"，树上的桑葚曾专供皇家享用。位于良乡以西15千米的上万村，近年栽种了六七百亩的桑树，以桑蚕文化为支撑，带动起了经济、绿化、旅游等各方面的发展。

# 笔墨留痕

名家名作

村叟唐雪渔

再赠牡丹图

毛志成老师

启蒙老师

学画火车

美术小组

两个画展

雁翁郑克明

工人素描

我看评书

同学胡林庆

大林师傅

读书杂记

# 名家名作

## 独有书痴不可医

　　二七厂是二七斗争的发祥地，是首都唯一的内燃机车制造大型国企，又由于所处地理位置得天独厚，因此拥有很多资源优势，如文化资源。在厂区和办公室，名人的字画随处可见。工厂的正门北门，巨大门楣上的厂名是董寿平先生所书"铁道部北京二七机车工厂"。西门办公小楼的牌匾是王遐举先生所书"铁道部北京二七机车厂科学技术协会"。厂部会议室的巨幅书法作品为刘炳森先生所书，俱乐部和报社分别挂着萧劳先生和郑克明先生的作品，其他场所和职工家里还有许多著名书画家的作品。

　　1986年2月3日，为纪念二七罢工63周年，由工人日报社组织，在工厂举办了一场书画笔会，首都部分书画家来厂挥毫题字作画，慰问广大职工。来宾有：著名书画家白雪石、贾浩义、赵志田、杨达林、刘占江、薛夫彬、谷溪、张友清、丁知度等。那年我刚到宣传部报社工作，荣幸地参观了那次笔会。笔会在厂部平房会议室举行，200多平方米的房间，通长的两排会议桌，

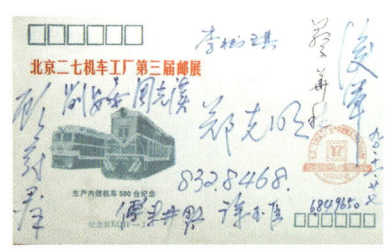

上面铺满了宣纸，毛笔书画家们习惯自带。上午 9 点，书画家们开始创作。白雪石先生近景画了一棵桃树，花朵满枝，远处是绿水青山。贾浩义先生画的是泼墨奔马，凝重刚健，浑然天成。我一直在杨达林先生身边，一边仔细欣赏，一边为他服务，他画的是一张四尺《山寺雪雾图》，笔墨清新，意境幽远。一位画家我记不住名字了，他画的是一队古代武士行进在长城脚下，金戈铁马，气吞万里如虎。北京市书法家协会副主席薛夫彬先生为《二七机车报》题写了报头。

  我还参观过几次笔会，见过的著名书画家有焦秉义、郭石夫、李树琪、傅耕野、郑克明、顾冠群、周光汉等。1994 年纪念厂报复刊十周年笔会，由党委批准、厂报社组织实施。在筹备会上，报社的同志一致认为，最好能请到新闻对口单位的画家，便想到了《北京日报》的两位画家庞希泉和穆永瑞。可这难度挺大，一是两位画家没到厂里来过，也找不到关系人；二是厂报社出面邀请规格不够，怕人家不来。因此大家心里没底，只能试试看。我和同事牛双喜去了北京日报社，庞希泉、穆永瑞正在办公室里埋头看版。我们递上了请柬，穆永瑞看了看说："那天正好要出美术专刊，脱不开身。"庞希泉说："二七厂有名，常看到你们的新闻。要不给你们两张画带回去吧。"这已经大大出乎了我们的意料，但又一想还是请他们光临为好，在表示了感谢后，继续介绍工厂的情况。他们想了想说，那就加个班把版面提前编好，到时去一趟吧。两位蜚声新闻界和美术界的名家，答应出席笔会，这让报社的同志们又激动又感动。那次笔会通过各种渠道，还请来了郑克明、于老三、张禄杰等著名画家。

笔会上，郑克明画了一张六尺《鸿雁寄情》，还写了一幅书法："淡泊明志，宁静致远。"张禄杰是工厂电视台高广学台长的朋友，当时在中国日报社工作。他画了一张《秋实图》，几串晶莹剔透的葡萄和几条铁线如钩的老藤，别具风情，画上题字："笔耕玉液觅琼浆。"张禄杰，法号妙禄居士，是雕塑大师刘开渠的得意门生，绘画大师李可染的关门弟子，在中国画、油画、雕塑、书法、篆刻等方面有杰出成就，多幅作品拍出高价，被国内外收藏家收藏。于老三画了一幅《鹤舞》，一只丹顶鹤悠然伫立水中，羽色素朴纯洁，体态飘逸雅致，卓尔不群。于老三本名于万盛，1960年拜齐白石之子齐良迟为师，成为齐先生的入室弟子，学习写意花鸟。于老三的画在传统的基础上求变，在传统笔墨中加入了西画的技巧。庞希泉画了一幅《大展宏图》，一只苍鹰盘旋天地间，笔墨雄健，神态威猛。庞希泉任北京日报社高级编辑（正教授级），主编《美术欣赏》。他早年师从颜文梁、李咏森等前辈艺术家，后受教于庞薰琹、祝大年、张仃、李苦禅等画坛泰斗，汲取众家之长，又融会自己多年的艺术实践，逐渐形成了继承传统又有个人开创性风格的画风。他在书、画、印及油画方面皆有专修，与何海霞、许麟庐、吴冠中、周怀民等艺术家艺交甚笃。擅长画猫，且其画的鹰、花卉、人物亦独树一帜，享名于世。

光临的画家中，穆永瑞作了一张人物画，名为《独有书痴不可医》，一个古代布衣老者，头上扎着一块蓝巾，腰间挂个酒葫芦，边走路边看书。穆永瑞为高级编辑，任北京日报社美术部主任、首都美术记者协会会长，他凭借着深厚的速写功底，使其国画线条流畅，造型准确，用笔潇洒自如，有《资治通鉴》《三十六计》《史记人物》等多部连环画出版。人物画完后，穆永瑞对庞希泉说："老庞，帮我补个景。"此时庞希泉的鹰画完了，在画下边的松树，听到招呼，便提笔走到了穆永瑞桌前，与穆永瑞隔桌而立，略一沉思，提起笔来在《独有书痴不可医》上方倒补了一枝梅花。现场响起一片掌声。这张画太有创意了，独有书痴不可医，梅花香自苦寒来，这样的作品和场景都难得一见，两位画家为工厂留下了一幅珠联璧合之作，这也是对报社同人（在此为我们几个默默无闻的小报编辑拔高一下）莫大的鼓励和鞭策。

# 村叟唐雪渔

唐雪渔老师是小镇上有名的书法家

唐雪渔是铁中的老师，我上小学的时候就知道他的名字，在长辛店大街、陈庄大街的几家老字号店铺里，都有唐雪渔老师的墨迹，他是小镇上有名的书法家。我印象最深的是陈庄桥头的玉隆春饭馆里的一幅作品，是毛主席的诗词《沁园春·雪》："北国风光，千里冰封，万里雪飘。望长城内外……"颜体楷书，力透纸背，镶在红木镜框里，丈二横披，令满堂生辉。

我在20世纪80年代初做财务工作期间，认识了唐雪渔。每月在城里西交民巷一家单位的传达室发放退休工资，就能见到他。唐老师要倒三趟公共汽车，行程数十千米，才能到发放点，那时没有银行卡，需要本人来取现金，每次走时他都道一声谢。

1991年春，听说工厂电视台要去采访唐雪渔，我就与他们一同前往，想给厂报写一篇报道。

唐雪渔家住香山脚下的正白旗村，离文学巨匠曹雪芹的家仅一箭之隔。

一个柴门小院，几间瓦房，院子东边有两棵枣树。屋檐下的台阶上养着各种花草。唐雪渔正在浇花，还是我以前见到的样子，粗衣布鞋，温文尔雅。

因我们见过面，并不生疏，他答应接受电视台采访后与我聊聊书法。唐雪渔先谈了健康之道，虽已82岁高龄，但耳不聋眼不花，腿脚灵活，走个十里八里不在话下。他主要得益于三条：一是掌握好生活节奏，不偷懒，多活动。每天黎明即起，洒扫庭除，把花花草草松土浇水，然后做一套自己编排的健身操，晚上吃完饭到香山公园散步。他从长铁中退休，20多年如一日，雷打不动，风雨无阻。二是得益于书法，每天临两小时碑帖。管毫在手，平心静气，万念归一，练一篇大字如同做一遍气功、打一套太极拳，刚柔相济，二脉贯通。三是保持乐观情绪，不被名利所扰，不贪身外之物，平常心态，知足常乐。

唐雪渔从小喜欢古诗文，酷爱书法，自10岁临池，70多年从未间断。他临摹过所有古代名家的碑帖，尤爱颜体，20多岁时，楷、行、草、隶、篆就颇有造诣。新中国成立前夕，他的楷书作品获全国万人大赛的第10名。高中毕业后，他在一家印刷厂当工人，先学刻字，后打清样。他认定"积银千万，不如薄技在身"。在印刷辅仁大学和燕京大学的校刊时，他每次都打出一份清样来，下工后当作课本，查书籍翻字典，常到深夜，直到把清样上的内容弄懂。几年中，他靠这种办法，硬是学完了大学的数学、文学和法文三门课程，取得结业证书。先在一所师范学校教数学，后调到长铁中教语文、大字，退休前做图书管理员。

80年代，唐雪渔成为北京市书法家协会会员，作品多次参加省市及全国展览。1982年，他受邀在日本举办了个展，引起了不小的轰动，日本的《新潟日报》对他进行了整版介绍，刊登了他的大幅肖像和作品。1983年，香山卧佛寺修缮几座古建筑，完工后要题字刻匾。主办单位请来10多位书法家，

尽情发挥，题写了数十幅作品。香山公园请有关权威人士评审，因各种原因，最终无一入选。唐雪渔的一名学生听闻此事，便向公园推荐，请老师来试笔，没想到一锤定音。专家说，唐雪渔的字具有深厚的碑帖功底，古朴遒劲，金石感强，与古建相得益彰。我想，唐雪渔身上的儒雅文气和谦谦君子之风，也是入选的加分项。

也许没有几个人知道，如今香山植物园寿安山上的千年古刹卧佛寺，三世佛殿门两旁抱柱上的对联，就是唐雪渔所书"翠竹黄花禅林空色相，宝幢珠络梵语妙庄严"。山门牌楼两面还有唐雪渔题写的"智光重朗""道觉玄悟"八个大字。他的书法成为传世墨宝。

经常有人上门请他出山，赶笔会、进画廊、办展览、题牌匾，名利双收，何乐而不为？可唐雪渔一一回绝，坚决不卖字，不传名，不想成什么家，只愿做"村叟"。

他把上门谈钱者拒之门外，而对真心实意的老友后生，都是有求必应，

教授书法知识，赠送书法作品，不收一分一厘，还要搭纸搭墨搭工夫。他说，以字为媒，互相学习，充实生活，广交朋友，是退休以后最大的乐趣。他也经常走出家门，应邀到附近的部队、机关、学校，义务讲授书法课，门下收了一百多名书法弟子，每天来来往往，很少有一整天的闲暇。唐雪渔在自己作品上用的闲章，只有"村叟""秉谦"两枚。

临出门时看到画案上有一张写满字的宣纸，我便问了一句。唐老师说他正在为即将举办的香山桃花节作诗题字，香山公园请他撰写一副对联，用在彩虹门上。他推敲了两天，拟成了初稿。

一联是：时雨点红桃千树，春风吹绿柳万枝。

一联是：看芳园碧桃争艳，辞盛会衣袖偷香。

唐老师说，他倾向于第二联，最满意这个"偷"字。

离开唐雪渔老师的小院，路过曹雪芹故居，我想，就淡泊名利、学而不倦来说，巨匠与村叟同样让人高山仰止。

# 再赠牡丹图

## 不知道索阿姨的母亲是个大名气的画家

蜚声海内外的著名画家刘继瑛,给我家画过一幅"牡丹图"。这张画还有一段曲折的经历。刘继瑛老师的女儿跟我家住邻居,我叫她索阿姨,两家彼此关照,关系很好。1986年春天,索阿姨家要搬到城里住了,临走时她到我家来道别,送给我父亲一张画,说这是她母亲画的,感谢多年来对她家的帮助,留个纪念。画是一张竖幅的"牡丹蝴蝶图",约四平方尺,枝叶墨色丰润,花朵艳而不媚,两只蝴蝶翩翩起舞,意趣盎然。这张画是索阿姨请她的画家母亲专为我父亲画的,上面题着字。我们全家只知道画挺好看,至于索阿姨的母亲是个多大名气的画家,还不清楚。

父亲问我能不能找人装裱,我马上答应,便把这张画送到一个熟人的装裱店里。没想到一周后我取画时,不禁大惊失色,那张画被滴上了一大块墨渍,且在花蕊处,无法补救。事已至此,埋怨发火都没用,心想画没丢就算万幸。怎么办?索阿姨那边和父亲那边都没法交代,思来想去,唯一的办法

是请画家再画一张。我硬着头皮提笔给索阿姨写了一封信，说明原委，深刻检查，并连同这张弄脏的画一起寄去。信的最后，我才写上了满篇"检查"的关键词：恳请刘继瑛老师再画一张。几天后我见到了索阿姨，她怒气未消，说："我妈妈很生气，说还没遇到过这么拿她的作品不当回事的！"这确实是对画家的极不尊重，我想这下可完了，还不如把那张画拿到荣宝斋问问能否修复呢，最起码证明我是好心办了坏事，这下可好，闹了个两头落埋怨。我每次回家都跟父亲推说画没裱完呢，心里一直想着怎么收场。

刘继瑛，1921年生，中央文史馆研究员，1938——1947年师从溥心畬先生学习国画、文史、书法。受到叶浅予、文金扬等教授指导，师从王雪涛先生学习写意花鸟，并从事美术工作。1954年，同何香凝、胡絜青、俞致贞等11位女画家合作大幅作品《百花齐放》。1957年2月，又同王雪涛、郭味蕖、董寿平等画家，为中国在莫斯科开设北京饭店大厅合作150余平方尺的大画《和平万岁》。她的作品为国家礼品，常常赠送给国际政要。1988

年曾应邀赴日本举办巡回联展,全部作品被日本各界收藏。

大约过了一个月,我收到了索阿姨寄来的一个大信封。打开一看,令我惊喜万分,是刘继瑛老师重新画的一张画。这张画丝毫没有"生气"的影子,是在心平气和状态下画的一幅精品。这是一幅横轴作品,高二尺,长三尺,比前一张还大些,也是"牡丹蝴蝶图",老枝苍劲,细条翠嫩,花有傲骨,叶带春风,气势上行,双蝶呼应,整幅画构图严谨,笔墨生动,真乃大家手笔。落款题字:"国良同志雅嘱,丙寅秋,继瑛写。"我这一次小心从事,将画送到琉璃厂一家专业店装裱,并立好字据。裱完画拿回家父亲挺高兴,也没在意是竖幅还是横幅,这事就这么过去了。这张画30多年来一直挂在父母家的正墙上,每次回到父母家我都要细细品味一番,品味炉火纯青的传神笔墨,品味虚怀若谷的大家风范。

# 毛志成老师

## 我常到毛老师的书屋去

　　毛志成是我初三的语文老师，虽是短短的两个学期，师生情谊却延续了一生。我们进学校时，毛老师头上的右派帽子还没摘掉，跟着我们一连一排挖防空洞，他当大工，负责砌拱墙，同学当小工，负责和泥递砖。毛老师很快就跟同学们打成了一片，休息时常讲一些文学小故事，"狗尾续貂""庆父不死鲁难未已"等成语就是那时学会的。

　　1972年，毛老师重返了三尺讲台，给我们上语文课。同学们虽然已跟毛老师很熟悉，但是第一堂课，看到他手里没有讲义只有两根粉笔的时候，还是有点吃惊。毛老师上课经常大段背诵课文，喜欢和同学互动。他总是把课文讲出新意，提出自己的观点。比如，《鲁提辖拳打镇关西》，着重讲了鲁智深和史进、李忠在酒馆的场景，鲁智深提出资助落难的金老父女，史进很痛快拿出十两银子，李忠却犯了难，只摸索出二两。鲁智深立马翻了脸："也是个不爽利的人。"把李忠的二两扔了回去。毛老师说，作者用一句话、

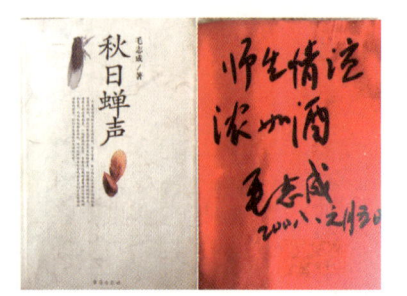

一个动作,就勾画出了鲁智深的豪爽性格,李忠绰号打虎将,梁山好汉之一,照样不给面儿。再一个,好汉也有气短的时候。

毛老师讲课时的一股"傲气",让同学们并不觉得疏远,反而拉近了距离。比如,他跟同学们打赌,看谁能把一篇两三千字的文章背诵出来,时间以他抽完一支烟为准。同学们没人应战,都觉得毛老师肯定能做到,因为他经常在课堂上背诵大段的名篇。讲人物出场前先写景铺垫,他背诵了《创业史》的开头:"早春的清晨,汤河上的庄稼人还没有睡醒以前,因为终南山里普遍开始解冻,可以听见汤河涨水的呜呜声。在河的两岸,在下堡村、黄堡镇和北原上的马家堡、葛家堡,在苍苍茫茫的稻地野滩的草棚院里,雄鸡的啼声互相呼应着……"讲议论文时,他可整篇背诵鲁迅的杂文。毛老师说,背诵是读书的一种方法,好书要精读,把重点的段落背下来,烂熟于心,到用时可信手拈来。

毛老师讲课引经据典,生动有趣,但万变不离其宗,课文的知识点一个不漏。毛老师讲鲁迅的《藤野先生》时，用顺口溜的形式概括了段意。例如，第一段"愤离东京"：含恨离东京，取道仙台行。忧闻日暮里，水户悼朱公。又如，第二段"结识藤野"：欣喜识藤野，先生信有情。敬看衣装简，尤爱治学精。感激纠错漏，惭愧图线更。解剖不怕鬼，言罢喜于情。毛老师还用同样的讲课方式讲了《范进中举》，先让大家你一句我一句搭起骨架，他再修改润色。如"讥胡屠户"：杀猪营生性凶残，肥头大腹嘴舌尖。每见钱势涎三尺，遇到穷人白眼翻。昔日骂得范进狠，此时媚笑语言甜。封建社会一市侩，两面三刀满身奸。师生互动，气氛活跃，朗朗上口，易懂好记。

毛老师住大街南头，我家住北头，他有时顺便到我家坐坐，我初中毕业后的几年中，他还到过我家几次，跟我父亲抽一根烟，聊聊家常，问问我的情况。毛老师在长辛店住的20多年里，我常到他的书屋去，听他讲讲新鲜事。他每次都放下手中的笔，或聊写作，或唠家常，亦师亦友。我有时学着写点东西，拿去让毛老师看，尽管离他划定的"发表线"相距甚远，但他从不泼冷水，而是鼓励。他说："文学关键在爱好，爱好就是兴趣。有了写作兴趣，即使下笔千言，离题万里，近于胡写、疯写，也比只停留在口头上不知要好多少倍。想起什么就写下来，写就是兴趣，是文学的基础。"

毛老师的书屋是1977年夏天收拾出来的，我和初中同学白德明帮着忙活了两天。他的书屋是一间北房，十四五平方米，木格窗，青砖墙，石片顶，没有院子，在胡同中间凹进一块，从东边的半截土墙望去，可以看见街上的屋脊和树木。屋里十分简朴，没有任何文雅的摆设，一桌一椅一床一书架而已。80年代初，二七厂利材车间做了一批沙发床卖给厂里职工，我和白德明给毛老师买了一个，虽然简易但却是他书屋里唯一的"高档家具"。这个沙发床很实用，一是毛老师写累了可以休息一会儿，二是让有身份的来客，不至于再有欠着身子坐床边的窘境。书屋虽简朴，却透着一股文化气息，桌上的稿纸成摞，窗台上的墨水瓶成排，枕头旁的书籍成堆，墙角的书信成捆。正面墙上挂着一幅自撰自书的横批："参天乔木，何鄙苔草？匍地蓬蒿，亦不媚名葩。洪钟巨吕，固有精神。凡俗瓦缶，未必无趣。万物道寓其间。"毛老师在这间书屋里待了近20年，一生中的主要作品，都是在这里完成的。

1985年，工厂成立了"文学爱好者协会"，简称文学小组，同时创办了杂志《新泉》，毛老师被聘请为辅导员。从那以后，我跟毛老师的联系更多了，他有时到工厂来讲课，有时我带着文学爱好者到他的书屋去。无论写作基础如何，毛老师都耐心辅导，通篇看一遍，提出具体修改意见，能达到"发表线"的，热心推荐给报纸杂志。几年中，在毛老师的指导帮助下，学员有数十篇文学作品在社会报刊发表。毛老师跟我说，短篇小说一定要写自己熟悉的生活。这句话点醒了我，在文学小组期间发表的几个短篇都是铁路工厂题材，如《隐痛》《永定河边》《道口的风景》《生活总是美好的》《路遇》等。《隐痛》取材于转向架车间李伯青师傅讲的一个真实故事，日本投降那天，主人公找作恶多端的日本工头算账，可最终没有下手，因为打死他也去不了心病，争口气把工厂建设好，自己强大了才没人敢欺负。改了几遍后，工工整整地抄在稿纸上，请毛老师把关。这篇小说3000字，故事以两位退休老工人的对话展开，全文不用引号。毛老师看了一遍，拿起毛笔，将原题目《寄托》改为《隐痛》，抹去了一些句子，换了几个说话的语气词，更有老北京味儿。这篇小说应算一篇因删节而提高质量的范文。比如开头，我原来写的是：

嘿，今儿是太阳打西边儿出来了，你倒比我来得早。

后半晌四儿子领家来一个女朋友，头一回见公婆，挺勤快，早早儿帮助做熟了晚饭。

好福气，冲这头一天儿，往后侍候您错不了。

这年头儿，什么事都没个准谱儿，咱也不操那份心。

毛老师把这段话改成两句：

嘿，老哥儿俩真是有缘，出门就碰一块儿！

我也有个感应儿，准猜着百步开外就撞上您！

毛老师说，开头就写跑了，平白无故多出没用的人和没用的事儿，要直切主题。全文共删去了400多字，主要改了一处，将场景交代变成了心理活动，呼应了标题。毛老师想了想，决定推荐给《中国机电报周末版》，工业题材对口，提笔给主编梁潇先生写了个便条："梁兄，我看此文可以发表。"我被惊到了，他们的关系得多铁多纯，才能用这种口气说话啊！《隐痛》发表在1988年1月10日《中国机电报》上。1989年，厂报社上报参评作品，这篇小说先获得铁路工业文学作品评比二等奖，后获得第四届铁路文学奖。

毛老师是高产作家，写短文倚马可待。他涉猎广泛，著作等身，共有30多部著作出版，还有难以计数的短文发表在各类报纸杂志上，发表作品在3000万字以上。他作品的体裁有长篇小说、短篇小说、诗歌、散文、杂文、儿童文学、教育论文、学术专著等。毛老师的小说，朴实亲切，乡土气息浓厚。他的很多小说是以他熟悉的长辛店风土人情为背景，主人公能在街坊四邻中找到影子，如《小镇风情》《乌纱巷春秋》《大地的脉搏》《福相女》《对门儿》等。他塑造了一个个不同的文学形象，褒扬道德风尚，鞭挞无知丑恶，描绘市井百态，揭示生活潜流。毛老师先后担任全国中小学人生教育专业委员会会长，全国教育写作中心理事长，2012年获得首届全国教师文学创作"终身成就奖"。

由于水平有限，只能做一些零散、浅显的记述。下面摘录一段毛老师的《雪之梦》，以表达我——一个学生对老师的感激和怀念：

我梦中的雪，纷纷扬扬，铺天盖地，创造着地球上最伟大的宏观美。

漫宇琼瑶，满天寒凛，以世上第一流的平等气度博施于山，普赠于涧，广铺于野，慨惠于林。泼辣辣地洒下来，登华厦，覆寒宅，染眉头，醉心间。不弃枯木朽株，不漏病妪衰叟。不能把寒门少女的俭朴衣装染艳，但能把她们的双颊染红。

我记忆中的雪后，是壮丽冬景的最佳镜头，是一幅圣洁绘画的定稿。纯洁、晶莹、清寒的美学元素在大地上铺下了旷远的情怀，铺下了博大胸襟，铺下了冷凝的火焰。步履声声，韵律浑朴，深深浅浅的足迹伸向高山，伸向田野，伸向一切历史车轮在转动的地方。情侣们在没膝的雪中站立，交流着心中的火，他们口中的哈气汇在一起，被太阳照出了七色光谱。酒店的地面被一双双跋涉者的鞋子带进了泥水，但酒是热的，脸是热的，心是热的。

即使春天的帷幕已经拉开，造物主已经着手打扫冬景的遗迹，舞台上出现的也不是一片空白，而是人们那即将储存在心中的深情回忆。旷野中的雪已经花花点点、斑驳陆离了，但松枝上还有，远山上还有，大道的车辙里还有。远山大道上有雪迹，人的胸襟就会扩展；翠柏苍松上有雪迹，人的情思就会延伸。

梦中的雪，我多么愿意它变成雪中的梦。

请造物主飘落一场真正有气魄的雪吧，借以成为我展开新梦的襁褓……

这篇散文入选中学生阅读课本。我想，毛老师一定把想象空间定在了长辛店的书屋，那里曾经有泥土上的车痕和胡同孩子们的喧闹，曾经有漫天飞舞的大雪和童话书里走出的雪人。我仿佛看到，毛老师像往常一样，手里只捏着两根粉笔，走上讲台，目光扫过教室，跟同学们说："我们今天学习的课文是我的一篇散文。"然后，习惯地挽了挽衣袖，把粉笔掰成两截，在黑板上写下几个大字——雪之梦……

# 启蒙老师

## 他家总有几个人在聊画儿

中学时我家从桥西东南街搬到大街紫草巷,我便成了二印家的常客,一到星期天,没什么要干的家务活儿就去二印家。他家总有几个人在聊画儿,我孤陋寡闻,插不上嘴,但觉得他们聊的内容新鲜有趣,很乐意旁听。

我与二印搭上关系是一次他爸到我家来串门,看我在照着小人书描画,说他家二印也爱画画儿,可以去看看。二印家在长辛店大街碗店对过的娘娘宫胡同,是临街半敞开的一个拐角,两小间西房,对面搭了半间小厨房。哥哥参军不在家,父母住里屋,外屋可算作二印的独立画室,窗台下一个三屉桌做画案,上面铺着毛毡,放着纸墨笔砚和印章,靠里边是一张单人床和一个小书架,两面墙上挂着几张他的画儿。他桌上的东西吸引了我,毛笔有10多支,分狼毫和羊毫,放在笔架上,砚台是石头的,上面刻着松树,还有镇尺、笔洗等,而且画画要铺上毡子。

每到星期天,小西屋里就格外热闹,都是二印的画友,在一起谈笑风生,

聊画坛逸事，聊学画心得，兴致高时还画上几笔。例如，他们聊罗工柳画大幅领袖肖像，聊齐白石刻"西山饱看"印章，聊于非闇工笔花鸟，聊胡佩衡古法山水，聊宋徽宗瘦金书，聊素描、工笔、写意，等等。总之，他们聊的内容我闻所未闻，好似刘姥姥进了大观园。常到二印家来的有通信工厂的小董，北关外的王德宝，东后头的赵义敏，教堂胡同的小曹等，有几个年龄稍大的我不知姓名。

二印虽然只大我两岁，但在我眼中他无论外貌还是言谈，都显出一种少年老成的样子。他注重仪表，即便在家里着装也挺正式。夏天的时候，爱穿白色汗衫，只要是长袖，袖口的扣子一定系着，汗衫下摆一定是扎在裤子里，有时还会穿着一双皮鞋，不穿短裤，不穿拖鞋。他身材瘦高，面目清秀，举止斯文，像个老师。

我不知二印从何时开始画画，师从何人，只觉得他是70年代长辛店大街起点较高的画画爱好者，走的是临摹、写生、创作和兼工书法的"正路"。二印主要画工笔花鸟和写意山水，花鸟临摹于非闇，山水临摹胡佩衡。二印带我外出过两次，一次到卢沟桥写生，在西边的河堤上，画了一张铅笔速写，

回家后创作了一张四尺的《卢沟春晓》，近景是松树杂以桃花，中景是卢沟桥及永定河，背景是城楼和远山，皴擦点染运用得很熟练，画面层次分明，这是少年时见过二印最大、最漂亮的作品。另一次到桥西的古墓石人石马拓碑帖，有一块石碑断成几截散落在地，二印选了一块楷书的残碑，涂上墨汁，未干时铺上宣纸，用圆头棕刷点乭，自上而下分段操作，揭下来就是一张黑底白字的碑帖，他用作练习书法。

  二印从笔墨开始，告诉我怎么画国画，工笔花鸟的基本技法是"丝毛"和"分染"，写意山水主要景物是树木山石，画山石介于勾和擦之间的用笔叫"皴"，等等。我以前也用毛笔画过，从报纸剪下徐悲鸿的马照着画，在白报纸上怎么也出不来浓淡效果，二印说写意必须用生宣纸，建议我先学工笔花鸟，容易上手，花鸟画出来也好看。我坐公共汽车到琉璃厂荣宝斋，买了一张半生半熟的"冰雪宣"和两支毛笔，毛笔一支是"李福寿"中白云，一支是翎毛花卉，连同路费总共花了两块钱，这是我第一次在画画上的投入，对我来说力度够大。"冰雪宣"当时是0.45元一张，我舍不得使，存了好几个月。我在二印家第一次看到画册，色彩鲜艳，墨迹清晰，比我的黑白报纸不知强多少倍。二印很大方，一下借给我两本，一本是《张世简花鸟》册页，一本是《胡佩衡山水技法》，让我拿回家临摹，不用着急还。

我用冰雪宣临摹的第一张完整的画，是二印画的《松鹤图》，二印给我做了示范，先勾头嘴，再画"S"形的脖颈，然后是翅膀和腿，整齐画出全身鳞状羽毛，最后用几笔浓墨写意尾羽，下面是一棵弯曲的老松树。我把二印的画拿到家里，先在窗户纸上练习鹤，再练习松，练了几遍后，把宝贵的宣纸一纸四裁，在上面写松画鹤。宣纸的感觉就是不一样，好像纸能补拙，笔墨再差也好看，心里美滋滋的，不怕献丑主动送人。一张送给了初中同学赵文勤的奶奶。在桥西住时，赵文勤家在东南街我家坡上，我常到他家去玩。赵奶奶慈眉善目，爱说话爱笑，总是盘腿坐在炕头，怀里抱个大狸花猫，特别像我的奶奶。我送给赵奶奶《松鹤图》，她特别高兴，挂在了炕头。几年后我参加了工作，去他家串门，赵奶奶还挂着那张画。一张送给了同学刘世明。2018年初中同学聚会时，刘世明还提起了那张画，说让一位同学借走了，去照着画。这让我骄傲了一下。

二印画案上的文房用品也成了我的"临摹"对象。1972年，我在西单首都刻字厂门市部刻了一枚青田石章，印文为篆书"义明画印"。1975年，我在大街北关看到一个人在卖砚台，是几方河北易县的紫石砚。一问价吓一跳，我兜里仅有上班第一个月发的22元工资，只能玩命砍价，最后用12元买下了最小的一方，虽然雕工不算精细，但墨池盘着一条龙，盖上飞着一只凤，也是用心之作。这个月的大半伙食费给了砚台，还是同宿舍张国庆同学热情帮助，克服了暂时困难，得到了心爱之物，精美的端砚送过朋友好几方，但这方粗粝的紫石砚一直留着。二印参加工作后回家的次数少了，我也搬到了桥西，慢慢断了联系，也没在任何地方看见过他的画。二印的画我一幅也没留下，但他那份对画画的由衷喜爱，那份对我这个零起步旁听者的热心指

导，我始终没忘。听二印聊画和看他画画的那几年，是我最上心的时候，一回家就找张画临摹，整天琢磨怎么能再像一点，画完好让二印看看。二印教给了我一些国画的基本知识和绘画技巧，知道了一些画家的名字和作品，所以我认为二印就是我的启蒙老师。在那个文化荒芜的特殊年代，二印小小的画室，带给了胡同伙伴一片绿茵，走进画室，春华在目，秋实在心。

# 学画火车

**看着容易画着难**

1974年夏天，我正上技校，校园来了30多个比我们大几岁的小伙子，一打听才知道，他们可不是一般人，是"五七艺术大学"舞台美术系的大学生，到工厂来体验生活，写生创作。他们白天进厂，下到车间班组跟师傅一块干活，傍晚仨一群俩一伙在校园各处画画。知道了身份，我对他们刮目相看，觉得他们个个都像大画家，我不跟同学去大操场踢球了，站在后边看他们画画，一两个小时不动窝。为看画画，星期天也不回家了，那时我家还在大街紫草巷，老妈不放心，还到学校找过我一回。我观摩时间最长的，是一个头发自来卷的学生。他主要画油画，吃完晚饭，坐在教室楼东边的台阶上，修改完善画稿，他的画很明亮，有一张是火车的动轮，一张是锻工车间加热炉，红色为主基调。他有时也画速写。校园里的一切司空见惯，哪儿也不觉得有多好看，但在这些学生画家笔下，成了不一样的风景。教室楼后的桃树林，中间一条弯曲的小路；我们住的一排宿舍，铁丝上晾着衣服；一个铁制

篮球架，几名男生在打球；体育场的红砖围墙，几门防空三七炮；尖顶的苏式教师楼，椭圆的花池……校园里的景物都可以成为一张画。他们的工具和画法不拘一格，有铅笔、炭铅、炭条、钢笔、毛笔、水彩笔、油画笔，速写、素描、油画、水彩等。原来只认为画得像最好，现在一看他们画画，有详有略，有的地方根本不画，钢笔画大片树丛用整齐的竖排线，楼房和天空用色块涂抹。他们的老师更是出手不凡，老师给一个小男孩画像，用炭条几笔就画成了，惟妙惟肖。老师给"自来卷"修改一幅油画，是锻工车间的场景，高大的厂房烟尘笼罩，一名工人掌钳，一名工人操作锻锤，刚出炉的工件把人物和机器映得通红。老师的专业术语我听不懂，但能看明白，老师一边说一边调色修改，把背景的机器压暗，把工人脸上和衣服加了点橘黄，大大增强了光感，让人能感觉到炉膛口喷出的热度。一位老师用铅笔画校园里的钻天杨，用粗黑的笔触点叶子，疏密有致，自然生动，好像被风吹得哗哗作响。

跟"自来卷"见了几次后，便有了交流，他问我是不是也喜欢画画，我说是，描过小人书。他说喜欢就不错，先练练速写，火车就是很好的描绘

对象。说完他打开画夹，拿出两张速写让我看，画的是蒸汽机车。笔和纸都不讲究，普通钢笔，黑色钢笔水，又薄又旧的8开纸，线条流畅，刚劲有力。两张速写，一张是总装车间落车场面，天车吊着锅炉往火车动轮上放，旁边是几名作业的工人；一张是南门交车线全景，密布的铁轨把焦点引向画面中心，几台蒸汽机车喷吐着雾气，背景是三跨工厂标志性的高大厂房，火车头的威武形象和现场的热烈氛围，跃然纸上。艺大学生的画让我长了见识，绘画不是实景照搬，而是用主观的视角加以取舍，是在创造一种美，用一句文艺创作常提的话就是，源于生活，高于生活。

受"自来卷"的鼓励，我也跃跃欲试，去了一趟北京城，到中国美术馆对面的"百花美术用品商店"，买了钢笔、炭铅、黑墨水、速写本等画具，开始画速写。暑假期间，有空就围着火车站、货场、二七公园等地方转，找个没人的地方，练习画火车、画景物，学着"自来卷"的样子，抬头看一眼，低头画几笔。

一画速写才知道,看着容易画着难,就拿火车来说,零件太多,要么不知取舍,分不出主次,司机室没画完,火车开走了,白画半天。要么就是透视不准,后边轱辘比前边还大,火车比天桥桥面还高。线条就更别提了,毫无章法,乱成蛛网,总之,火车连个大模样也没画出来,连自己都看不过去。虽然如此,但画火车的爱好没有放下,在后来许多年中,想起来就画画火车。缺少恒心,缺少悟性,没有老师指导,水平也就这样了。曾有画家老师直言不讳,说我现在画的还没原来的有味道,要么太草率,要么太匠气,丢了一份纯朴。

　　直到现在,我脑海里仍时常浮现出"自来卷"画画的情景,仍能感觉到他笔下火车的气势和钢铁的质感。

# 美术小组

那些佳作或者涂鸦统统收藏在了记忆里

20世纪80年代初，我参加了工厂的业余美术爱好者协会，简称美术小组。美术小组每周六下班活动一次，在俱乐部三层，一个长条大厅及一间办公室，高处有个窗子与放映室相通，能听到放电影的声音，厅里有个大画案，桌上地下堆着画架、颜料、纸笔等绘画用具。工厂业余画家不少，常在俱乐部楼上见面，我熟悉的有十来个人。有的拿着作品让大家看看，提提意见，有的铺上纸画两笔，聊聊天，交流一下。美术组负责人开始是李荫成老师，他油画功底深厚，人物、风景、静物都画得挺棒，还擅长摄影，工厂宣传方面的绘画、新闻摄影作品基本上都是出自他手。后来郭泰来接替了李荫成老师。在美术组我的绘画基础最差，学习也没个方向，花鸟、山水、素描、白描、刊头，什么都蜻蜓点水来两笔，但没一样拿得出手。看到郭泰来在读《中国美术史》，一位学员在宣武红旗大学进修美术，我也想补补课，正好劳动人民文化宫有个素描班，便去报名。那是1982年的冬天。报名需要交三幅素描人像，我利用几个晚上临摹了三张工农兵肖像，星期天坐车进了城。在劳动人民文化宫配殿前，门口有个小桌，桌后有一个女老师，过肩的马尾辫，眉清目秀，披着一件军大衣，看上去岁数跟我差不多。报名者有几十人，排着长队，一个一个交作品，老师一过眼，行，发准考证，不行，下一个。我递上了我的作品，老师顺手打开，人像还倒着呢，只瞄了一眼就卷上了，说："下一个。"我说："您正过来仔细看看。再说我报的是初级班。""初级班你也跟不上。"说完又一个一个看作品。但我一直没走，远远地站着，看报名的人走完了，又到了女老师面前。她一句话没说，递给了我一张准考证。

下一个周日的考试在一间宽敞的活动房屋里，四个角摆着石膏"海盗"，用台灯照着，画架上夹好了素描纸，铅笔自带，位置自选，五六十名考生，两小时交卷。画了半小时我就失去了信心，大轮廓还没勾出来呢，纸就擦得跟花瓜似的。让我放弃考试的是旁边的一个小男孩，也就十四五岁，背对石膏像，回头看一下画几笔，一个造型准确、调子分明的"海盗"就出来了。我出了考场，不过心情不算太坏，反正是业余爱好，一张白纸更没有负担。女老师说得对，初级班我也跟不上。

走到劳动人民文化宫的太庙前，见有一大圈人围着一张桌子，原来是几位书画家在挥毫泼墨，为残疾人义卖。其中有齐白石之子齐良迟，另几位记不得了。我见他画了一张菊花螃蟹，4尺斗方，要价15元，我搜遍全身也凑不齐10元钱，只好眼睁睁地让别人拿走。这两件小事之所以一直没忘，并不是考试零分、囊中羞涩，而是画家老师的可亲可敬，他们只有一门心思，即艺术如何为工农兵服务，那时平常百姓要得到名家作品也不是难事。劳动人民文化宫常年有初级、中级、高级美术培训班，面向社会招生，都是著名画家讲课，无须交任何费用。

美术组也接长不短儿请来画家讲课，有的我已记不起名字了，印象深

的有这么几位老师。北师大美术系的孙老师讲的是油画肖像,让一名学员做模特,大家围成一圈观摩,孙老师用一把小板刷,几笔头发,两笔脸颊,大模样就出来了,一眼就能认出是谁。孙老师讲了固有色和环境色,让大家看白墙上还有什么颜色,谁也没看出来,他说白色里偏点紫还带点蓝,弄得我直揉眼睛。北京铁路局的王可大老师,讲了大写意花鸟课,示范了一幅"古树苍鹰图",他用笔滞涩,先画鹰,再画石,最后画枯藤,像在认真写一篇书法,墨分五色,笔走龙蛇,颇有苦禅笔意。20世80年代末开春的一天,著名画家徐希来过一次,那时他在人民美术出版社工作,一路风尘仆仆,到了三楼跟大家打了招呼就开始上课,讲写意人物。他铺开一张斗方宣纸,边讲边示范,画了一个少女和一只羊羔,少女腰身半弯,左臂放在羊羔的背上,右手拿着奶瓶给羊羔喂奶。画完墨稿,草地和柳条用汁绿晕染,然后用曙红在少女的头巾上一抹,落款题字"春姑娘",好像轻柔的风夹着泥土的芬芳从画中扑面而来。

在美术组最深的体会,就是不管水平相差多少,画什么画种,大家都坦诚交流,和睦相处,包括有一定造诣的李荫成老师,和后来的负责人郭泰来老师,从不居高临下,对大家都是鼓励。每年春节或者配合工厂的庆祝活动,

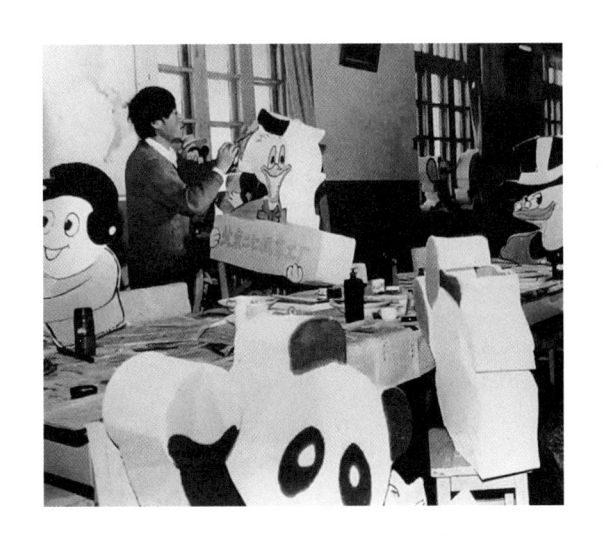

美术组适时举办书画展,每个学员的作品都能参展,两位老师悉心指导,如作者需要,还帮忙刻章、题字。郭泰来老师给我刻过一枚闲章,曰"墨趣偶拾"。我原来想请他刻"偶拾墨趣",他把两个词颠倒过来,平添了文意。美术组还负责厂报和文学刊物《新泉》的封面设计和插图。郭泰来老师后来走上职业道路,创立了"永生画派",成就卓著。

没想到,我跟苏殿远老师还续了一段美术的缘分。90年代以前,报纸印刷离不开铅与火,铅是排字,火是铸字,为活跃版面,常用到刊头和插花,即黑白的美术小品。我到厂报社工作后负责编辑副刊,由美术爱好者为《卢沟晓月》《八小时以外》《文摘》等栏目提供刊头。有时接不上茬,我就画一张。刚开始摸不着门,用普通钢笔,线条粗细不均,黑白分界不清,再小心也免不了滴墨蹭黑。一次到大街东后头看望苏老师,无意中提起了这事,苏老师想了想说,他正在编辑《法制日报周末版》,里面几个栏目都用到刊头,可以给他投稿试试。这下提起了我的兴趣,发表美术作品和发表文章一样,是初学者梦寐以求的事,问了问要求,回去便向大林师傅请教,他搞图案设计是专业水平,给我讲具体方法,用几何形状定下主基调,画个主要景物,沉闷处用白线或飞花破一下,嵌入栏目的变体美术字就成了。我买了鸭嘴绘

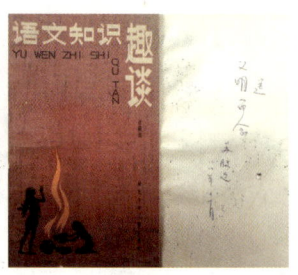

图笔、圆规、三角尺、黑钢笔水、白广告色等，开始学画刊头。虽说画的跟大林师傅没法比，图案过于简单，整体缺乏协调，但有苏老师的关照，隔段时间就发表一幅，那时报社订着《法制日报》，周末版一来抢先看。

在这里我要特别介绍一下苏殿远老师，他是我初中一、二年级的班主任和语文老师，我最初写写画画的基础是苏老师打下的，他让我负责出班里的黑板报，写教室里的标语，督促我多看课外书，坚持写日记，我留下的10万字初中日记，每隔两周就有苏老师的批语。苏老师后来从长一中调走，先后任中国青年出版社编辑、法制日报社高级记者，1992年加入中国作家协会，著有报告文学集、散文集、小说集近20部。苏老师才华出众，文武双全。1970年夏天，苏老师带我们班到东河学农劳动，冶炼厂有一个双杠，同学们听说苏老师在大学时是体育健将，便撺掇苏老师露一手，他推辞不过，就表演了长振上杠、慢起倒立、转身下杠三个标准体操动作，男生们立时被震住，愣了片刻又一阵欢呼，自此把苏老师当成偶像。

1990—1992三年，我在《法制日报》的《五光十色》《法律之门》等栏目，发表了20多幅刊头，这是我唯一登上大雅之堂的绘画创作。在浩如烟海的美术作品中，小小的黑白刊头微不足道，但因装饰过自己的生活，所以也觉色彩斑斓，赏心悦目。

2015年，我在厂工会办公室碰到了罗宝才，他比我小几岁，我叫他小罗，也是当年美术组的画友，90年代初，我俩合作为工会画过灯笼。每年的正月十五元宵节，在劳动人民文化宫都举办灯展，二七厂工会有做灯笼的任务，几个大的，上百个小的。我和小罗及另外一个美术爱好者（想不起名字了），每天晚上在俱乐部图书馆负责画小灯笼。以儿童画册为参考，用广告色在绢上画，有黑猫警长、神笔马良、葫芦娃、唐老鸭等童话形象。每天下班后要画三四个小时，画10多天。那时我住北厂，骑车到家已是小半夜。我和小罗画过三年元宵节的灯笼。小罗见到我说："你那时画的葡萄、竹子，我现在还记着呢，真棒。"这话让我既感动又惭愧，到现在我的画也不过入门级，何况当年。我看到小罗桌下有几张画稿，上面的一张是几根兰草，线条流畅飘逸，可知画画的爱好他一直没放下。小罗跟我一样，已将美术组那段开心有趣的时光，那些根本不在乎这法那法谁高谁低的画友，那些佳作或者涂鸦，统统收藏在了记忆里。虽然经过了30多年，不提则罢，一提就聊个没完。

# 两个画展

## 有两个展览绝无仅有

这么多年里,我看过许多美术展览,其中有两个展览绝无仅有,机会难得,所以记忆犹新。

第一个展览是黑画展。1974年春节前的一天,技校同学王开燕很神秘地说:"你不是爱画画吗,美术馆有个展览,我这儿有一张内部票,对谁也不要说。"

第二天,我怀着探秘的心情来到中国美术馆。来看展览的人很多,场面比往日热闹。可能是准备仓促,序言是用信纸写的,放在展厅外面的橱窗里,一拉溜七八张纸,铅笔楷书,字体漂亮,上面还带着删改符号,像是临时赶出来的。

展览在一层西边的几个厅里,有200多幅作品,作者的名字有的知道,如黄永玉、李可染、李苦禅、华君武、秦仲文等。有的第一次听说,如吴作人、阿老、宗其香、林风眠、陈大羽等。我是第一次看到国画大师的真迹,一笔

一画看得很仔细,有的已经装裱,有的还是单片宣纸,好像刚从画案上拿来,觉得都挺好看。我第一次看到国画有这么多表现方法,有的是大写意,如李可染的《黄山》、李苦禅的《芙蓉国里尽朝晖》,有的是小写意,如黄永玉的《猫头鹰》、宗其香的《三虎图》,有的是工笔人物,如阿老的京剧样板戏,有的是写意人物,如叶浅予民族舞蹈。秦仲文画的是一幅雪景山水,有坡岸柳树渔船人物,上有题诗:"十里平湖尽浅沙,几行衰柳似蓬麻。天寒渔子愁冰冻,个个抛船宿酒家。"主办者认为作者画"萧条景象"、写"颓废诗歌",是在污蔑"文革"的大好形势。其实这类题材在古代画家笔下常见,如纪晓岚《阅微草堂笔记》中,在扇面上题诗:"野水平沙落日遥,半山红树影萧条。酒楼人倚孤樽坐,看我骑驴过板桥。"

  画展上有不少美院的学生捧着画夹临摹,对他们来说,一次看到这么多大师作品的机会也不多,管他黑画红画,学习要紧。

  开燕家我去过,紧挨着宣武门校场口汽车站,他家堂屋挂着一张魏紫熙的山水斗方。那次画展后,我还临摹了一张山水画送给开燕。2017年技

179

校同学聚会时，我跟开燕聊起画展的事。他说他叔叔是美术馆的司机，跟不少画家都熟，有的成了朋友，家里曾有不少名人字画。我说："那要留到现在可值老钱了。"他说："别提了，这么多年丢的丢送人的送人，一张也没留下。""那是可惜了。""不过，你送我的那张画还留着呢！"晕倒！

第二个画展是1986年的"黄秋园遗作展"，那天去中国美术馆，正好赶上有黄秋园的展览。一进展厅我就被吸引住了，画的特点一是大，有不少画轴从房顶垂到地面，一幅横轴长卷达数十米，整整绕了展厅一周，构图饱满，几乎不留空白，满目苍茫。二是细，笔墨繁复精微，画面景物丰富，山石、树木、烟云、茅屋、路径、小桥、飞瀑、流泉、人物，几乎每张画上都有，使密不透风的画面有了"画眼"，清幽中有琴瑟之音，浑厚中透灵动之气。原以为写意山水只有酣畅淋漓，却不知还有精耕细作。

这次画展我主要的收获在画外，在报纸上看了相关报道后，才知道能参观这个展览是多么幸运，错过去再无机会看到。展览过后，美术界掀起了一股"秋园热"。黄秋园的坎坷生平对我深有触动，他被人所知时已逝世5年，

一辈子生活困顿，名不出乡里，因性情孤介不媚时俗，受到美术界个别人的排挤，连区级的美协会员都不是，从未想过自己的画能登上美术的最高殿堂。黄秋园的画一经公之于世，震撼了整个画坛。国画大师李可染为黄秋园的画题跋："黄秋园先生山水画有石溪笔墨之浑厚、石涛意境之清新、王蒙布局之茂密，含英咀华，自成家法。"梁树年题诗："大涤大觉总归真，清风清汀两老人。留得庐山真面目，文章道德敢望尘。" 黄秋园被追认为中国美术家协会会员，追聘为中央美院教授，荣宝斋出版了他的"百年巨匠"画集、课徒稿，他获得了美术界的最高荣誉。

2004年到南昌出差，在我的提议下，与几位同事顺便去了一趟黄秋园故居。黄秋园原来住的地方已被辟为纪念馆，坐落在市区的临街处，是一座古朴的三层小楼。门口的一副对联让人既生几分景仰，又添几分温馨："千古秋园植万年翠柏，大师故里迎四海高朋。"进入小楼，巧的是，黄秋园之子黄良楷先生和邻居孙女士也在馆里。我说当年参观过黄秋园先生的展览，对他的画品和人品特别钦佩，他是我心中的偶像。黄良楷听后很高兴，给我们签了首日封，还带着我们楼上楼下，一一介绍他父亲的画作。时隔18年，我又一次面对大师的真迹。这座小楼就是一个珍宝馆，有李可染、刘海粟、侯一民等大师为纪念黄秋园所作的书画，有黄秋园的代表作品和他收集的古董文玩。孙女士回忆起黄秋园感慨了一番。她说，那时黄伯伯下班一到家就展开宣纸，挥毫作画，没有一天例外。有时不满意就揉成一团扔了，她就趴在桌子旁看，谁想到他今天这么有名，那时收着他的废画也不得了啊。

  黄秋园一身傲骨，不媚时俗，退避尘嚣，归隐田园，从师古人到师自然再师造化，借古开今，自成一家。在黄秋园的笔墨中，既有纸上烟云里的胸中丘壑，又有澄怀观道下的林泉之心，既有"曲高和寡"的寂寞，又有"高山流水"的向往。他的多首题画诗表达了这种心境，如"溪山风致似蓬瀛，古木寒泉也自清。一笑相逢共忘世，此身何用继浮名。""雨晴山远近，秋老树参差。小桥独眺处，斜阳总是诗。"

# 雁翁郑克明

## 工人的朋友郑克明一生寄情于雁

20多年来，搬了两次家，可我案头墙上的画没有变，抬头即可看到，我已经熟悉了画上的每一条线、每一个墨点。一次在某书画市场上，我看到了同样题材、同样署名的一张画，一眼即可断定，赝品无疑。别说大雁，就是苇叶和沙滩，看似随意，没有几十年的功力，仿不出十之一二。画家是画由心生，仿者是画由笔成。

我的这张画题为《鸿雁鸣秋》，墨色丰润，意境辽远，作者是郑克明先生。居室挂画，只为自己欣赏，画里画外必有一番情谊。郑克明是见过一次面后唯一叫出我名字的画家，也是主动赠画留作纪念的画家，这让我十分意外，也十分感动。

第一次见郑克明，是在1990年年末新年笔会上，莅临的著名书画家有傅耕野、顾冠群、蔡华林、李树琪、周光汉、后军等10多位。我浏览了一圈后，便专心在围观者中看郑克明画大雁，帮忙研研墨，抻抻纸，打打下手。过了

一年，在 1991 年纪念二七斗争笔会上又见到了郑克明，没想到一见面他就跟我打招呼，叫出了我的名字。这一下子拉近了我们的距离，在他画画休息时，我们闲聊了起来。他说，他也是工人出身，一直是业余画家，曾在天津一家企业当过工会主席。我说，怪不得您和群众打成了一片，打招呼的人最多，见一面就能记住别人的名字。他笑了，说："没错，我跟工人就是有特殊的感情。"

郑克明的确像工人中的一员，身体结实，穿着朴素，说话面带微笑，头一次见面，就给人一种亲切感。凡二七厂的大型活动，不论规格高低，他都认真对待，绝不推辞，如"十大新闻评选揭晓活动""厂报复刊十周年纪念活动",虽说是工厂党委组织的活动,但具体事由报社来办,如邀请画家、布置场地等。郑克明是著名的大画家,而工厂报社只是一个二级部门,似乎找个理由推辞也在情理之中,但他每次都爽快答应。

在这两次活动中,郑克明创作了两张六尺的大雁图,每次都用去半天时间,全力以赴,精心创作,绝不敷衍。1993年一次笔会,中午吃完饭后他回到作画现场,收拾了一下画作,题字盖章。看看还有时间,郑克明老师把我叫到身边,时值八月十五中秋节,便给我画了一张四尺斗方。他先从头部画起,中锋饱墨,两笔成头,依次为颈、翅、身,一气呵成。然后勾嘴、脚,点羽毛。刚开始画时,满纸弯曲的浓淡墨线墨块,看不出是什么,但随着不断添加细化,最后成形,六只姿态各异的大雁栩栩如生,呼之欲出。最后画上沙滩芦苇,题字落款:"鸿雁鸣秋,义明同志雅正,癸酉年仲秋,克明写。"

郑克明从小受其叔父郑润田启蒙,先拜裴殿奎先生学习花鸟,后从师张树臻专攻芦雁,是全国芦雁没骨画法第一人,有"雁翁"之誉。他不管是浓墨写雁,还是彩墨点景,已出神入化,添一笔则多,缺一笔则少。每次到厂里来,他从不惜墨如金,不管是领导还是职工,只要喜欢,都爽快地以书画作品相赠。二七厂不少职工家里都挂着郑克明的大雁,有的还是六尺大幅,鸿雁传情,两不相忘。

他从不问"润格",以报社名义组织的几次笔会,都是区区的几百元"车马误餐费",赶上饭点了,中午在工厂招待所吃快餐,赶不上吃饭,画完就走。郑克明老师每次来厂必拿精品,且求新求变,避免雷同。他笔下的大雁,或天空列阵,或沙滩顾盼,或随风起舞,或踏雪赋闲,可谓千姿百态,妙趣横生。他从不画孤雁,最少也成双成对,意在突出大雁的团队精神。他对技法从不遮遮掩掩,随便围观,有问必答。一次他画月下的大雁,把一个瓷盘扣在宣纸上，渲染后拿开，一个圆圆的月亮留在了画面中。

工人的朋友郑克明，一生寄情于雁，喜爱雁的重情重义，志存高远。他笔下的雁超凡脱俗，矫健灵动。他的雁常以明月、沙滩、芦苇、瑞雪配景，来表达雁舞九天、同甘共苦等主题。他的笔下，少了古代文人画的落寞，多了当代人的朝气，还蕴含着一种团结奋斗的精神。他这样给他的作品题名：《兄弟相聚最多情》《雁舞九天》《腾飞》《大展宏图》……他这样给他的秋雁题诗：

  风光最美是汀洲，
  水草竞鲜鱼争游。
  阵阵雁声多悦耳，
  芦花飞舞点金秋。

# 工人素描

## 认识沈今声老师纯属偶然

沈今声首先是一位摄影家，任《舞蹈》杂志编审，尤以人像摄影著名，他的作品《画家叶浅予》获得第十四届全国摄影展银奖，他为舞蹈家杨丽萍拍摄的《雀之灵》，被公认为舞台摄影的经典之作。沈今声又是一位画家，1954年从中央美术学院绘画系毕业，在中央美术学院附中任教。

认识沈今声老师纯属偶然，2003年元旦，几个小学同学约了多年不见的吕秀芝老师，在北海公园聚会。聊天时提起了我曾在二七厂工作，吕老师说她认识一位画家，名叫沈今声，看过他画的二七厂人物，画家很随和，可以直接联系，给了我一个电话号码。过了几天，我打通沈今声老师家的电话，他特别高兴，邀请我去他家见面聊，看看他在二七厂画的画。沈今声住在北三环中路的文联大院，一进门就被艺术氛围笼罩，书架案头堆满了书，地中央支着三脚架、画架，到处是摄影器材和画具，墙上挂着照片和油画，从门口走到沙发得拐几个弯。沈今声是著名摄影家和画家，但没有一点名人的

架子，说话和气，我们的话题先从他的画开始，他拿起一个画夹，打开一层防护膜，展示了10多张素描肖像，画的都是二七老工人，其中有的我熟悉，如二七大罢工时的纠察大队副大队长刘炳波，纠察队员杭宝华、左士俊、孙臻、刘再祥等，有的我知道名字但没见过面，如北京市劳模张顺、安全生产标兵孙茂林、"机床大夫"殷庆祥等。这些肖像一看就是出自专业画家之手，黑白灰点线面到位，人物生动传神。沈今声说，在美院学习期间，受到徐悲鸿、蒋兆和、叶浅予、吴作人、艾中信等老师的教导，打下了素描功底。

沈今声说，二七斗争是他早期绘画创作的重要题材。1959年，为响应党中央文艺为工农兵服务的号召，沈今声作为班主任和绘画老师，带着美院附中20多名学生，到长辛店二七机车车辆工厂体验生活，写生创作，那年他刚刚25岁，已有5年教龄，6年党龄。一进厂，工厂组织他们看了反映二七斗争的电影《风暴》，读了厂史《北方的红星》，参观了工人运动旧址，听了杭宝华、刘炳波、刘再祥等二七老工人的报告。

他和同学们都是第一次走进铁路工厂，工厂悠久的历史和光荣的传统，气势磅礴的火车和热火朝天的车间，深深感染着他们，他们觉得可学可画的

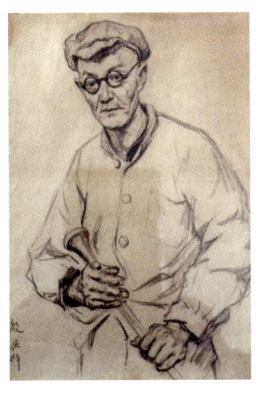

东西太多了。他们不搞特殊化，不走马观花，而是真正沉到一线，与工人同吃同住同劳动。他们和工厂的学徒工一样，睡十几个人挤在一起的大通铺，在食堂和工人坐一条板凳吃饭，每人固定一位师傅，白班夜班跟着干活。20多天的工厂生活，让学生们看到了工人投身铁路建设的干劲，体会到了无私奉献的主人翁精神，激发了创作热情。同学们画了很多人物和场景速写，为以后的创作积累了丰富素材。沈今声比班里的学生只大几岁，学生都觉得他像一个成熟的大哥哥，辅导他们画画，和他们一起唱歌，用二七革命史激励他们。同时，沈今声也沉浸在自己的创作中，通过看厂史听报告，他知道了许多二七大罢工中的英雄人物和新时期的劳动模范，他要用画笔表现他们。他下车间走工地，征得同意到老工人家里，画了一批人物写生。沈今声说，老工人的热情让他感动，有时端坐一两个小时当模特，走时还向他道声谢。

第二年，在纪念二七斗争37周年之际，沈今声老师和全班同学在工厂俱乐部举办了"二七厂体验生活汇报画展"，展出了速写、素描、油画、国画、雕塑等上百幅作品。沈今声说，那段工厂生活经历虽然不算长，但给学生们留下了深刻印象，思想上艺术上都有很大收获，甚至对他们以后的创作理念都产生了影响，其中大部分画家坚持的是一条现实主义道路。沈今声老师带过的学生，有的在高等美术院校任教，有的在美术机构担任领导职务，有的在文化出版部门工作，有的在基层从事美术创作，有的成为著名画家。

2004年，我带着沈今声老师故地重游，参观了工厂，在交车线内燃机车前，他感慨地说，工厂变化太大了，从工地到产品都焕然一新。在老加工车间旧址，沈今声回忆起跟师傅干活的日子，在加工车间，他前后跟了两个师傅，一个叫张德禄，一个叫马清明，都是钳工的高级工匠，手把手地教他挥榔头、用卡钳、打毛刺、锉零件，检查修理机器设备，工人师傅兢兢业业、爱厂如家的精神令他难忘。

70年代，沈今声创作了大幅素描作品《劳动补习学校》，2米宽1米高的画面，一群工人在聆听老师讲课，老师就是革命先驱邓中夏。黑暗中一盏油灯闪耀着光芒，画面对比强烈，层次分明，人物造型准确，表情生动，再现了长辛店工人运动的光辉一页，成为画坛素描艺术的经典之作，这幅画被中国革命历史博物馆收藏。当年来工厂的学生，也陆续创作出反映二七斗争的作品，如国画《毛主席来到长辛店》，油画《卧轨截车》《还我工友》等。这些作品今天仍陈列在二七纪念馆，每年有成千上万的观众在画前驻足。

画家沈今声，用挚爱真情，用传神画笔，描绘了二七前辈的主人翁风貌，表达出他们的朴素和忠厚、力量和自豪。

# 我看评书

*守着收音机听评书、相声、样板戏*

听评书，是以前孩子们获取知识的方式之一。那时电视还没普及，只有极少数家庭订报纸，百姓了解外面的信息基本是靠收音机。守着收音机听评书、相声、样板戏，人们给收音机起了个很形象的名字，叫"话匣子"。

我第一次听评书是在同院吴阿姨家听的《古城春色》，正听到"突然叭的一声枪响，王经堂啊地叫了一声"的时候，姥姥的喊声也响起，让我马上去挑水，煮面条等水下锅呢。直到参加工作看了《古城春色》原著，才有了"下回分解"，匪首王经堂没死，被解放军乔振山打掉了一只耳朵。

我第一个知道的说书人是袁阔成，70年代上初中的时候，完整听完了袁阔成播讲的评书《烈火金刚》《暴风骤雨》。他讲的评书太精彩了，每一个抖包袱的地方，都让我笑半天。如《肖飞买药》说肖飞："照鬼子就是一脚，登登登——扑，脑袋怎么没了？噢，扎煤堆里了。"如《暴风骤雨》说韩老六："工作队一进村儿，他坐也不是，躺也不是，在炕上站了半晌。"

袁阔成的幽默来自民间,既通俗易懂又出人意料,使大段的评书生动有趣,大人孩子都爱听。

六七十年代的评书,很多是爱国主义教育题材,如《烈火金刚》《赤胆忠心》《红岩》《林海雪原》《平原枪声》《敌后武工队》等,像小人书一样受众广,对少年儿童来说,寓教于乐,起到了很好的思想引导作用。

第一次看到说书人,是90年代在二七厂电视台。央视著名主持人汪文华的一档节目《曲苑杂坛》火遍全国,同时开辟了《电视书场》栏目,让几十年来家喻户晓的说书人,从幕后走到了台前,从话匣子搬上了电视屏幕,新的演出形式让评书这门传统艺术大放异彩。广大观众可能不知道,二七厂电视台曾经是一个评书录制基地,评书表演艺术家袁阔成、马增锟、田连元,都在这里录过评书。

1992年,袁阔成录制了180集《西楚霸王》。袁阔成是享誉海内外的评书大家,对艺术要求特别严谨。他在工作中态度严肃,不苟言笑,说话直来直去,有时看到工作人员疏忽的地方,便毫不客气地指出来。慢慢大家发现,袁阔成老师对事不对人,而且善解人意,处处替工作人员着想。那时的设备虽然能够达到电视台播出标准,可跟现在比起来落后很多,没有同步机,全凭手工操作，有时带子走着走着，只出了一半图像，或画面抖动，尤其是容易留下接痕。开始录的时候，编导汪文华很担心，天天来台里，在演播室盯着。在说书过程中，出现问题，袁阔成不用提示，自己就停下来。等工作人员将录像带退回去，重放两句，袁阔成用同样的口气接着说，根本听不出这里是接口。三个多月顺利完成了180集的录制。让每一个接口不露出破绽，他增加了自己的工作量和难度，却为负责后期剪辑的编辑省了大事。

工厂电视台副台长闫永亭主要负责接待和录制工作，他的敬业精神和业务能力，得到了袁阔成的充分信任，闫永亭觉得袁老师既有大家的范儿，又有长辈的慈祥，他惦记着二七厂的工作人员。一次隔了一段时间见到闫永亭，说："这些日子怎么也没给我打电话？"闫永亭说："一直惦记着您呢，如果光打电话却不去看您，怕您骂我。"袁阔成说："骂你还不是应该的？"说完开心地笑了。那个春节闫永亭去看望了袁阔成老师。

袁阔成出身评书世家，伯父袁杰亭、袁杰英和父亲袁杰武号称"袁氏三杰"，以擅说《五女七贞》而著名。袁阔成自幼随父习艺，后拜金杰立为师，14岁登台，18岁享名。他倡导说新书，使评书真正成为喜闻乐见的艺术形式，他是当代评书艺术的领军人，享有"古有柳敬亭，今有袁阔成"之誉。袁阔成的评书具有"漂、俏、快、脆"的特色，2006年获得中国曲艺牡丹奖"终身成就奖"。

马增锟是1994年来厂录制评书的。马增锟不为广大听众熟知，是"文革"动荡、命运多舛所致。其实他在曲艺界早有声名，出身于曲艺世家，妹妹马增蕙是著名单弦表演艺术家。马增锟家学深厚，自幼跟父亲马连登学习评书，马连登是评书一代宗师；跟三弦圣手白凤岩学习三弦，曾为西河大鼓、京韵大鼓、梅花大鼓等曲种伴奏，在曲艺界马增锟有"三弦第一把"美誉。他参加过抗美援朝慰问演出，后到山东曲艺团当评书演员。"文革"中被批斗，

下放到河北某县城文化馆，看大门、烧锅炉，苦脏累的活都干过。汪文华请他出山，他厚积薄发、重整旗鼓，为全国电视观众献上了一部精彩的《罗家将》。

《罗家将》是长篇评书，有180集，马增锟大半生在戏楼茶馆演出，这是第一次面对镜头，难免有个适应过程，电视台的同志估计他得长住一段时间，提前在生活上做了精心安排。没想到他是一个很俭朴随和的人，住在电视台八层的修理间，自己到食堂吃饭。他说："我这辈子除了弹弦说书，什么都不在意，不习惯别人伺候。再说住这相当于住在台里，录制起来更方便。"马增锟在维修间住了五个月。

闫永亭是第一次听马增锟的评书，他说："马老师说书有两个特点，一是用历史典故增加了评书的文化厚度，二是擅长贯口，原汁原味地传承着老派艺术精髓。"几个月的接触，马增锟喜欢上了二七厂，喜欢上了新结识的工人朋友。他成了工厂京剧队的票友，节目录制完成后，他仍每周日参加京剧队活动，还是按自己的生活方式，不麻烦任何人，从宣武门家里骑车20千米到长辛店。队友都盼着他来，听他悦耳的三弦，听他专业的指导。那年五一放假，电视台给马增锟预支了几千元播讲费。过节回来，他特别高兴，对闫永亭说："这几千块钱可管用了，我买了个高级收音机，还请全家人到饭店吃了一顿饭。"这可能是马增锟老师一生最奢侈的一次消费。

田连元，广大观众再熟悉不过了，一代评书大师，他的许多评书脍炙人口，是中国曲艺牡丹奖"终身成就奖"的获得者。田连元出身评书世家，9岁拜王起胜为师，学唱西河大鼓兼练三弦。1959年入本溪市歌舞团，1963年任副团长，曾任辽宁省曲艺家协会主席。1965年3月，在辽宁广播电台录制了他的成名作《欧阳海之歌》。

田连元在二七厂住的时间最长，1993年、1995年两次来厂，分别录制了《水浒人物传》和《双镖记》。他住在第二招待所，生活上由老伴照料，一般每天录二至三段。田连元在评书表现形式上做了有益探索，注重语言的生动性和形象性，丰富表演技巧，增强视觉效果，形成独特的"田氏风格"。田连元不但是评书表演艺术家，还是多产作家，他出版的艺术著作达十几部，如《杨家将九代英雄传》《杨家将》《田连元自传》《孙膑演义》《声贯九州》《大话成语》《小八义》《刘秀传》《水浒全传》等。

田连元的书迷很多，有一位新疆姓马的观众，几经周折找到闫永亭，购买了两部田连元评书录像带，以便随时欣赏。不管是在宾馆、餐厅、电梯里，还是走在路上，田连元经常遇到他的书迷，听到最多的一句话是："我是听着您的评书长大的。"书迷们都有一个要求，与他合影或签字留念，他都爽快答应。闫永亭至今保存着田连元老师的一封信，信虽简短却饱含情谊："永亭同志，近好。北京别后平安抵溪，勿念。归来即往大连，昨夜方回。在京期间，蒙多方关照，谨致谢意。片子何时编完？可给我复制一套，届时告诉我，我给你寄款买带。问候高台长、小彤、小易好，台内诸同志好。"

三位评书大师对艺术精益求精的态度让人敬佩，台上一分钟，台下十年功，他们没有脚本，整个故事早已烂熟于心，到电视台录制时，故事情节、人物关系、历史脉络，清清楚楚，脱口而出。一段（或称集、回）书说20分钟，要把说的话写下来得多少字？180回的长篇评书就是一部长篇小说。

录制工作得到工厂领导和方方面面的支持，电视台在圆满完成工厂宣传任务的同时，保证录制工作顺利进行，向央视《电视书场》栏目，也是向全国广大观众，交了一张合格的答卷。三位大师的评书，先后在中央电视台和工厂电视台播出，在职工家属中掀起了一股评书热。在评书录制期间，我与三位老师多次见面，严格遵守电视台的规定，不打扰他们，有时在演播室外旁听一会儿，在他们休息时插空签名留念，曾邀请马增锟老师到报社小坐，还跟田连元老师合过影。

　　三位评书大师，把几部经典作品留在了中华传统艺术宝库，把一段鲜为人知的佳话留在了二七厂。

# 同学胡林庆

*《棒棒人生》获得第 25 届全国影展优秀作品奖*

2021 年 7 月，一伙技校同学在京北小聚，试着给胡林庆打了个电话，知道他是个大忙人，没抱多大希望，没想到他说这回能来，因为在河北白洋淀，离北京不远。66 岁的胡林庆还跟 16 岁上技校时一样，下午给学员们讲完课出发，驱车 300 千米，晚上 7 点到了。

老同学见面格外亲，葡萄架下一片欢声笑语，胡林庆的气场还是那么强大，往那一坐，话题自然围绕着他。有人提起了葛老师的自行车，胡林庆和胖刘靖演杂技，将后轱辘拧成了麻花。有人提起了胡林庆自画的京剧脸谱，在教室窗外一闪，吓得上晚自习的女生花容失色。有人提起了胡林庆变魔术，硬币穿桌，掌心遁火，20 多双眼睛也没看出破绽。班里要是没有胡林庆，两年的技校生活会乏味许多。大家把胡林庆说得有点不好意思了，他说那时候太淘气了，老爸被学校请来过好几次，差点退学。

校园的路边有四块黑板，一个班一块，我们班写字漂亮的女生郭晓惠、

郭秀云负责内容，我和胡林庆负责插图。我是图省事，多用简笔，胡林庆很认真，绝不凑合，有时还画人物，先在纸上打草稿，再描在黑板上。我们班的板报代表学校参加了劳动人民文化宫举办的黑板报展览。

我给胡林庆拍过一张照片，指导这位将来的摄影家摆出最好看的姿势，蹲在小溪旁，假装捧水喝，三二一咔嚓。那是1975年冬天，在房山丁家洼水库。那年我父母从长辛店搬到了房山，胡林庆、杨云峰、杨俊生、王开燕、孙宗德等同学，星期天跟着我骑行30多千米到了房山。我们沿着大石河走到水库，偌大的湖面结着冰，有的地方已经塌陷，我们几个正犯嘀咕，只见胡林庆已走出了老远，同学们才小心翼翼地跟了上去。那天我们照了相，摘了一兜冻柿子，玩得挺开心。中午到我家吃饭，家里也没什么准备，母亲捞了一大盆米饭，做了一大锅白菜豆腐粉条，一盘腌的雪里蕻缨，虽然简单，但饭和菜吃了个盆干碗净。想起这顿饭，我就心生愧意，大老远的，没好好招待大家。

可几个同学现在提起，说那顿饭吃得又饱又香。

人说"淘气的孩子最聪明"，确实不假，胡林庆自迷上摄影，总是超前一步，别具匠心。胡林庆讲起他的摄影故事，虽然说得稀松平常，可我们却听得近乎传奇。在西藏无人区，伙伴们将他安置在半地下的帐篷里，预备好食物和水，一把铁锹解决如厕。胡林庆支着相机一动不动，在帐篷里一趴三四天，拍出了藏羚羊打架嬉闹、野驴正面狂奔的独家照片。一次在青海茫崖无人区拍豸，正在雪地上趴着，大衣下面突然有东西在拱，因正在专注拍摄就没理会，不想动静越来越大，一掀大衣，一只雪狐跳了出来，胡林庆第一反应是按下快门，他拍下了这张难得的雪狐特写。事后有点后怕，他正趴在雪狐的洞口上，极有可能被冒死突围的雪狐咬一口。

刚进厂那几年，同学们知道胡林庆喜欢摄影，经常夜里洗相片，两眼熬得通红，我在王府井街头看到他拍的照片，才知道他在拍老北京文化和新北京建设的题材，橱窗里有两张他的作品，一张是《二十年后话别情》，一张是《西直门立交桥》。80年代，胡林庆的作品已多次参加省市及全国影展并获奖，成为北京市摄影家协会和中国摄影家协会会员。关于他参加中国摄影家协会还有一个故事，他有一张作品被选中参加国际摄影展，评委一看作品够水平，可名字没听说过，作者的资质必须是国家级会员，马上补办，从那以后他走上了一条专业摄影道路。

2002年，胡林庆不知从哪又回到北京，打电话给我，让帮他整理一些文字资料，他在为南方某著名寺庙拍摄制作一部大型画册，几名僧人当助手，整整拍了半年，既有气势浩大的鸟瞰，也有细致入微的特写，利用线条、光线、影调和色彩语言，将寺庙的悠久历史和佛教文化，用200多幅照片充分展现出来。我们一起忙了几个晚上，在他的指导下完成了初步的文字整理编排，我还写了两篇推介小文，配上照片，发表在两家大报的旅游版上。过了两年，我和几个朋友去南方旅游，正好进了那个寺庙，我很想还原一下照片里的印象，高兴之余，便顺手给胡林庆打了个电话。他说正在东北的某个景区拍片，但可以让寺院提供方便。我忙说不用麻烦，随便看看就行了。结果是一位僧人接待了我们，带我们参观了各个佛殿和唐宋时期的文物，讲解了寺庙变迁历史，还带我们登上高塔，浏览了寺院全貌。僧人在一家素菜馆请我们吃了午饭，虽是满桌豆腐、青菜、蘑菇等素食，但做得很有特色。吃到最后大家将要离席，僧人发了话，佛家向来以节约为本，必须光盘，于是转动一个汤勺，勺把停下来指向谁，谁就必须将盘子里的菜吃掉。结果"运气好"的连吃了两盘菜根，大家一边围观一边点赞，气氛热烈。我讲这段是想说说胡林庆的"善缘"，要用怎样的人格魅力，怎样的艺术成果，怎样的付出，怎样的脱"俗"，才能让寺院高僧如此认同？把他的朋友及朋友的朋友也视为朋友，奉为上宾。胡林庆多么实在，能顺理成章推掉的事也认真对待，他说这个机缘一生能碰到几次？我在微信上看到，他在一年的拍摄中，无论是在无人区还是在熙攘的街道上，一只小泰迪不离左右，在河边树下把它捧在手里，在冰天雪地把它揣在怀里。胡林庆告诉我，那是只在路上捡的流浪狗，曾跟着他的车子跑了10千米，实在不忍心丢下它。小狗走南闯北跟了他一年，最后拍"棒棒军"没办法，送给了一位喜欢狗的朋友。胡林庆发的视频里，他在冰河泥沼拖汽车，在荒原野地搭帐篷，在山路坡顶扛设备，摄影团队里的年轻人都亲切地称他"老胡"。胡林庆拍摄"棒棒军"和"老伴儿"系列，或多或少兜里都揣着现金，送给那些按下快门的同时让他泪目的人。他说，大事顶不了，能帮多少帮多少，表表心意始得心安。

胡林庆的悲悯情怀，融进了他对人生的感悟，渗透到他的作品中，例如他的"老伴儿"系列，充盈着人世间温暖的阳光，情感真切，画面温馨，洋溢着浓浓的生活情调。有评论家说："胡林庆的老伴儿作品，闪烁着人性崇高的美德。"

从2015年开始,胡林庆在重庆、河北、北京等地举办了他的《棒棒人生》巡展。《棒棒人生》获得第25届全国摄影艺术展纪实类优秀作品奖、"2016洛杉矶中国摄影节"优秀专题特别奖。2017年,胡林庆在北京摄影艺术展览馆举办展览时,出席开幕式的除王文澜、解海龙等著名摄影家外,还有几十名特殊嘉宾,那就是技校同学。在同学们眼中,他还是40多年前那个胡林庆,谈吐幽默机智爱开玩笑,满满的亲和力。只不过在主席台上和闪光灯下,多了几分成熟和稳重。同学们纷纷向他索要签字,合影留念,引来不少羡慕的眼光。

《棒棒人生》是胡林庆在纪实摄影道路上探索的里程碑,社会反响强烈。"棒棒"是重庆的挑夫,他们肩扛一米长的竹棒,棒子上系着两根绳子,沿街游荡揽活,成为当地独有的文化符号。10多年来,胡林庆奔波在重庆和四川数十个市县之间,拍摄"棒棒",做了大量风土人情、地理风貌、民风民俗等方面的笔记,包括"棒棒"工具的形态样式、使用方法。胡林庆与许多"棒棒"交上了朋友,有的成为至交,这为他深入"棒棒"的内心世界,拍出更深刻的作品创造了条件。随着现代化城市的发展,"棒棒"的领地逐渐缩小,大多住在租金低廉的棚户区,阁楼摇摇欲坠,门窗跑风漏雨,屋里堆满杂物,眼前蚊蝇飞舞,踏进门槛已算勇气十足,而胡林庆却跟棒棒同吃同住,有时住两三天,最长的住了一周。在"棒棒"地盘,提你是著名什么家、相机值多少钱,一点没用,他们唯一让你按下快门的理由,是对他们发自内心的尊重。胡林庆说:"我常常被他们的艰辛所震撼,被他们的坚守所感动。他们代表着一种精神,令那些悲观厌世、知难而退的人相形见绌。"

"棒棒"家乡的媒体这样评价他:"北京摄影家胡林庆把镜头对准了'棒棒'这个重庆独有的群体,用精湛的镜头语言演绎着重庆文化的丰富内涵,真实记录着这群'棒棒'的生活状态与喜怒哀乐。他承受着常人难以想象的艰辛，深入重庆以真诚之心接触山城'棒棒'的生活点滴，以有别于其他猎奇方式拍摄的平等的人文关怀态度与之相处，真正做到沉下去，带着摄影使命感拍摄了大量典型的历史瞬间，为国内摄影影像历史记录做出了贡献。"

　　胡林庆以一种"棒棒精神"为动力，在摄影道路上奋力前行，他的付出得到了回报。胡林庆现为中国摄影家协会会员、中国新闻摄影协会会员、新华社签约摄影师、腾龙光学（上海）有限公司签约摄影师，圈内人士称他为"后现代极具代表性的社会人文与自然摄影家"。著名摄影家陈又川说："胡林庆的影像，从人文市井走向辽阔雄伟，是一个跨度很大的飞跃，这不是一般技艺技巧所能做得成的思考高度。他达到了。我认为胡林庆的不懈探进所产生的境化闪动，实际上是心灵与修为的观照。他是一位魂魄真实而具鲜明人格个性的人文与自然摄影苦行者，他的坚忍和胸襟使他走向更高镜化境界成为必然。"

　　不知不觉已聊了好几个小时，胡林庆看了看表说他该走了，因为得在天亮前支好设备，指导培训班学员拍摄晨景。大半夜跑那么远的路，同学们有些担心，他说没事，搞摄影落下了毛病，后半夜来精神。胡林庆发动汽车是12点，跑回白洋淀是凌晨3点，他报了平安。我和他多聊了几句，他说后天又要出发，到新疆和西藏等地的无人区拍片，行程大概两三个月。胡林庆说："人整天吃好喝好，活到岁数，完了一死，没劲。我会把'棒棒'和'老伴儿'系列一直拍下去……"

# 大林师傅

## 大林算不算长辛店知名度最高的人

　　说起大林，在二七厂，在长辛店，几乎无人不晓。他身材高大，浓眉大眼，高门大嗓，因此而得名"大林"，至于他的学名林永坤，不知道或写错了的不在少数。我一直管大林叫林师傅。在工厂，"师傅"是个普遍的称谓，有两层意思，一是在技术上有传承的师徒关系，二是对比自己年长者的尊称，像社会上称呼"老师"一样。"师傅"是工人中特有的称谓，除了姓氏加职务的叫法外，工人们之间都这么叫。我跟林师傅并没有工作上的师徒关系，性格大不相同，才艺不在一个等级，朋友圈也没画在一个同心圆，但在长辛店的 20 多年里，我们没断来往，并相互切入了生活。住单身宿舍时我常去林师傅家，他有时画画带着我，我边打下手边学习，隔长不短我还尝尝林师傅爱人刘秋春师傅做的饭菜，林师傅还到房山看望过我的父母。

　　大林仪表堂堂，身材和相貌都符合舞台银幕上男一号的标准。他浑身上下都活跃着文艺细胞，综合才艺水平出类拔萃。1975 年，我听说大林会画画，

便想跟他学,这是我称他为"林师傅"的本义。大林外表性格都给人粗犷的感觉,事实也是这样,脾气大,嗓门高,说话说岔了就急眼,暴风骤雨,声若雷鸣。但不大一会儿又雨过天晴,跟什么都没发生一样。大林又是一个很细心的人,能画工笔画,能拿绣花针。他最大的特点就是多才多艺。

大林会画画,尤其擅长宣传画。他画画是无师自通,水粉、油画、国画、图案,不管这法那法,好看就行,实用就行。他画的工笔仕女,线条飘逸,颜色均匀,画面干净,特符合他说话办事干净利索的性格。他画仕女披的纱,若有若无,薄如蝉翼。画脸庞尤其精细,玉颊樱唇,美目修眉,发鬓丝丝有致。大林说,年轻时他画的最满意的一张送给了大连的邻居,那邻居让他喜欢上了戏曲。他画的是一张《宝钗扑蝶图》,在上面题诗道:"婀娜轻姿蝶双飞,无意翩舞有意追。青云路上难猜尽,怎知春悦秋时悲。"意境延伸到了画外。

1977年,大林为我父亲的同事白大爷,画了四扇写意花卉,分别为桃花、喇叭花、菊花和梅花,盛开于四季,连草稿都不打,胸有成竹,随笔写出,选题和笔墨都得到了白大爷的称赞,白大爷爱好书画,眼光不俗。他将作品装裱挂在中堂,还买了两瓶四特酒表示感谢。我虽然知道大林从不喝白酒,但盛情难却,接过代转了心意。

1980年夏,位于大街的长辛店第二百货商场,准备以崭新的面貌迎接国庆节,一项重要的工作是在货架上立上广告牌,这也是长辛店商业界第一枝迎春花,改革开放的春天来了。商场部门经理找到大林,让他帮忙画一些广告牌,让商场有个新面貌。大林找了几个美术爱好者当助手,用了半个月的业余时间,画了30多张广告牌。我到画画现场去过几次,将白报纸裱糊在木工板上,用颜料铺上底色。大林不打草稿,提笔就上板,强调大效果,先画出中心图景,如百货柜台是一组暖瓶搪瓷缸等,再加美术字、花边等细节装饰,整齐中有变化。比较复杂的图都是大林所画。国庆节前夕,"二百"进行了墙面粉刷、重新布局,广告牌围满了楼上楼下的货架,整个商场一派新气象。

大林画画不讲这门那派,但绝对能把画画好,让人家满意,这不是哪个画家都能办到的。比如,1969年,他为附近部队画的领袖像,画壁有四层楼高?搭着脚手架,颜料是大桶的油漆,烈日炎炎,爬上爬下,到远处看看效果再爬上来,不说体力的付出,只说画领袖像不能有一点含糊,这要求得多高,画起来得多难?动笔之前大林已知最后效果,他有这样的底气。画完的领袖像,形神兼备,器宇轩昂,部队首长非常满意,为他摆了庆功宴。

我不知大林算不算长辛店知名度最高的人,反正走在街上不断有人打招呼。大林好说话,有求必应。80年代初,陈庄大街的玉隆春饭馆找到大林,要在餐厅里画两块广告。大林用一个星期天和两个晚上完成,用广告色画出了水粉效果,帅哥美女,菜肴扎啤,既造型、透视准确,又不完全写实,具有装饰风格,显示了扎实的绘画基本功。画帅哥美女,看似简单,实际很难,脸形、头发、五官,有一点不合适,模样就差远了,大林随便用钢笔勾个草稿,也保准五官端正、漂亮。玉隆春对过是桥西最大的百货商场,货架上的一圈广告牌也是大林画的。凡跟美术沾边的,大林手到擒来。有的工友结婚要个喜字,过年窗户上想贴个剪纸,缝衣绣花缺个图样,店铺门脸少块展板等,唰唰几下子,立等可取。一次演出即将开始,一个演员说衣服上应有龙纹,大林取来毛笔和广告色,几分钟勾出对称的两条龙。大林会做衣服,从设计到裁剪再到缝纫,从夏装到冬装,全套活都会,不少同事、邻居都穿过大林做的衣服。把复杂的事情变简单,让绘画变得实用,这就是大林与一般画家的不同之处,他更注重艺术为生活服务。非著名画家大林,1992年调入人民铁道报社,任广告部美术编辑,画画成了他的职业,直到退休。

大林爱唱戏。他刚上小学时,邻居开出租车的叔叔是个京剧票友,见他眉清目秀,嗓音又好,很是喜欢,凡到剧场看戏都带上他。大林10多岁就成了小票友,全国的名角到大连的演出,他和叔叔一场不落,四大名旦、四小名旦的戏全看过。他到书店买了京剧剧本,慢慢学会了识谱,开始照谱学唱。为了学京剧的舞台动作,他利用画画的特长,看戏时仔细记在脑子里,回到家再画下来,在旁边注上:"出左手,手心向下,兰花指往左指,再走四步"等。到了上中学、铁路中专,大林成为学校的文艺骨干,在舞台剧中都担任主角,他主演过京剧《玉堂春》《红娘》,评剧《洪湖赤卫队》等大型剧目,《洪湖赤卫队》在大连巡回演出了数十场,好评如潮。

大林1962年从大连铁道学院中专部毕业,来到二七厂,先后任质量检查员和工会文艺干事。大林一进厂就参加了工厂业余京剧队,很快成了京剧队的台柱子。他和票友们还到中国京剧院和北京京剧院观摩学习,曾受到王玉荣、孙毓敏等名家的指导。在京剧队,大林参加了《打渔杀家》《铁弓缘》《凤还巢》等戏的演出,多次参加北京市职工文艺会演和劳动人民文化宫节日游园演出。大林专攻梅派青衣,后来因为个子太高,不好找人配戏,便又改唱小生、老生。"文革"期间，传统戏被斥为封资修，不让演了，京剧队改为宣传队，大林又先后主演了《红灯记》《沙家浜》。他最喜爱反映铁路工人的《红灯记》，戏曲电影《红灯记》不知看了多少遍，把李玉和的每一个台步、每一个眼神都牢记在心。《红灯记》走遍了北京城，在各大企业和学校演出。每次大幕拉开，手提信号灯的大林一亮相，便是满堂彩。

大林善歌舞。70年代，工厂重新排演了大型历史歌舞剧《火种》。这出戏由二七厂工人作家李瑞明、郭新民编剧，中央歌剧舞剧院作曲家马骏英作曲，舞蹈家谭嗣英编舞，调集全厂100多名文艺爱好者参加演出。大林是剧中主角永生的扮演者，其中的一段独舞最为精彩，北京城里来的一位青年与永生促膝谈心，那青年就是毛泽东，永生茅塞顿开，精神振奋，用大段舒展刚劲的舞蹈，表达出激动的心情。歌舞剧《火种》是全国企业创作的经典，作为文艺工作者与工农相结合道路的示范剧目，在北京各大剧场上演了多场，受到专家和广大观众的高度评价，获得多项荣誉。

大林懂创作。80年代，是工厂业余文艺活动最活跃的年头。大林在工厂俱乐部担任专职文艺干事，单独执笔或与人合作，创作了话剧《起步》《白色垃圾》《大李和小李》，还创作了大量歌曲、舞蹈、戏剧、曲艺节目，通过工厂一批优秀演员的演出，在北京市、铁道部及全国文艺会演中共获得70多个奖项。他参加创作的话剧《起步》在北京市职工文艺会演中，获得最佳编剧、导演、服装、布景、女主角五个单项奖，评委会由人艺著名艺术家周正领衔。这部戏的每个奖项都包含着大林的付出。他担任导演，设计制作了剧中人物的所有服装。他绘制的布景别具匠心，抽象的房子用塑料绳做墙壁，从下面看平淡无奇，灯光一打，色彩斑斓，凹凸有致，极富舞台效果，连专业舞台设计也竖起大拇指，全票通过给予最佳奖项。大林还参加了电视剧《蹉跎岁月》和《四世同堂》服装工作，并在《蹉跎岁月》中扮演了大队党支部书记。

2002年，大林在人民铁道报社美术编辑的岗位上退休，他应铁路局文化宫之邀，担任京剧艺术指导，后来帮助好几个社区创作排练各种文艺节目。2012年，大林为社区排练了传统经典节目《洗衣舞》，时隔40年，70岁的大林又扮演了老班长，这个节目获得了北京市社区比赛一等奖。

2013年与大林师傅聚了一次，后来各忙各的只通过几次电话。在此，向大林师傅问一声好，并代问刘秋春师傅好。

# 读书杂记

## 想念借书看的日子

如今看书太方便了，线上线下，书店书市，新书旧书，横排竖版，想看哪本有哪本。越是这样，越是想念借书看的日子，想念那时读书的热情，得到一本书一口气看完，被故事感染，被人物打动，同喜同悲，印象深刻。而现在挑花了眼，不知看哪本好，薄的还能一下看完，大厚书看半截的时候多，断断续续，一目十行，往往看到后边忘了前边。归根到底，没有养成认真读书的习惯。

我读书是在小学时从连环画开始的，连环画通俗的名字叫"小人书"。兜里有了零钱几乎全部给了小人书店。小人书店紧靠着九子河边，在大桥的西侧杨公庄，两间打通的平房，四周摆了一圈小木椅，墙上贴满了五颜六色的封皮，上面编着号码。我觉得那时的画家真了不起，封面设计得那么漂亮，五颜六色满满的一墙，扬着头看一眼就挪不动步了。这里是小学生们最爱光顾的地方，几十把小椅子常常没有空位。我的零钱来源有两个，一个是跟母

亲要，这很有限，因为不能太频繁。二是自己想办法。如拿牙膏皮跟货郎换零钱，到东河捡蛇蜕、蝉蜕，到山坡割榆树的枝条，去大街农具部卖钱。寒暑假看小人书就不用花钱了，可到大街三多里的少年之家，院子里是两排平房，一排演木偶剧，一排看小人书。小人书在60年代普及最广，艺术水平最高，是最受孩子们欢迎的读物。孩子们从小人书里学会辨别善恶美丑，"好人""坏蛋"是对人物的概括定性，一些历史典故、中外名著、著名战例、英雄人物、科学知识等，首先在小人书里认知。小人书，大课堂。小人书图文并茂，里面的形象多少年都没忘，如《半夜鸡叫》里的高玉宝，《鸡毛信》里的海娃，《平原枪声》里的马英，《铁道游击队》里的刘洪，《烈火金刚》里的史更新，《赤胆忠心》里的节振国等。如今小时候看过的小人书已成了文物，在古玩市场，一般60年代出版的，一本几百上千是平常事，如王叔晖画的《西厢记》、贺友直画的《山乡巨变》，品相好的卖到大几千甚至上万元。这个

价钱在当时连小人书店一起买下来还有富余。这也不必咋舌，因为其中不仅包含艺术的价值，还有光阴的价值，一寸光阴一寸金。现在画小人书的画家少了，我觉得那时的艺术高峰难以超越，好多名作只好新瓶装旧酒，翻印出版。那时不但有很多画小人书的大家，不少著名国画家也参与创作，如刘继卣、刘海粟、程十发、刘旦宅、贺天健、陆俨少、任率英、林锴等。

上六年级后，字差不多认全了，便不满足看小人书了，寻找字书看。看的第一本书是同院邻居张佑叔叔家的，名字叫《杨排风》。张叔叔一看就是文化人，戴着很少有人戴的眼镜，屋里摆着很少家庭拥有的书架，上面有一排书。《杨排风》是练习本一样的薄书，里面有插图，很适合小学生阅读。主人公是杨家将家里一个烧火丫鬟，拿烧火棍带兵打仗屡建奇功。杨排风带着我慢慢认识了杨家将的大家族。小学时最吸引我的是《十万个为什么》，一套有10多本，好像作者就站在面前，解答我一直在纳闷的问题，如"为什么蚂蚁要排队搬家?""为什么蝙蝠能发出超声波?""为什么太阳出来了,月亮还没有落山?"哎呀,太有意思了。申丕同学住我家前边的乐山里胡同,虽是普通工人家庭,但有很浓厚的读书氛围,在他家看过几本字书和小人书,记得的有《西厢记》《聊斋志异》。申丕兄弟三个在恢复高考后都考上了大学,这与家长从小培养他们的读书习惯分不开。

在中学,对我读书帮助最大的是韩天华、梅瑞友两个同学。我跟韩天华、韩天明哥俩,从小学到中学都是同班同学,他家在我家坡上,每天要经过几次他家高大的门楼。韩天华家是小学放假时的小组学习点。他家与一般的家庭不同,高墙大院,书香门第。屋里是我只在小人书里见过的家具,八仙桌、太师椅、条案、炕桌、方凳、书柜,全是红木。刚开始到他家学习,我和同学都不敢大声说话,我写作业时老用余光瞟一下韩天华的母亲,那根一尺多长不离手的旱烟袋,肯定比老师的话管用。后来发现韩大妈虽然看着很厉害,但识文断字,待人既热情又细心,她对我们这群孩子不但不烦,还提前摆好小桌小凳,晾好白开水。我们写作业,她就坐在太师椅上吧嗒吧嗒地抽旱烟,恐怕打扰我们。六年级的暑假学习都是在韩天华家。韩天华的大哥二哥喜欢舞文弄墨,写得一手漂亮的毛笔字,八仙桌上常放着名家字帖和练字的旧报纸。那时最吸引我的,是古代名著和武侠小说,韩天华家正好都有,他借给我的书有《七侠五义》《封神演义》《施公案》《彭公案》《二刻拍案惊奇》等。后来我才知道,韩天华借我这些书冒着极大的风险,"文革"开始后,因他父亲是城里一所中学的校长,在旧社会也从事教育工作,被打成历史反革命。红卫兵来抄家,将家具和古书付之一炬,有几本书藏在了炕洞里,才幸免于难。借这些书我绝对遵守约定,最晚到第三天保证归还。能看懂竖版书是那时打下的基础,虽然不少繁体字不会写,但看多了眼熟,根据上下文意能顺下来。最佩服《施公案》里的神弹子李五,用的跟我们手里一样的弹弓，却使得像如今的狙击枪，说打眼睛不打眉毛，屡屡救施大人于危难中。

梅瑞友同学家住西山坡后边的古村连山岗，他干农活特像农民，在学农劳动和野营拉练中，不管种地还是收割，都驾轻就熟，把同学甩得老远。他常穿着哥哥的剩衣服，显得瘦弱，但外表掩盖了真相，无论是摔跤还是掰腕子，有一股干巴劲儿，大部分同学不是他的个儿。他很可能家学深厚，因为他借给我的都是品相好的名著，如《东周列国志》《三国演义》《水浒传》《儒林外史》等。初中三年，梅瑞友借给我的古书有十几本。班里我和刘世明、朱京秋、贾志海最好，在家看完一段，下课就给他们讲一段，如"血溅狮子楼""智取生辰纲""三气周瑜""七擒孟获"等，因为要讲，所以看得格外认真，精彩句子要背下来。现在想起来，既惭愧自己的现买现卖，又感谢他们的热情捧场。我家搬到大街后，在邻居家也淘了不少书看。"文革"前出版的书几乎都算"禁书"，所以物以稀为贵，孩子们有一本旧书，尤其是古书，反倒有了炫耀的资本，暗地里不胫而走，争相传看。借来的书，不少是卷边缺页、没头没尾，但从不在意。重复的书也有不少，看了还想看。

爱看书的同学也影响着我。冬季野营拉练，我在先头小队负责安排住处，队里的汪建明、郭德才同学读书之多、记忆之牢，让我很是钦佩。尤其是汪建明，每晚睡觉之前必讲一段名著里的故事，白天行军的劳累消除不少，汪建明、郭德才都考上了大学。在房山县韩村河，我和朱京秋、刘世明、张永生住在生产队韩队长家里。他把生着地炉的北房腾出来让我们住，而他们全家人挤在了西屋，这让我们很过意不去，从场院劳动回来，抢着给他们家打水，扫院子。在韩队长家的东屋仓库里，窗台上放着两本书，我跟韩队长说想看看，他答应了。在他家住了三天，我挤出零碎时间看完了，一本是《西辽河畔》，一本是《踏平东海万顷浪》。《西辽河畔》讲的是一个抗日小英雄的故事；《踏平东海万顷浪》讲的是解放战争中，一个花木兰式的战士高山，在战场上英勇杀敌的故事，这部小说被改编成电影，叫《战火中的青春》。那时候因为不常见到书，自己又买不起，所以碰到一本，不管内容是什么，也要将它看一遍。

上了技校，因班里的同学来自丰台、宣武、海淀三个区和几个部队大院，借书的渠道比中学时广了不少。杨云峰、王开燕、刘靖、胡林庆、任鸿君等同学，就常带来好看的书，如《好兵帅克》《笑林广记》《大林和小林》《气球上的五星期》《牛虻》《钢铁是怎样炼成的》《猎人笔记》等。跟同学还借到了几本"跨界"的书，如范文澜《中国通史简编》、萧涤非《杜甫研究》、阿·托尔斯泰《论文学》、沈榜《宛署杂记》等。虽说各方面水平还跟不上趟儿，读着费劲，最起码磨了磨性子，耐心看完了。我写关于长辛店历史的几篇小文，就是跟杨云峰同学又借来了当年借过的那本《宛署杂记》。

1976年粉碎"四人帮"，一些"禁书"首先在民间解禁，借阅不用藏着掖着了，但单位的图书馆大多数是一些具有思想教育意义的新书。如在1977年的日记里，记录了我在工厂图书馆借过的书，《绿色的远方》《沸腾的群山》《鲁剑五号》《东方欲晓》《乘风破浪》《绿竹村风云》《玉泉喷绿》《香飘四季》《红岩》等。跟车间的彭忠师傅借了《基督山伯爵》《叶尔绍夫兄弟》。《基督山伯爵》一共四册，跌宕起伏的情节似有魔力，我废寝忘食不舍昼夜，一口气看完。《叶尔绍夫兄弟》是我看过最有意思的工业题材小说。那两年文艺冰河刚刚解冻，文学青年到处都是，但作品能上正规杂志的毕竟是少数，不少文学爱好者也跃跃欲试，所以一种古老的形式又兴起，即"手抄本"。1978年我看过的手抄本有《一百个美女的塑像》《203号房间》《恐怖的脚步声》《三朵梅花》《一缕金黄色的长发》《海盗》等，大多是悬疑题材，可能作者认为故事好编，能吸引眼球。手抄本良莠不齐，昙花一现。其中也有个别立得住的，如张扬的《第二次握手》，王朔的《一

半是海水一半是火焰》，以后在刊物上正式发表。

80年代，我参加了工厂业余文学组，大家受社会"小说热"的影响，纷纷学写小说，我也想尽快把自己的钢笔字变成铅字，先从模仿入手，所以读的都是杂志上新发表的小说。改革开放以后，文学杂志雨后春笋般从大地钻出来，让人不知看哪本好，每年末订报纸杂志的目录就是一大本，半天都看不完。比较有影响的有《收获》《十月》《当代》《人民文学》《上海文学》《北京文学》《雨花》《萌芽》《小说月报》等。我看杂志有三个渠道，一是到图书馆借阅，二是在报摊上买，三是自己订阅。我先后订过《人民文学》《北京文学》《小说月报》，读了不少新小说，有的现在还有印象，如长沂写的《黄黄儿和它的伙伴》，在长辛店生活工作过的著名学者曾镇南，为小说写了评论《灵性与人性交融的极致》；刘绍棠发表《蒲柳人家》后，我和文学组的同志到北京劳动人民文化宫听了他的创作报告，还听过老一代作家林斤澜、邓友梅、浩然、丛维熙等人的讲座。

我特别要感谢宣传部老部长赵亮，他让我读了一些高品质的书。90年代初的几年，宣传部常发一些学习读本，有时还带一本文学方面的书，值得永久保存。如《鲁迅全集》《萧红全集》《唐宋词鉴赏辞典》《中国山水诗辞典》《唐诗三百首》等。这些书在我的书架上已经放了30年，一本都没舍得送人，没事的时候就翻一翻。赵部长作为任职最长的宣传部长，具有工人阶级优秀品质，政治素质过硬自不必说，还特别爱学习，广泛涉猎，同时鼓励同志们多读书尤其是经典书，他圈定批准下发的书目经得起时间考验，可谓独具慧眼。在报社工作的近10年里，身边同志营造的读书氛围，也感染着我。宣传部副部长、报社副总编肖胜贺，大学读的是政治系，喜欢文学类书籍，爱好写作，常有诗歌、散文、小说发表在厂内和社会刊物上。一次看到肖部长在《北京工人》杂志上发表了一篇散文，题目是《意则期多，字唯期少》，我问："您怎么知道那么多生动的例子？"肖部长说："书里都有，合并同类项，就成了一篇文章。"他随即送给我一本《文学逸闻录》。

退休以后，老同学任鸿君将他父亲生前的数百本书送给了我，大多是旧版的古今名著，书页里有不少批注，老人家都认真读过。他父亲作为一名普通的邮电职工，一生以书为伴，静心学习，是北京城知名的集邮家，让我肃然起敬。重温看过的书是这几年做的一件事，在旧书摊或旧书网买了几十本，不用像当年借书时一样，争分夺秒地看，如闲暇时看一场老电影，已无悬念，心情放松，细细品味也偶有所得。

不厌其烦地列了一串想起来的书名，也没说出什么新意，与身边爱读书的人相比，实在惭愧。我读书总是从兴趣出发，以看小说为主，抄起哪本看哪本，走马观花，不求甚解，反映在写东西上，文章干巴巴的，少了一股书香，少了一分意境。在《二七机车报》上常看到读书的美文，对我来说也是在读书，一边欣赏一边学习。下面节选两段，再品一品读书之味。

王珺《夜读之趣》："南方的夏夜闷热难耐，十一点后仍无法入睡，倒也迁就了夜读之人。熄灯后置一凳于走廊通风处，借着楼道灯光大读不倦。

只是时有蚊虫袭扰，便一手执书，一手扑蚊。每夜一条走廊总有四五个同趣之人，于是翻书声与扑蚊声连绵不绝。情趣又在另一种意境中。工作后有了自己的办公室，每日独自熬到很晚。一盏孤灯，一个录音机，一盘小夜曲磁带，音量调到最小，宛如蜜蜂的羽翅在微风中震颤。此时，读一篇雅致的散文，品一首古远的诗词，韵味格外绵长。沉入这种意境中，回味无穷，竟有醉意。"

章金铃《书缘》："以书为友，除它给我愉悦外，还因为它给我一份自由。想读的时候招之即来，随意翻阅，中意的段落流连忘返，不爱的篇章一目十行。乘兴而读，兴尽而合。这一份随意与坦然是很难从与人相交中获得的。友谊固然好，但随之而来的便是一种责任与义务。虽说'君子之交淡如水'，真的实行起来可是容易的吗？所以，能给予朋友充分自由，相遇只为随缘，不向朋友有所希求，唯书而已。"

岁月拾零

足球年代

铁中校园

公安王栋臣

邮局往事

健身达人

小镇跤王

楚河汉界

邻里情深

蝴蝶风筝

木匠老舅

乐观豁达

老张老赵

# 足球年代

> 长辛店群众足球运动的兴衰,也是全国足球运动的缩影

长辛店的足球久负盛名,60年代蓬勃兴起,80年代达到高峰,不夸张地说,长辛店走出去的专业运动员,组成一支足球队,可以跟任何一支省级队抗衡。

我认为,长辛店的足球发展模式很简单,就"两个一"。一个宗旨——"发展体育运动,增强人民体质"。这个毛主席的语录牌,从1958年二七体育场建成,就矗立在东侧看台的上方,到今天没变;一块操场——黄土铺地,进出随意,全民免费。有了这两条宗旨,把足球变得单纯,不为金牌锦标,只为增强体质,且是全民参与,有了广泛的群众基础,自然会有球星脱颖而出。

二七厂有足球的传统。新中国成立前,二七厂就有天津的技术工人调入,他们带来了足球的理念和技术,只是在旧社会没有条件开展。新中国成立后工厂人员增多,生产扩大,尤其是修建了大操场以后,足球运动全面开展起来。在60年代,二七厂组建了厂队,其中有多人入选中国火车头体协队,

参加了全路和全国比赛。我知道的入选火车头队的队员有，张国华、李国珍、张运福、杨德旺、王学俭、袁亮、王友。70年代这批队员还出现在工厂年度联赛上，那时他们已人到中年，在场上格外引人注目，一招一式还是当年风采，每一个突破，每一脚射门，都会引起观众的掌声和欢呼声，这里面更多的是对老一辈足球运动员的敬重。

60年代，长辛店足球运动员的代表是张国华和张希岗。

张国华，生于1927年，50年代是厂队队长，曾入选火车头体协足球队，三条线都打过，为火车头队站稳甲级队立下功劳。张国华身材高大，技术全面，速度快，一直担当主力。1975年，工厂重新组建足球队，张国华担任了第一任教练，凭着丰富的经验，慧眼选材，刻苦训练，使厂队迅速成为强队。因年龄关系，一年后，吴德海接替了张国华，但他仍然心系着二七厂的足球，不管是厂队还是车间队，张国华每场必看，他还是厂队聘请的顾问，训练时给队员传授技战术，比赛时做场外指导。

张希岗，艰苦年代磨炼出来的足坛宿将。他是铁中学生里最早进入专业队的一个，1964年他18岁时被北京足球队选中，与王俊生、杨祖武、洪元硕等足坛宿将成为队友，1973年北京队夺得全国冠军。退役后，张希岗担任裁判工作，多次受到中国足协的表彰，曾任北京市足协秘书长，北京市足球运动管理中心副主任。

吴德海曾在北京部队足球队踢球，退役后进入二七厂，80年代担任厂队教练，带领厂队两次获得全国铁路系统足球联赛季军，连续6年保持在北京市企业联赛前六名。要在北京市企业联赛中取得好成绩着实不易，国棉一、二、三厂，以及六机床、二机床、化工二厂等，都有多名北京各级队甚至国家队下放的专业队员，无论是整体配合还是个人技术，让一般的企业队无法招架。而二七厂队几乎全是业余队员组成，靠充沛的体力和顽强的作风，弥

补技术和经验的不足，拿下了一场场硬仗。

2005 年，我在天坛公园见过吴德海几次，他带着一群男女徒弟在晨练，练的是踢毽子。他们可不是上下踢，而是几十米开外远距离长传，运用了足球中的高难技巧。吴教练说，他有时被家长请到球场，看能否把孩子推荐给体校或专业队。但大部分孩子足球意识欠缺，这跟参加比赛少有关。

1973 年，铁中张建国和孟昭金入选北京青年队，走上专业足球道路，后来张建国加入北京部队队，孟昭金加入北京队。张建国退役后，执教多支青少年足球队，尤其是 1996 年至 1998 年担任北京威克瑞足球俱乐部主教练期间，是他事业的高峰，发现和培育了多棵好苗子。1994 年，张建国只看了两场比赛，就毅然把什刹海体校的徐云龙招入麾下，后成为国家队主力。2018 年，张建国获得北京市足球教练员"敬业耕耘奖"。如今，年过花甲的张建国仍受聘于一支专业球队，到全国各赛场选拔优秀队员。孟昭金在北京队司职后卫。1977 年入选曾雪麟执教的国家二队，分别参加了北京市足协举办的"北京足球邀请赛"和中国足协举办的"北京国际足球邀请赛"。

退役后担任北京足球队队医、国家足球队队医。

戴宇光自铁中毕业后，到二七技校担任体育老师，曾入选北京青年队。90年代初，他是全国获国际足联批准的七名国际裁判之一，也是火车头体协唯一的国际裁判，担任了全国甲级联赛、国际锦标赛、亚洲杯赛、亚俱杯赛等重要赛事的主裁。

董玉刚，原国家青年队队员，身背2号球衣，司职主力后卫。董玉刚1965年出生，父母都是二七厂的职工，他在铁小铁中上学。他生性好动，几岁时就跟小伙伴们在大操场踢球，9岁进入丰台体校接受半专业训练，1979年他14岁时，入选北京市少年足球队。他良好的身体条件和技术，使他的足球道路走得很顺畅，1982年入选中国国家青年队，开始了他国字号的足球生涯，并且成为1985国青黄金一代的重要成员。这届国青队创造了中国足球历史的最好成绩，夺得亚洲青年锦标赛冠军。1990年，董玉刚从北京队退役，1996年出任宽利足球队总经理。

马成全是长辛店走出去的著名足球专家。他毕业于铁中，1970年加入北京足球队，1978年考入北京体育大学，后到大学任体育老师，1999年到中国足协工作，担任联赛部副主任、主任。马成全是北京体育大学研究生院导师，曾任中超公司董事长，2018年改任顾问。

长辛店还有铁中王文宗、十中田继业等入选北京队。田继业1972年入选北京市中学生队，后进入北京队，主力后卫。退役后一直进行青少年的培养工作，现为丰台某足球学校的主教练。

刘堂颂，是我的技校同学和车间工友，从1973年到1983年在长辛店待了10年。这10年是二七厂及长辛店足球运动的鼎盛时期，刘堂颂在传播足球理念、促进水平提高和推动基层工作等方面，发挥了重要作用。刘堂颂从小在足球氛围很浓的国棉二厂踢球，初中进入朝阳体校训练，1972年入选北京市中学生足球队，获得全国中学生联赛第 3 名。

1975 年，工厂恢复了全厂足球联赛，以前默默无闻的车轮车间，因刘堂颂及 50 名技校生的到来，异军突起，一路过关斩将，夺得冠军。之后两年又成功卫冕。刘堂颂极具足球天赋，停球传球干净利落，假动作逼真，起动爆发力强，两脚均能凌空射门。他视野开阔，洞观全局，传球的落点、速度恰到好处，这也是在联赛中车轮队屡屡获胜的重要原因，对方派两三个主力看住刘堂颂，一旦他突破或把球传出去，门前便有了机会。

在厂队，刘堂颂无可争议地担任队长，是场上进攻和防守的灵魂人物，为厂队屡次打进北京市企业联赛前六名立下功劳。刘堂颂虽然在长辛店待的时间不算很长，但他把足球生涯最好的年华留在了这里，长辛店的球友和球迷让他铭记在心。他每年都来二七厂几次，跟原来的球友踢踢球，聚一聚。刘堂颂说，长辛店浓厚的足球氛围和朴实坦诚的工人队友，给了他在别处得不到的收获。2018 年，刘堂颂获得北京市足球教练员"敬业耕耘奖"。他现在担任一家科研单位的教练，踢起球来全场喊的是"张博、李博"，知识分子喜欢刘堂颂的技术型踢法，既潇洒又实用。

长辛店群众足球运动的兴衰，也是全国足球运动的缩影。70 年代到 80 年代，长辛店与全国一样，足球运动蓬勃发展，工厂大操场和学校操场，成天挤满了踢球的大人和孩子。专业队经常来这里打教学赛或邀请赛，与大牌球星零距离接触，报纸电视上的偶像就在眼前，全国球迷有这机会的怕是不多，长辛店的观众真是荣幸。70 年代初，中国火车头队在此长期集训；1972 年，全国举办五项球类运动会，大操场是足球分组赛场之一；1976 年，中国国家队来此训练，戚务生、迟尚斌、李国宁、于景连等大牌球星云集，对厂队队员进行了射门、头球指导。北京一队和二队就不用说了，刘堂颂中学生队时的搭档沈祥福，原南口铁路工厂的李维霄、李维淼哥俩，刘利福、

谷大泉等众多球星，不止一次来过二七厂。

一次北京队和北京青年队来踢教学比赛，北京电视台著名足球评论员孙正平现场解说，看到谷大泉在30米开外一脚凌空，皮球直挂死角，大喊："好球，太漂亮了！"他在主席台上坐不住了，拿着麦克风走到了台下。1982年，河北青年队和辽宁青年队来此比赛，河北青年队的个子不高的小大门儿，屡屡飞身救险，赢得观众阵阵掌声。那时全国的足球队梯次齐全，比赛频繁，为群体足球运动的开展起到很好的示范和推动作用。二七厂队在主场还迎战过来访的外国球队，如朝鲜大同江队、南斯拉夫火车头队、苏联红星队、装甲兵工程学院留学生队等。

进入90年代，南厂、北厂除举行一年一度的全厂车间联赛外，还增加了适合科室干部参加的五人小场赛制，南厂命名为"科技杯"，北厂命名为"隆轩杯"。北厂的"隆轩杯"比赛一直坚持到21世纪之初，长辛店蓬勃开展的群众足球运动落下帷幕。

# 铁中校园

## 2003年铁中送走了最后一批两个班毕业生

十几年来各忙各的,直到2015年退休,才又跟技校同学王福禄接上了头。原以为他像我一样有了大把的空闲时间,没想到他还在工作岗位上,每天待在校园的时间比家里还多。不过,他的办公室变成了传达室,身份由总务主任变成了门卫主管。可以说,他是铁中最忠实的守望者。2003年9月,铁中送走了最后一批两个班毕业生;2005年7月,铁中与长一中合并,更名为"北京市丰台区长辛店第一中学"。不只是铁中,走进21世纪,随着社会各方面的发展和改革的深入,"子弟学校"——这个大型国企自成体系的机构,在全国教育版图上逐渐减少。

福禄无论外表还是性格,都属于粗线条,其实他是个内秀的人,不声不响地在职拿到了高等教育学历,先在工厂的万向轴厂担任副厂长,干得风生水起,领导看中了他的管理特长,于90年代初把他调入铁中,担任总务主任。他恪尽职守,当好后勤,为学校办了许多实事。既雷厉风行又一丝不苟,既

严肃又和蔼的王老师，受到师生的好评。新任校领导让他留守校园，坐班值勤，看管财物，接待参观者，协调各方面工作。福禄 17 年如一日，每天早晨 8 点到校，晚上 6 点离开。

从 2015 年见面，到 2020 年他真正意义上退休，我每年都去几次福禄的传达室，有时还约几个同学，到陈庄大街聚个餐，在传达室里聊聊天。福禄有时聊起铁中的一些事，简要做了些记录，算是为他退休留个影。

长辛店铁中，坐落在陈庄大街的南边，中间隔着一条德善里胡同，九子河在门前流过，与二七厂高大的机车组装厂房隔河相望。铁中是长辛店六所中学里建校最早的学校，始建于 1947 年，前身是长辛店扶轮学校，为教会所建，原址在长一中旁边的扶轮胡同，新中国成立后迁到现址，并逐渐扩大规模。

从 1948 年 12 月长辛店解放，到 1968 年，铁中属于北京铁路局的子弟学校，这是铁中历史上师资力量最雄厚、取得成果最丰硕的时期。100 多名教职员工中，大部分具有高等学历，教学经验丰富，有的老师著书立说，是全国教育战线上的标兵，有的老师是全国中学教材编写组的成员。尤其是 1957 年"反右"运动中，铁道部一批高级知识分子下放到铁中，他们都是名牌大学毕业的，在相关领域各有建树。他们的到来，使铁中的整体教学质量又上了一个新台阶，高考升学率在全市名列前茅，长辛店铁中因此名声在外。因是北京铁路局所属，招生范围很大，除长辛店的铁路职工子弟外，还包括北京铁路局所辖范围的铁路职工子弟，涉及整个华北地区，生源充足。那时学校设立了初中部和高中部，各年级有8~10个班，最多时学生达3000多人，住宿学生达1000人。

1966年之后，铁中与全国的学校一样，经历了不堪回首的"文革"，读书无用论淹没了一切，一些老师和学生的命运由此改变。1968年，铁中归属二七厂，全名叫"北京长辛店铁路中学"。铁中作为一方苗圃，受到工厂的格外重视，政策倾斜，广纳贤才，调配资源，加大投入。到90年代，铁中的规模在长辛店6所中学中排在前列，总占地面积28000平方米，建筑面积16800平方米，有教学楼两栋、宿舍楼两栋、实验楼一栋、标准足球场一块、办公院落一处、办公小楼一座，多功能教室、图书馆等配套设施齐全。具有一支高素质的教师队伍，高、中级教师占70%，大学本科及以上学历占95%，在教学、读书、艺术、科技、管理、环境等方面，获得丰台区和北京市的多个奖项。

铁中上有双重领导，下有双重责任，在完成市区下达的教学大纲任务的同时，还积极投身工厂的建设发展。多年来，铁中发挥知识人才优势，为工厂的技工学校、职工学校和职工大学输送师资，协助工厂建立起了完整的教育和培训体系。由于"子弟"的密切关系，根据全局需要，不少铁中教师转岗到工厂党群等有关部门，在党建、宣传、管理、文艺、体育等方面工作中发挥了重要作用。同时，工厂也将有学历、有教育和管理特长的干部，调到铁中的相应岗位任职，如铁中的党支部书记陈刚、校长徐芳均来自工厂，铁中校长陆中平则调任工厂教育中心主任。

"子弟学校"为工厂的职工子弟打下了成长的基础。毕业生中，一部

分进入工厂,薪火相传,为铁路事业贡献力量;一部分走上社会,成为行业的能手和模范;一部分继续深造,有学者教授,有专家权威,有部队首长,有政界领导,人才济济。

铁中有两名女生成为那一代人的集体记忆。

蔡立坚,1966年铁中高二学生,因步行大串连路过山西榆次杜家山,被乡亲们的热情所触动,决心要改变这里的面貌。1968年3月,蔡立坚带着户口重返杜家山,在这个只有五户人家的贫困山村插队落户。她的事迹上了《人民日报》,被称为"知青上山下乡的先驱"。蔡立坚,立言为信,志坚如磐。

钟铧,1982年铁中高中毕业生,上学期间不幸得了白血病,她一面与病魔斗争,一面助人为乐,积极参加各种公益活动,她的名言是"活着就要为别人幸福"。共青团中央授予她"优秀共青团员"称号。钟铧，不负韶华，生如夏花。

透过传达室的窗子向校园望去，近在咫尺的是那座法式方座尖顶的二层小楼。这座小楼是留法勤工俭学预备班旧址，全国重点文物保护单位。1918年冬和1919年3月，毛泽东两度来到这里，调查工人状况，看望预备班学员。毛泽东在长辛店与全体学员的合影，成为一件最珍贵的文物。

长一中校长高云虎走马上任后，首先进行了文化整合，铁中的前身是扶轮学校，而长一中校区地址就在扶轮胡同45号，两校同样蕴含着长辛店这片热土的红色基因，历史的同源为文化的融合打下了坚实基础。学校成立了专门史料小组，经过一年多的细致工作，重新梳理、深入挖掘了学校的历史。在铁中传达室，几次碰到高云虎校长，他说："长辛店留法勤工俭学预备班，就是一所学校，有老师，有学生，有教室，有课本，学制长达一年多，是铁中的前身，也就是长一中的前身。新长一中的重要工作，就是要依托百年红色校史资源，培养学生的爱党情怀和爱国情怀，德智体全面发展。"

把目光移到小红楼北墙一侧，便是绿荫掩映中的新校舍，数栋新教学楼巍然耸立，拱形门窗，栏柱走廊，既先锋时尚，又古色古香，整齐的道路，宽阔的操场，一座现代化校区拔地而起。新校区由市、区投资建设，新建工程建筑面积近2万平方米，规模为24个班，可提供960个学位。长一中，未来可期。

# 公安王栋臣

## 他是长辛店的第一批公安

火神庙坐落在大街中间,是长辛店众多的古迹当中,最著名、保存最好的一处。新中国成立后,长辛店派出所就设在这里。对长辛店的掌故和公安事业的发展,如今恐怕没有人比王栋臣更熟悉了。2019年春,我在老同学王福禄的陪同下,在九子河边的一间平房里,拜访了他的岳父王栋臣。王老一头银发,精神矍铄,一身不带佩饰的警服,胸前有一枚警徽。福禄说,岳父离休30年了,再高级的衣服也不要,一年四季都穿警服。王老是长辛店的第一批公安,年龄90岁,警龄与共和国同龄,都是70岁。

王栋臣是"满洲王"的后代。"满洲王"是长辛店老居民的重要一支,祖上400年前随康熙皇上进京,先到城里,后到长辛店。有一说,"满八旗""汉八旗"的士兵驻守北京周边,天长日久便形成了聚落。"满洲王"最早聚集在王家口胡同,有豪门大户,也有陋屋寒舍。大家族重视文化教育,王栋臣先在清真寺旁边的私塾崇实小学读完初小,又到娘娘宫小学上完高小,1942

年高小毕业后，进入长辛店机厂做徒弟工。

当时厂子是在日本人的统治下，管徒弟工的是两个日本人，一个络腮胡子，一个酒糟鼻子。说是徒弟工，其实就是整天干活的小工，每天早晨先在浴池东边的空场练操、跑圈，然后就是推着小轱辘马子（长把的独轮车），从厂子往外运炉灰，垫坑洼不平的路和场地。络腮胡子和酒糟鼻子，一人拿一个大镐把，谁要是干累了直直腰，准挨一镐把。这两个日本鬼子手特别狠，扇嘴巴是先攥拳后伸掌，这样不兜风速度快，自然反应一扭脸，反手再来一下子，打在脸上就是五道血印，徒弟工每天都有挨打的。那时统治工厂的日本鬼子大概有两个排，五六十人。西门狗队养着几百条大狼狗，用来镇压工人。荷枪实弹的日本兵带着几十条狗，时常在杨公庄街上耀武扬威，老百姓避之不及。日本鬼子当官的穿着大皮鞋，鞋底前边是52个钉子，后边是驴活（驴马的铁掌），看着哪个中国人不顺眼，抬脚就踹，有的还把脑袋往水池子里按，浸个半死。现在二七纪念馆里有一块"狗队"的石碑，是日本侵略者残害中国人民的罪证。

徒弟工干大半天活后，抽出一些时间在工厂北门大柳树底下学日语，读日本课文，唱日本歌曲。记得有一篇课文有这么几句："月亮圆，有兔子，耳朵长，眼睛红。"日本鬼子在孩子身上进行文化渗透，妄想永久统治中国。几十个徒弟工学了平假名和片假名，还学了一些日常用语。那时在一起干活学习的，还有长辛店的赵学勤、康志等。

徒弟工大多是十二三岁的孩子，整天干活累不说，还挨打受骂，所以谁也不正经学。那时工厂正门是有身份的人走的，工人只能走东边的跨河小门，门口两边一个伪警察，一个日本人，进出的工人挨个搜身。日本教员让徒弟工必须用日语问早晨好，边鞠躬边说"偶哈哟口扎伊马斯"，徒弟工们怎么说也说不利索，经常为这挨打，不知哪个机灵鬼，改成了"狗哈腰枯嚓

一下子"，一举三得，好记、顺嘴、免了挨打。

1948年12月，长辛店解放，首要工作是维护社会稳定，把政权机构建立起来。长辛店大街和桥西共成立了12个街政府，王栋臣住的王家口胡同是第6街政府。1949年2月，长辛店成立26区公安分局，办公地点就在火神庙里。火神庙有一个山门，一个大殿，两边新盖了房子，成了一个四合院。办公部门分为人事股、保卫股、刑侦股、巡逻队等。由街政府负责招聘公安人员，王栋臣成了一名人民警察。长辛店分局初建时有80来人，其中30多人是巡逻队，负责站岗放哨，到重点监控对象家里搜查枪支。1949年9月，开国大典前夕，王栋臣和战友们破获了卢沟桥南街切割通信电缆案，抓获了一个土匪出身的反革命分子，立功受奖。

在新中国成立最初的几年，派出所的民警主要负责白天查户口，晚上背着枪到一些重点地区站岗放哨。寒冬腊月，在铁路沿线石渣子坑里趴着，一个人管两个电线杆，风吹在脸上像刀割，这个任务执行了半年多。然后就是镇压反革命，取缔会道门。长辛店是多教之所，会道门多，情况复杂，公

安局既要抓面又要抓点，白天黑夜连轴转是常事。当时最重要的一项工作是民主建政，那时家家都没有户口，一家一家调查登记，由粗到细，先了解几口人、是男是女、多大岁数，逐渐建立台账，摸清出身、来自何地、社会关系等。到 1950 年年底，全面掌握了长辛店地区的人口构成，派出所的档案柜里几十本八开黑皮大册子，就是长辛店约一万人口的"家底"。

长辛店派出所刚成立时，全部火力只有三把小手枪，和两杆美国"大趴栓儿"步枪，由王栋臣保管，执行任务时再拿出来。那时候去执行任务，不管多远都是步行。新中国成立初期，长辛店大街过马车都少，骑自行车的也难碰到一个。公安局民警加上临时工作人员共 80 来人，交通工具就是一辆半槽自行车，还没几个人会骑，不少人是拿这辆车练会的。1951 年，上级拨给了一辆机动车，是一辆旧三轮跨子，这是当时最先进的警车，让不少部门和领导羡慕，连区委书记王景明到城里开会，都来借这辆三轮跨子，风吹日晒不说，浑身上下都是土。王书记每次迈出跨子都少不了抱怨几句，可没过几天又来借，他还是觉得坐跨子最起码不耽误事。派出所的警务装备也是随着时代的发展逐步改善，1970 年王栋臣当所长时，三轮跨子已换成了一辆美国吉普，后来又增添了华沙、井冈山牌两辆小汽车。

作为最了解长辛店治安情况的人，王栋臣说，除了"文革"发生过几起刑事案件，基本没什么大案、要案，长辛店民风淳朴，邻里和睦。他说，做公安工作要脑子好使，家家户户在心里都得清楚。80年代他交流到城里当所长，邻近派出所发生了一起抢劫案，他正好去办事，听受害者描述的嫌疑人特征，脑子里马上跳出一个人，提供给了侦察员，到一个苗圃的花洞子抓到了犯罪嫌疑人，起获了赃物。邻近派出所受到上级表彰，王栋臣当了无名英雄，直到20年后老同事才知道案子是王栋臣破的。

王老离休后坚持一条，放平心态，动手动脑。他上了老年电视大学，每天练习硬笔书法，能背一百多首古诗词了，还帮助长辛店派出所编写公安史。他说，不管是轰轰烈烈，还是平平常常，一个人能把一件社会工作干好，这辈子就没白过。

# 邮局往事

信、包裹、汇款、报刊、电话、电报等都得去邮局

在长辛店住的时候,邮局给我的印象很深,所以也想记上一笔。老同学王福禄算得上长辛店通,跟他一说,没问题,找他的发小李文华。2019年夏的一天,福禄带着我到了李文华家。他家在东后头南边路西,是个三合小院,院子满搭遮阳棚,进院就像进了一个大厅。一进院门就感觉到只有胡同里才有的亲切感,除了李文华,还有三个老街坊,一个在厨房忙活,准备烙几锅拿手的馅儿饼,两个在喝茶聊天。一只金毛大狗摇着尾巴来回跑,显然跟福禄很熟,一个劲儿往他身上腻。福禄直说:"得了,得了,热情过度了啊!"李文华说,他一退休老哥几个常来,跟自己家一样,想吃什么自己做,都有拿手的厨艺,就着家常饭菜,适当喝口小酒,不该操心的不操心,只管享受生活。

李文华在邮局工作了一辈子,可没一天能清闲自在,用一句十分贴切的话来形容,叫"忙得脚不沾地"。他是1977年到的长辛店邮局,邮局的十九号人都是他师傅,领导给他安排的工作是"大替班",就是长辛店地区

的投递线路你都得走，谁有事你就得替谁，国道省道乡道镇道甚至羊肠小道都得熟悉。李文华先跟着王世来师傅干了两年，负责桥西二七厂的邮件。王世来师傅我也认识，他是我技校同学王书堂的叔叔，我到他家玩时常碰到，2017年去看望他时，虽然已过去了40多年，但我们还是一眼互相认出来。王世来师傅的线路，是骑着一辆飞鸽加重自行车，先把大宗报纸信件等送到工厂收发室，然后再亲自给领导送重要的信函文件。厂里的事办完了，再沿西山坡、十四栋、松树林等宿舍区转一圈，该送的送，该收的收。王世来、李文华师徒俩，曾是二七厂职工家属与外界沟通的主要联络员。

李文华骑着自行车干了两年绕小圈的工作，邮局配备了三辆幸福250摩托车后，他成了骑手，绕大圈。80年代，幸福250在老百姓眼里，不亚于现在的豪车。那真叫一个神气，车身、制服、褡裢，一水儿的邮政绿，轻轻松松过大街、穿小巷，风驰电掣上公路，下田野，到哪都是一道风景。只有邮递员自己知道，这神气的背后有多辛苦。李文华说，那时跑一天下来，腰酸腿麻，下车都费劲儿。跑的大圈可不近，从侯家峪上道，奔沙锅村、小店、后备营，然后羊圈头、大富庄、黄瓜园，再走魏各庄、怪村、洛平，最后从王庄下道回来，连主路带村里串，至少跑100千米。邮递员牢记着"人民邮电为人民"的宗旨，心里装着千家万户，这话可不是说给别人听的，而是自己实实在在的行动。那时邮局分布点少，长辛店邮局业务范围很大，包括赵辛店、朱家坟、王佐、卢沟桥、大灰厂等周边地区。对离邮局较远的地方用户重点考虑，及时把包裹、汇款、信件送到他们手中。那时通信、交通都不发达，投递员为他们省了大事，李文华说，几乎每次下乡，总有村民要留他吃饭，有的摊好了鸡蛋，到了饭点说什么也不让走，他都婉言谢绝。

李文华说，可别小看邮递员的工作，事关社会生活的方方面面。比如，邮递员因工作性质决定，知道一些家庭的情况，过手金钱和贵重物品，递送

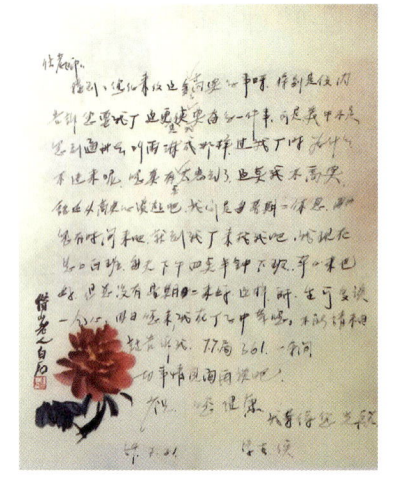

重要电报信件,清楚邮箱号码的对应单位,这对邮递员的思想品质、保密意识、工作态度等方面都提出了高要求。邮政与百姓生活息息相关,每一个邮件、每一封信,都可能牵出一个动人的故事。1981年,李文华和同事就通过一封信,分析线索,历经波折,最后在王家小口为一个家庭找到了失散36年的亲人。李文华就这件事写了一篇稿子,发表在《北京日报》上,得了几块钱稿费,他为大家订了一个月的报纸。

长辛店方圆几十千米范围内,只有大街北关一个72支局,所以在百姓的生活中更显得重要,信件、包裹、汇款、报刊,电话、电报等,都得去趟邮局,一天都离不开。说起电报,又是一项辛苦的工作。李文华说,80年代拍电报一个字3分6厘,加急电报一个字7分。从收报员接到电报,普通电报3个半小时送到,加急电报2个半小时送到。邮局单有一辆摩托车送电报,不管几点,不管多远,发动车就走。寒冬腊月虽然穿着单位发的狗皮大衣、狗皮帽子,可半夜跑个来回,浑身也快冻僵了。

拍电报是按字付费,标点符号也不例外,所以写电文像写古文,惜字如金。家庭收发电报往往不是大喜就是大悲,还有不少的电报是通知接站。惜字如金,就要求用字准确,不能出现歧义。1975年夏,我收到姨妈在广

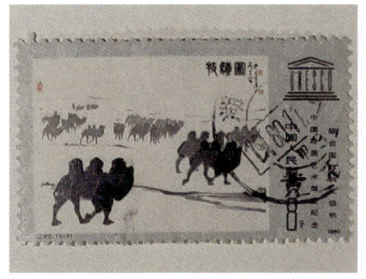

州发的一封电报，上写"22日16次来京，接。"姨妈中专毕业，在海南岛林科院热带林业研究所工作，算是知识分子，可这一个"来"字把我给弄糊涂了，"来"跟"到"意思不一样。16次要走36个小时，早晨6点多到达北京站，坐头班车也赶不上。为防万一，我22号凌晨下了夜班，骑了两个多小时的自行车到了北京站。可等到16次走出的最后一个人，也没见姨妈。我骑车白跑了一个来回，"来"字落空，我就接"到"字，结果24日早上接到了姨妈。姨妈说，"来"就是刚出发的意思，我哑口无言，确实没把字义理解透。我还是挺高兴，姨妈给我带来了一顶我急需的蚊帐，那时候骑这点路根本不算事。在20多年中，姨妈都是通过邮局给予我家帮助，椰壳碗、椰子糖、铁木菜墩、红木扁担，过年过节还汇点钱来。我很乐意往大街邮局跑，因为都是好事，包括90年代发表一些"豆腐块"取稿费。

邮局一心为群众服务，群众也对邮递员诚心相待。一次，李文华去洛平小学送信，在青纱帐的小路上穿行，一转弯突然发现有个挺高的土坎，采取措施已经来不及了，咣的一下就撞上了，车一倒又碰到一棵树，万幸的是哪都没伤到，只是摩托车的启动脚挡撞弯，打不着火了。没法开了，这可怎么办？李文华往前走出青纱帐，来到一片开阔地，看到有几间土屋，是个大队办的小厂子。他叫来门口的一个小伙子，小伙子看了看摩托车，说叫他师傅去。不大一会儿，厂子里走出一个人来，40多岁，衣衫不整，其貌不扬，走路脚还有点跛。来人让李文华挺失望，这是师傅？行吗？那人拿着大夹钳和锤子，叮叮咣咣就干起来。只几分钟，那人让李文华踩一脚试试，砰一下子，清脆的发动机声响起来了。李文华叫了一声"师傅"，道了谢，问要多少修理费。师傅头都没抬，一句话没说，又一跛一跛地回厂子了。李文华说："我运气真好，碰上个高人！"王福禄说，李文华还有一件悬事儿没说呢，一次翻河沟子里了，摩托车压住了腿动弹不得，在地上躺了两小时，多亏有人路过，帮着搬开摩托车，再压几个钟头，非出事不可。李文华不好意思地笑了笑，那意思我看出来了，此话不虚，但有损形象，不愿提起。

2000年4月，李文华担任长辛店邮政局党支部书记、副局长。这时邮局已是104人的大局，摩托车换成了面包车。李文华上任后，根据上级领导的总体部署，与班子成员一起，在思想建设上，实行局务公开、党务公开、民主廉政；在工作促进上，加大改革力度，制定奖励新机制，扩大业务范围，实现了投递专业化，使长辛店邮局的各项工作往前迈了一大步。现在看来，他们的思路相当超前，当时提出要解决一千米内老百姓信件问题和生活来源问题，就是老百姓需要一瓶醋或一盒饭，把信息给邮局，邮局反馈给商家，再负责及时送到，这样一方面给老百姓以更贴心的服务，一方面来增加邮政业务的收入。超前策划，初衷良好，但是由于互联网还没有覆盖各家各户，还有人员和交通工具等方面的限制，最终没有完全实现。李文华说："那时的方案就是现在快递、闪送的雏形，现在物品递送的便捷和普遍，是那时难以想象的，这是机制、体制创新和科学进步的成果。"

馅儿饼出锅了，老哥几个盛情相邀，我和福禄不便打扰，告辞走出了小院。我答应，哪天还来，好好尝尝这久违的胡同味道。

# 健身达人

## 自行车棚里的"二七健身俱乐部"

张威是全国有名的体育健将，他创造的多项大众体育纪录至今无人打破。张威是二七技校的体育老师，高级教练职称，除了培养学生，还负责工厂运动会及群体活动的组织工作，训练业余田径运动员，带队参加国内的各种田径赛事。张威老师的名字在工厂没人不知道，因为他是长跑名将、健身达人。我在工厂报社工作时，常在工会办公室或体育场碰到他，还到家里采访过他。

张威的座右铭是谁都知道的一句话——生命在于运动，但是否理解得像他那样深刻，落实得像他那样到位，是另外一回事，他说的运动可不是一般的运动。张威从上小学就开始跑步，一直跑到1987年退休，没有特殊情况天天如此，不管是刮风下雨，还是三九三伏，长跑的距离一点不减。坚持是一方面，运动量一般人也受不了，他年轻时短距离是从长辛店家里跑到丰台路口，长距离是跑到广安门桥折返，平均每天跑30千米以上。

张威出成绩是在他20多岁的50年代。1952年首届全国铁路运动会，获得1500米第四名；1953年全国铁路田径比赛，获得3000米冠军；同年5月，打破800米和1500米两项全国纪录；1956年北京市举办第一届环城赛跑，是新中国成立后的第一次盛大体育赛事，2月15日上午9点，1400多名运动员从天安门出发，到西单向北，沿平安大街向东，到东单回到天安门，全程13千米，张威夺得冠军。1978年，51岁的张威获得北京市老年越野赛冠军。他用自己独创的方法训练运动员，在几十年里，他的学生参加北京市和全国各级别比赛，有300多人次进入前八名，数十人的成绩达到国家一级、二级运动员标准。训练运动员时，张威总跟着一起跑，年龄大些了跟不上，就骑自行车在前面领跑，一般是早晨先往丰台拉一趟，然后再到体育场进行科目训练。

张威出远门的交通工具只有一个——自行车，进城办事，工体看比赛，总工会联系工作，跑体委，当裁判，下雨下雪，严寒酷暑，方圆50千米之内，绝对不坐车。他73岁时一次进城办事，顶着五六级大风，单程就骑了小半天。75岁时扛起50斤的一袋米，不歇气直上自家五层楼。生命在于运动，张威对"运动"的理解是，持之以恒，劳其筋骨，力气使足，汗水出透，这样才能达到增加肌肉力量的目的。肌肉力量是人的生命基础和力量源泉，一个人只要运动能力不下降，就能有效延缓衰老，这对老年人来说非常重要，肌肉力量也是生活质量的保证。

张威运动成绩优异，在北京市、全国铁路行业也有影响力，一方面为单位和地区群众性长跑活动起到示范作用，另一方面扩大了工厂的知名度，为推动群体活动的开展做出了突出贡献。张威老师四肢发达，头脑并不简单，在大众体育项目上，他不但带头、参加、组织，还有一定研究，将实践上升到理论，为进一步普及推广提供依据，有几项大众体育项目标准是根据他的运动理论制定的。张威的节俭也出名，他算得上是最省布料的人之一，一年

四季常穿的是运动短裤、背心，到了入冬，多数人穿了棉服，他要么是一身单衣，要么还是短打扮。他吃也不讲究，他说家常便饭营养足够，泰山挑夫肯定不是顿顿大餐，照样一天负重登两趟南天门。他对自己抠，有时却很大方，在汶川地震后，一次就给灾区汇去3000元。他对工作认真负责，积极要求进步，在20世纪80年代初50多岁时，终于实现了自己的入党夙愿。

1987年退休以后，张威老师把自己的训练计划做了调整，不再参加长跑比赛，只在家门口锻炼，适当减少了运动量。6点，客厅沙发，仰卧起坐600次；8点，操场，10个200米快速跑，头手倒立折身100次，原地跳500次，扛50公斤杠铃绕圈走5千米。晚上7点，操场健身房，100公斤杠铃平拉20组，每组50次，共1000次；5公斤哑铃上举3000次。张威还说，人的身体应适应大自然的变化，这样才能增强抵抗力，不易得病。

生命在于运动让张威体格健壮，肌肉发达，胸肌腹肌肱二头肌，棱角分明，不认识的人肯定要猜错他的年龄。他创造了多项纪录，也可以说是生命的奇迹。1992年，在中国大众体育新闻发布会上，他现场创造了第一个中国大众体育项目，哑铃摆花6000次，每只哑铃重5.3公斤，历时1小时40分，这年他65岁；1995年，在南戴河大众体育节，表演连续仰卧起坐2000次，这年他68岁；1997年，在北京市首届全民健身运动会上，创两项大众体育项目，一是颈后负重15公斤，仰卧起坐315次，用时17分30秒。二是颈手握杠仰体前水平停留35秒，也就是双手握住竖立的铁杠，仰面朝天全身水平，保持半分多钟，腹肌分不出八块一秒钟也待不住。这一年张威70岁。

1984年，张威在体育场自建了一个健身房，亲自画图纸，和健身爱好者一起，利用厂里的废料做了十几套健身器材，虽然看着粗糙，但性能一点都不比买来的差。张威的健身房我没去过，但看到了健身网友2000年写的一篇见闻，让我了解了张威后来的训练情况，摘录一段，如临其境："张老爷子身材非常好，肌肉隆起、结实有力，有点儿电影中老英雄的样子。他执着地认为老年人通过强力的力量练习也能达到长寿的目的。他拿起最重的哑铃，吭哧吭哧就是25个屈臂肱二头。这只是开胃菜，后面要做各种力量训练，都是最重的，每个动作都是5组。让你们这群年轻人看看，我70多了，完美碾压你们。老爷子嘴硬得很，说他每天就吃一个鸡蛋，不吃肉。他每天跑10千米，两小时力量训练。据说快80的时候老爷子突发心脏病，后来还练不练就不知道了，估计以他的个性还是会练，程度会控制下来，运动是他一生最大的爱好。"

张威老师创立的健身房，已经搬了三次家，现在挪到了一个自行车棚里，挂上了牌匾："二七健身俱乐部"，几十名健身爱好者继续着"生命在于运动"的实践，他们的事迹还上了中央电视台，标题叫《撸铁大爷的不老人生》。

# 小镇跤王

## 卞玉章从小就喜欢摔跤

中国摔跤历史悠久,从先秦起历朝历代的史料都有记载。到了清朝,蒙古、满、汉三个民族的跤法被融合,摔跤从各类"角斗"中分离,自成体系。清王朝成立了"善扑营",换句话说就是"国家摔跤队",摔跤手即"扑户"的地位为历代最高。清朝灭亡之后,曾经威风八面的"扑户"出了宫墙,生活没了着落,或街头卖艺,或扛包卸车,以卖苦力谋生。但是在民间,喜欢摔跤的大有人在,加之一些"扑户"收徒练摊,这门技艺并没有随着清朝的灭亡而衰落,仍在传承,尤其是新中国成立以后,无论是专业还是民间,反倒迎来又一个普及发展时期。

摔跤,是长辛店的一个传统项目,风靡于20世纪70、80年代,那时长辛店有数十块跤场,会摔跤的比比皆是。2019年,在同学王新勇、韩天华的引荐下,我拜访了"小镇跤王"卞玉章。

卞玉章生于1950年,退休前是二七厂的职工。因为中学看过孙二哥练

跤，所以知道了一个简单招法叫"踢"，我跟卞师傅一比画，他说你只学了半手活儿，还有后续招法。他讲了一个例子。80年代初，李小青师傅带着卞玉章等徒弟，到大红门的冯师叔家切磋跤技。两队人马准备停当，在院子里拉开了架势。师傅让徒弟们先跟冯师叔过招，没多大工夫，两个徒弟被师叔摔倒。这时卞玉章坐不住了，穿上褡裢，跟师傅说："让我试试。"卞玉章上场了，用"踢"胜了师叔。卞玉章说，"踢"不是简单的一下，要有后续动作，你上步出右脚，对方会下意识撤左脚，就踢空了，接着把自己右脚变为支撑脚，左脚踢对方支撑脚，瞬间发力，一踢制胜。20多年后一次聚餐，当着师傅师兄弟徒弟的面，冯师叔起身跟卞玉章碰了一下杯，说："你小子踢得好啊，左右都有。敬一杯。"两人一饮而尽。卞玉章此时的心情比赢跤时还激动，师叔可是长辈，心胸多宽啊！

　　卞玉章从小就喜欢摔跤，中学时认识了北厂几个会摔跤的大哥，如李春生、朱秀龙、王德水、金海、曹德永等，他和小伙伴常找他们练摔跤。1969年卞玉章在南苑拖拉机厂工作时，拜李小青为师，走上了有传承的摔跤之路。

师傅是采取下马威的方式给他领进门的，那天在南苑俱乐部跤场，李小青看卞玉章心高气盛，说道："你是块摔跤的料，不过还差得远，信不信，我让你头朝东你就脚朝西，让你头朝南你就脚朝北。"师傅的话果然不虚，五六跤之后，卞玉章找不着北了。李小青家住"跤窝子"牛街，深得清代"扑户"的真传。

卞玉章在南苑跟李小青师傅系统学习，用器械练习基本功，如大棒子、小棒子、砖推子、石锁、更绳、皮条、滑车子、抖空竹、踢毽等。同时学习摔跤理论和招数。师傅要求非常严格，不能有一天懈怠，不准搞对象，不准打架，否则就终止师徒关系。跟李小青师傅练了几个月后，为了让卞玉章进步得更快，李小青又介绍他认识了自己的师兄崔振东。崔振东是全国冠军钱德仁的三徒弟，理论功底深厚。他开始只让他学理论，如在小黑板上画图，标出人的"重心点"，讲离心力、杠杆力，从力学上讲通摔跤原理。卞玉章学习很刻苦，每天下班后骑车从南苑到宣武公园，听崔振东师傅上课，再骑车回长辛店。

1976年卞玉章调到二七厂，参加了工厂摔跤队，并担任南厂队的教练，他的徒弟郭长新担任北厂队的教练，每年春秋两季运动会，南厂和北厂的摔跤队都参加丰台区的比赛，成绩优异。工厂摔跤队还到青岛、承德、武汉等地参加邀请赛，胜多负少。

俗话说：名高引妒，树大招风。卞玉章跟着李小青、崔振东二位师傅串场子，胜过不少京城高手，名声在外，常有人想找卞玉章过过招。不知哪的两个练家子找上门来，要跟卞玉章"玩玩"。他们去了二七公园的跤场。卞玉章一看两人又高又壮，腿跟田鸡似的，全是腱子肉，心里有点打鼓。可一玩起来就放心了，一人三跤没开张，摔他们真跟玩一样。卞玉章感觉到，他们的基本功还算扎实，技术动作也没毛病，但不够灵活，进手慢半拍。卞玉章跟师傅学的是三七步、四六步，往哪边都是活的。卞玉章说，摔跤不能靠蛮力，得用巧劲儿，他怕你，往后退，就往身前摔他；他不怕你，往上冲，

就往身后摔他；他稳当，不前不后，就往两边摔他。使招两个要领，一个速度快，一个借劲摔。

1990年夏的一天，卞玉章穿着拖鞋，摇着蒲扇，正在树荫下跟两个朋友聊鸽子。这时过来一个小伙子，1.8米的个儿，结结实实，双手抱拳说："您是卞大哥吧，我想问两手。"一听这话，是个硬茬子，卞玉章没换拖鞋就摆开了架势。小伙子上手来抓袖子，卞玉章一下攥住对方的手腕，对方往后一挣，卞玉章顺势进身，单手往下一转，使了个"甩鞭"，将小伙子腾空抡起，360度掼倒在地。第二跤小伙子不敢猛扑了，小心地转场，卞玉章突然进身，还用"甩鞭"，只不过换了个方向转圈。这个小伙子后来成了摔跤好手，还把孩子送到体校学柔道，有时让卞玉章指导。

我说您算得上"小镇跤王"了。卞玉章说不敢当，好多徒弟的成绩都比他好，师兄弟之间互有胜负，跤友中也不乏强者，如钟援朝、宋建生获得过北京市亚军。要说长辛店的跤王，老前辈郭金山、胡永福名副其实。据说郭金山的父亲帮助过一位贫病交加的"扑户"，"扑户"为报救命之恩，收郭金山为徒，将一身的本事传给了他，之后郭金山沿京汉铁路南下，一路以跤会友，无人可敌，号称"震京汉"。新中国成立后，郭金山的徒弟不少成为摔跤高手。胡永福的大儿子跟卞玉章讲过他父亲的故事。胡永福是铁路机厂的工人，身高体壮，习武练跤，带了个徒弟叫高存德。日本侵略时期，日本人辟了块跤场练柔道，想拿中国工人取乐，说只要把他们推出场地就算赢。没承想，胡永福上去三下五除二，连着把三个日本人扔出了场外，徒弟高存德上场也没让日本人占便宜。从此日本人见了师徒俩先矮了三分。

卞玉章指着墙上的一张合影说，除了他的老师和师兄弟，后面一排十几个全是他的学生。其中龙启荣、高长友、郭长新、徐伟、宋建生、朱永峰、李月友、康建闽、王志刚，还有师兄弟钟援朝、何玉文、茂林、刘连生、贺春生等，都是长辛店的摔跤高手，在市区比赛中进入过前三名。1985年到资阳打全国铁路的比赛，有18个代表队参赛，卞玉章是厂队教练，徒弟徐伟、刘连生夺得两块金牌，师弟康建闽夺得一块银牌。卞玉章曾在1975年报名参加丰台区比赛，从预赛到决赛他没丢一分，毫无悬念地拿了冠军。虽是区冠军，但含金量很高，其中战胜了好几个拿过北京市冠军的选手。

卞玉章说，中国式摔跤是很文明的一项运动项目，三点着地就算输，两只脚是两点，再有一个地方着地就不行了，比如被对方薅着小袖，手抓住他的腕子往下一带，他手着地就输了。简单明了，观赏性强。摔跤靠的是斗智斗勇，身大力不亏的可能取胜，矮小灵活的也可能会赢。摔跤有两个目的，一是快捷简便，可有效地用于制敌防身；二是强身健体，以跤会友，培养一种不服输的精神。现在卞玉章还每天早晨练习基本功，看上去一点不像年过70的人，印堂发亮，两眼有神，手如虎钳，脚底生根，有的动作还能做到家。

近10年来，每年的正月初四，卞玉章和师傅师兄弟徒弟们在莲花池公园相聚一次。2020年，卞玉章送给大家一份特殊礼物，一张从天津跤友手里淘来的《清善扑营精英对跤图》，他喷绘放大了30张，每人一张。给李小青师傅做了一张最大的，在后面题字"李小青师傅留念，弟子卞玉章"。卞玉章和他的跤友，把叱咤风云的身影留在了阳刚的记忆和矫健的图画里。

# 楚河汉界

## 成癖成瘾者无数

在棋类中,既锻炼思维,又愉悦身心,既喜闻乐见,又奥妙无穷的,大概只有象棋。象棋全名叫中国象棋,以区别国际象棋。据现有资料,象棋在战国时期就有了雏形,到了北周时期,大抵与现行体制相近。唐代有了"橘中戏""象奕"称谓。北宋程颢《咏象戏》诗:"中军八面将军重,河外尖斜步卒轻。却凭纹楸聊自笑,雄如刘项亦闲争。"用秦末项羽、刘邦楚汉相争,以鸿沟为界喻象棋对局,把棋盘上的河界称为"楚河汉界"。南宋词人刘克庄《象奕》诗中有句:"君看橘中戏,妙不出局外。屹然两国立,限以大河界。""三十二子者,一一俱变态。"可以看出,到了宋代,象棋体制与现在已完全相同。

20世纪70、80年代,象棋普及极广,街头巷尾,瓜棚李下,到处可以见到热闹的棋摊。不管在什么场合,小有学童,老有古稀,保不齐就半路杀出个程咬金,啪啪啪三板斧,腰斩大将于马下。楚河汉界,将帅争雄,成癖

成瘾者无数。

　　受父亲的影响，我从小就会下象棋，每到星期天，父亲就招呼我和弟弟下几盘。据父亲说他曾在单位比赛中拿过名次，尽管没有奖杯证书之类的凭据，但父亲确有实力，棋能往后看七八步，常给我们表演弃子入局的绝杀。直到参加工作，让子棋我基本赢不了父亲，三人车轮战垫底的时候多。中学在紫草巷住时，胡同口横跨着一间灰瓦木檐过廊，常聚集着一群象棋迷，其中不乏附近胡同的高手，引来不少棋迷围观。

　　我从初中到刚参加工作的几年，身边有不少象棋迷，便在象棋上下了一番功夫。省吃俭用，先后买了七八本象棋书，成天背口诀打棋谱，脑子里全是卒七进一、象五退三、顺炮、直车、屏风马之类术语，跟初学者下盲棋还偶有胜绩。上技校时，我买了几张票，带着白德明等四五个象棋爱好者，到北京西单体育场看了一场大盘讲解，对局者是北京特级大师臧如意和傅光明。第二天还和几个爱好者复盘拆着儿，真是上了瘾。在技校时我买的棋谱有《中国象棋谱》《中国象棋基础教程》《百变象棋谱》《竹香斋》等，对杨官璘、陈松顺、冯敬如、钟珍、王嘉良、何顺安、刘忆慈、朱剑秋等大师的名字滚瓜烂熟，他们的对局百看不厌，现在听到这些人的名字，仍然如雷贯耳，老一辈的棋手，都有行走江湖的传奇。

对我这个入门者最实用的是《中国象棋基础教程》，书里介绍了各种开局着法、中局要诀、残局妙手，由浅入深，简明好记。有时下棋到关键处，我便心里默念几句口诀，如"破象局中卒必进，解马局车炮先行""子力强局中寻胜，子力弱即便求和"等。一边看棋谱一边想接受实战检验，把理论第一次应用于实战，是和孙振刚师傅对局。1976年他在兴城疗养期间，拜一名专业棋手为师，棋力大增。我跟孙师傅同住在单身宿舍，便跟他成了棋友。他的棋力本身就占上风，又有受教名师的心理优势，所以胜券在握，攻势凌厉，几次交手我都败下阵来。我休战了一段时间，总结了一下经验，全是在开局就吃了亏，不知不觉就钻进了他的口袋阵。针对他的开局，我仔细研究了《中国象棋基础教程》里的两个棋局，一个是"弃马陷车"，一个是"大列手炮"。再战时我剑走偏锋，避开他熟悉的套路，果然奏效，连下三城。以后我们多次交手，互有胜负。心态也变得平和，娱乐第一，输赢其次。孙师傅不是工厂的名手，是与我对局最多的棋友，他每每直言不讳地指出我的"臭棋"，忠言逆耳，一语中的，使我的棋力有了提高。

工厂西门外单身宿舍，楼间一个大空场，有几十棵粗壮的杨树，树林下有石桌石凳，经常有人下棋。70年代初，单身宿舍常来一个小孩，十来岁，思路敏捷，落子如飞，基本没有对手，这个小孩叫杨永明，他的启蒙老师是窦春明，还受过刘振勇、杜宗山等高手的指导。窦春明曾获二七厂象棋冠军、华北企业协作区冠军。杜宗山是二七厂队教练。刘振勇夺得过丰台区冠军，1975年与河北象棋大师刘殿中，进行了一场比赛，在俱乐部大盘讲解，有上百名观众。那场比赛虽然下成了和棋，却是一盘精彩的对局，当时我还记录了棋谱，回宿舍摆了好几遍。杨永明后来拜名师学艺，棋力突飞猛进，在象棋界崭露头角。1976年，13岁的杨永明获得北京市青年邀请赛第4名；同年获得全国少年邀请赛第11名；1985年代表北方工厂获得全国铁路系统冠军。

  1981年年初，工厂成立了象棋队，并举办了第一届象棋比赛。个人赛我分在第五小组，同组的选手一定是轻敌了，我成了一匹黑马，两胜一和，名列小组第一。在进前八名的淘汰赛中，我遇到的是金属结构车间的孙开亚师傅，他曾打进全厂前六。我用顺炮横车对孙师傅的中炮直车，双方步步为营，势均力敌。中局时，孙师傅因吃我过河卒，下出缓手，局势急转直下，兑掉中炮后，我车控两肋，二鬼拍门，下一步将进入杀局。我心里怦怦直跳，仔细计算着杀着，连弃两个车抢士，形成马后炮绝杀。孙师傅紧盯着棋盘，轻轻摇了摇头，他觉得大势已去，随便退了一步车。我激动得顺手拿起一个车砍士，这时周围响起一片叹息。孙师傅毫不犹豫，用炮打车，我顿时愣住，反转，完败。弃这两个车，我走错了次序，用另一个车吃士带撤炮架，立胜。我被孙师傅挡在了前八之外。从总体实力看，无论是棋艺还是心理素质，我与工厂的一流棋手都有着不小差距。周日我常去俱乐部看工厂象棋队训练，有一天任中效教练找到了我，问我想不想参加象棋队。我觉得自己的棋力还不够，业余时间事儿也多，便婉言推辞了。这一天被我写在了日记里，是1981年5月3日。任中效教练看上去有四五十岁，在工厂象棋队中德高望重，比赛之余身边总是围着一圈人向他请教。七八十年代，任教练带领工厂象棋队，在市、区及铁路系统比赛中，多次取得好名次。那天我还跟北厂钢结构车间小潘下了一盘棋，他是厂队队员，曾获丰台区第四名，从头到尾我都被压制，很快败下阵来。我跟观战的任教练说："您看，我跟厂队水平差得不是一星半点。"任教练的邀请，是我爱好象棋获得的最高荣誉。

1982年工厂举办象棋团体比赛，规则是每队上场三名队员，按实力顺序分别坐一二三台。我参加了科室队，第一台是人事科的王玉麟，第二台是我，第三台两名队员来回换。王玉麟的棋风严谨扎实，大局观好，经常箭在弦上，引而不发。有时性急的旁观者忍不住，到几步之外窃窃私语，认为快刀斩乱麻完事。不过看王玉麟落子后，才明白如那样走，会将快刀递给对手，适得其反。团体赛我没看他输过棋，斩多员大将于马下。最终因我和第三台拉分，只获得团体比赛第三名。后来还进行过两次团体比赛，有王玉麟坐镇第一台，二三台辅助拿分，我们科室队都进入了前六名。他后来担任了厂工会主席，棋如其人，工作上定有韬略。

我还要提到两位棋友。一个是张顺师傅的父亲张大伯。张师傅常叫我去他家吃饭，每次去，我都跟张大伯下几盘棋。张大伯在金属结构车间工作，中午休息时常跟工友摆上两盘，他说我是车间以外唯一的对手。张大伯的棋残局走得好，有时下出妙着，反败为胜。所以我在开局就尽量取势，在中局解决战斗。张大伯心态平和，不管是输是赢总是乐呵呵的，一点不往心里去。

一个是白德忠，我初中同学白德明的哥哥。白德忠师傅在柴油机车间上班，酷爱象棋，走棋在谱，我俩的棋力半斤八两。白师傅的棋属于稳健型，按部就班，算度缜密。他文质彬彬，说话客气，我每次去他都站起身迎接，每次走都送出门，沏茶倒水，有时还盛情留我在家吃饭。他走棋认真，有时长考，不敷衍落子，在他稳健的棋风里还感觉到了几分尊重。每次下完我俩都复盘，探讨得失，他赢了指出我哪步走错了，输了也是先说我哪步走得好，再推演变化。

楚河汉界，干戈玉帛，一方面是对手，老想着怎么能战胜他们；另一方面如师友，让我在棋盘上和棋盘外都有收获。以后再没有如此用心地下过象棋，但象棋的宗义始终没忘：有允许"和棋"的中庸之道，有"棋逢对手、将遇良才"的平起平坐，有"棋虽曲艺，义颇精微，必专心然后有得，必合法然后能超"的谆谆古训。

# 邻里情深

*朋友如兄弟、邻里似一家的事也比现在多*

看了电影《老炮儿》，心里有一种特别的感受，有的地方眼泪汪汪。"六爷"为赎儿子跟发小借钱，硬是凑齐了10万元，换到现在至少得按10倍算吧，借到手谈何容易！那时同住一个屋檐下，生活的难处比现在多，朋友如兄弟、邻里似一家的事也比现在多。

我小学以前住在东南街，从记事起，"邻居"这个词就带着温暖。东南街坐落在一片朝西的山坡上，我家住的胡同处于东南街整个坡地的下方，不宽的胡同东高西低，西口挨着九子河，南边是乐山里的后山墙，北边排着四个院子。

跟现在比起来，那时物资匮乏，生活清贫，再微小的帮助也如雪中送炭，温暖在心。我家就得到了房东苏爷爷的诸多关照。我家在小西屋住了不久，苏爷爷便腾出了北屋的耳房让我家住进去。父亲到大街旧货业买了一摞旧报纸，回来糊了顶棚，与夏天漏雨冬天漏风的小西屋相比，条件大大改善。我

靠窗睡觉，把窗台擦得干干净净，整齐摆放着我的书本和土玩具。头顶上是旧报纸糊的顶棚，上面的几句小诗是我会背的第一首儿歌："小喜八，会放鸭，放鸭多，二百八。清早起来迎太阳，鸭子出棚叫嘎嘎。爱学习，爱劳动，我是公社的小红花。"这应是一张1958年前后的报纸。院子的西南角是菜园，苏爷爷常常摘了菜，堆在院中间的大槐树下，喊一声，谁想吃谁就来拿。苏爷爷的弟弟是崔村生产队的社员，一年春节还在院里宰了一只羊，送给院里每家一块羊肉。弟弟在家跟小伙伴玩耍打坏了灯泡，换灯泡时被电倒在床上，苏爷爷听到喊声冲进屋里，让弟弟及时脱离了险境。苏爷爷对我家恩重如山。

1998年春天，在二七厂309路车站，遇到了苏爷爷的次孙小苏，我表达了对他全家的衷心问候，当时天已很晚，小苏用车把我送回了石景山的家。2013年夏天，我来到苏爷爷家的老院子，房子已全部翻建，院子扩大，改成了一所幼儿园。小时候院门口的那棵大槐树还在，老树新枝，绿荫如盖。

张佑叔叔和吴阿姨住在北头把边的小东屋，父母上班，奶奶和姥姥有时交接的时间不紧凑，好几天家里没大人，我和弟弟就到张叔叔家吃饭。小小的房间，收拾得干干净净，玻璃窗上挂着翠绿的窗帘。张叔叔在大街"二百"工作，吴阿姨在二七通信工厂工作。每到张叔叔家吃饭，他都多炒一个菜，他蒸的米饭特别香，每顿我都多吃一碗。张佑叔叔在"文革"中受到了冲击，有一天他家搬走了，从此再没见过面。

同院住着孙叔叔、贺阿姨小两口。贺阿姨的娘家在卢沟桥，六年级的暑假，孙叔叔和贺阿姨带着我，到卢沟桥住了几天。贺阿姨家住在小哑巴河

的堤坝拐角处，一排五间西房，面朝河堤，背后是一大片玉米地。小院用木板树枝围着，爬满了喇叭花、拉拉秧，院里种着向日葵和栀子花，屋前搭着个丝瓜架，典型的农家院。那是我头一次离开房檐并房檐的胡同，在郊野的独门独院过夜，睡觉时紧挨着小永哥。

那时卢沟桥的三条河都有水，从东到西依次为永定河、小清河、小哑巴河。住在河边，吃鱼是家常便饭。孙叔叔和两个内弟小旦子和小永带着我，到永定河西堤上的五道闸逮鱼。他们拿的家伙很简单，一个铁皮水桶、一把长柄镰刀、一个短把抄网。到了五道闸靠永定河一侧，三人分工协作，一会儿就割了几大捆荆条。孙叔叔在岸上指挥，兄弟俩下水，合力把荆条捆推到闸口。那天水流不大，靠边的闸口很容易被堵住了，与岸边形成了一个平缓的水窝。然后将一桶玉米豆倒下去，兄弟俩便出没水中，有时候一猛子扎下去，半天都不露头，我心里直害怕。孙叔叔负责在岸边接应。不到一小时，连摸带抄，共收获了五条鲤鱼和两条草鱼，我用柳条穿腮提着，昂首阔步地在钓鱼和打鱼的人前走过。我从没有见过那么漂亮的鲤鱼，淡黄的脊背，浅红的鳍尾，鳞片在太阳下闪着金光。贺姥姥在院里的大柴锅旁忙了半天，做了满满一锅粉条豆腐侉炖鱼，主食是贴饼子、菜窝头，我越吃越香，这道正宗的农家饭以后再没吃过。贺姥姥是二七北厂的职工，每天提着饭盒要步行几千米上班。

小永好像已上了初中，高出我半头，皮肤晒得黝黑，我管他叫哥。小永给我展示了他高超的泳技，横渡宽阔湍急的永定河，一猛子扎下去，再冒头已是50米开外。我在岸上只有佩服的份儿，心里冒出的形象是小兵张嘎、小英雄雨来。

一场大雨过后，葫芦桥下形成了一块块水洼，小永哥先带我到卢沟桥西头的龙王庙里，捡了几块废弃的铁丝网子，那里边的单位叫"铅丝制网厂"，用铁丝加工成筛石子用的筛子。然后找一片鱼纹多的水洼，用铁锹铲泥堵住水口，用水桶将水淘干，网子就派上了用场，一会儿就捞了半桶小白条、小鲫瓜。自从去过贺阿姨娘家之后，小永哥到姐姐家来的次数就多了，我俩有时到山坡去玩，有时跟胡同里的伙伴玩。孙叔叔家搬走时，小永哥把心爱的弹弓送给了我。在以后的许多年里，一看到永定河，就想起小永哥劈波斩浪的情景。

我上小学五六年级的两年，是家里最困难的时候，到月底有时都没了买粮食的钱。胡同里的丁大妈、赵大妈，都给过我家帮助，每次母亲去借钱都二话不说，少了两三元，多了五六元，这钱如今可忽略不计，那时可解了燃眉之急。母亲是旧社会过来的人，从小就学了一手好针线活，我和弟弟妹妹的冬装夏衣，从上到下，都是母亲一针一线缝制的，虽大多是旧衣翻改，粗布漂染，却很合身，每试一件我们都像穿上新衣一样高兴。母亲经常为街坊四邻做衣服，谁家生了小孩，就找到母亲做些商店里买不到的小衣服小鞋、围嘴儿屁帘儿什么的，母亲从来都是热情相助，不但做还要做好，在围嘴上绣几朵小花，在小鞋上绣个虎头，母亲笑得最舒心的时候，是在邻居夸她针线活好的那一刻。

街坊邵大婶给了我家莫大的帮助，她给母亲介绍了一个在家绣花的活儿。这个活儿就是在白底的床单、桌布、枕套、手绢上绣花。邵大婶是召集人，负责发活收活，收到成品后到大街南头，让一位姓冯的女同志验收。验收近乎挑剔，一根一根地数着布丝看针脚，位置、颜色、平整度差一点都不行。母亲拿回布料后，便按照规定的图案在上面用彩线刺绣，图案多为吉祥禽鸟、富贵花朵，针法多用黄瓜搭架、钩边补芯，有大有小，繁简不一。每天在昏黄的灯下，母亲经常绣到后半夜。母亲绣的图案，针脚密实整齐，如同缝纫机做出的一般。邵大婶说，交母亲的活儿最省心，没一件返工的，还给返工的人做样板。母亲绣花贴补了生活，但是这钱挣得实在辛苦，如给钱最多的大床单，中间一个大图，四角都有小图，工钱是8元，一刻不停地飞针走线，也要绣10来天。2018年，我到崔村一里看望了邵大婶，80多岁的大婶和大叔身体都很硬朗。我吃了一顿大婶包的饺子，从不喝酒的我与大叔碰了一杯，想说的话尽在杯中！

虽然已经过去了20多年，可张志远说起大哥张志刚的事，还是满带着感激之情。大哥不幸得了脑血栓，一病不起，同兴里胡同的同学伙伴捐款帮助。一对同学、邻居夫妇，担负起张志刚的全部医疗费用。为方便治疗，他们在一家医院附近租了房子，把张志刚接进去，安排一名护工24小时伺候，医生定期问诊。张志刚说这样太添麻烦，屡次要求回家，但都被拦住。同学劝他，只管安心养病，别的不用多想。张志刚一住三年，住宿费、伙食费、医疗费，加起来不会比"老炮儿"借的钱少。

我在工厂住单身宿舍的五六年里，常到家住长辛店的师傅、工友和同学家吃饭，虽然并不特殊准备什么，只是添一双筷子的事，但现在想起来还觉得比哪个大饭店吃得都香。张顺师傅大我几岁，我俩的车床挨着，工作上互相帮忙，休息时一块儿聊天，挺投脾气。张师傅做事稳重，性情谦和，我们这帮技校生把他当作老大哥，相处融洽。车间团支部组织春游秋游，都邀请张师傅和张嫂参加。一次去房山云水洞，支部委员王运想得周到，给张嫂带了一根特殊的登山杖——黄檀木铁锹把，这派上了大用场，张嫂拄着它前山上后山下，走了几小时没掉队。这是个特殊的纪念，张嫂保存至今。

那天加班到晚上8点，张师傅第一次请我到他家吃饭。他家住在西山坡上的光明楼，房间不大，整洁简朴。那天张嫂做的是肉丁炸酱面，拍了盘黄瓜，切了盘粉肠，干活有点累，我吃了冒尖两大碗。以后加班或星期天没事，张师傅就请我到他家做客，吃一顿嫂子做的饭，跟大伯下下象棋，跟张师傅聊聊读书心得和新鲜见闻，有一种到家的感觉。使我感动的是张师傅一家对我始终如一的热情。退休后我去看望了张师傅一家，90岁的伯母不但叫出了我的名字，还能想起一些细节。张嫂做了肉丁馅儿饼，棒子面粥，凉拌豆腐丝，都是我曾经爱吃的，用的还是我熟悉的那张折叠方桌，一切回到了40年前。我刚回到家就跟来了张师傅的短信："看到老王，想起了小王，那时我们随时随地可以见面聊天，分享快乐；想起了你们这些技校同学，有的话使我一生受益，有的事永远留在了美好记忆里。"

我的校友、宣传部的同事于文德和他的同学，也有一个奉献爱心的故事。2006年，他的老同学刘宝华不幸病逝，刘宝华家住自来水胡同，也是长辛店的老乡，爱人是农村户口，低保户，孩子在上小学，生活一下子陷入困境。同学、同事立刻伸出援手，在转向架车间当调度的同学跟领导请示，车间主任贾春生安排了刘宝华爱人张玉敏做了临时工，还捐了一份资助的钱。虽然张玉敏和孩子的生活来源有了着落，还有很多后顾之忧，班里的同学商量，资助孩子上学，便推荐于文德给张玉敏写了一封信。全文如下：

玉敏你好：

　　闻听噩耗，潸然泪下，作为宝华的同学，我们为失去一个同窗三载、结下24年深厚情谊的挚友而无比悲痛。

　　抚今思昔，宝华在同学中绰号"开心果"，有他在的场合，总是充满欢声笑语，他的音容笑貌，犹如昨日，犹存耳畔眼前。洒泪送别，英年早逝的他，竟是同学中第一个离我们而去的人，这对我们的触动更是痛彻心扉。

　　将心比心，我们更加深刻理解家中二老、哥嫂、你和儿子的悲痛心情，敬请节哀顺变。

　　人的一生总会面对各种各样的艰难困苦，它时刻考验着我们的信心和勇气。懦弱的人，逆来顺受，听从命运的摆布，终日生活在唉声叹气中；勇敢的人，直面人生，做自己命运的主人，再艰苦的境遇亦能活出多姿多彩的滋味。

　　宝华走了，对你和孩子将要面对的生活压力与重负，我们深表理解和同情。作为宝华的同学，我们期望能看到一个坚强的你，勇敢地承担起侍奉二老与抚育儿子长大成才的责任。

　　宝华走了，同学深情犹在。在今后的岁月中，我们会一如既往地对你们的生活境遇予以关注，并尽我们最大的能力倾心倾力给予关心、照顾和帮助。在你身后不仅有亲人的支持，还有我们这样一群重情重义的朋友做后盾。就让我们一同去面对今后可能遇到的各种困难，一起去迎接新一天的美好生活吧！

　　祝宝华一路走好！

二七技校1982级钳工班全体同学
2006年5月7日

　　从2006年到2016年，13名同学从每年资助几百元到几千元再到上万元，保证了孩子上学的需要。有一年春节，孩子的舅舅为表达谢意，给每位同学准备了一份礼物，被大家婉言谢绝，对他说，钱要用在急需的地方，买礼物增加了一笔不必要的支出，心领即可。这件事是2021年于文德爱人刘晓燕跟我说的。这些同学大部分在二七厂工作，家里也有妻儿老小，花钱的地方也很多，但他们仍惦记着老同学的孩子，持续资助了10年，直到2016年孩子大专毕业。听了他们的故事，我想起了毛主席的语录："一个人做点好事并不难，难的是一辈子做好事……"

2006年，母亲患半身不遂的第五个年头，刚能下地扶着轮椅走路了，跟我说要去看看孙大妈。我一问孙大妈家已搬到了卢沟桥城里，好在孙五哥在二七厂，几经打听找到了住址。见到孙大妈，母亲用仅能动的一只手，紧紧拉住孙大妈的手，眼泪扑簌簌地往下掉，半天说不出一句话。怎能忘，六七年中白天没有大人，三个孩子要买粮买菜、笼火做饭，自己照顾自己，没有一个好邻居，让家长如何放心？火灭了，孙五哥帮忙生火，赶不上吃饭了，孙大妈端过来吃的，跟在孙二哥、孙五哥后面，安全感极强，心里特别踏实。孙大妈已经80多岁了，仍然像30多年前那么利落，短发一丝不乱，身穿绿底剔花的真丝棉袄，屋里收拾得整整齐齐，家具擦得一尘不染。孙大妈说，现在跟小五一块儿过，他们上班忙，家务活能干的就帮助干了，习惯了。看望孙大妈，是母亲生前10年中仅有的一次串门，没看亲戚，没看同事，看了30年前的老邻居，她心里牵挂的只有孩子，没有街坊四邻的关照，哪怕丝毫的疏忽，也可能造成意想不到的后果。

邻居，仅仅是比邻而居吗？同学，仅仅是同窗而学吗？远远不是。

# 蝴蝶风筝

那些年家里成了风筝作坊

提起风筝,如今大人孩子都不陌生,到旅游点或商店便可买到。但跟以前相比不一样了,现在绝大部分是批量生产的,塑料骨架,尼龙翅膀,整齐划一的印刷图案。原来是纯手工的。

我们小时候玩的风筝,不管是简陋的还是精致的,样式在曹雪芹著的《南鹞北鸢考工志》里都有,也算得上"曹氏风筝"。入门级的叫"屁帘儿"。屁帘儿风筝,别看名字不雅,可曹雪芹也这么叫。他在《南鹞北鸢考工志》里说:"软拍子,此类风筝周围不加竹条,尾下有穗子或纸条,背后有弓线。此类中制作简单的,北京俗称'屁股帘'。它较适合在和风下放飞。"屁帘儿制作简单,放飞容易,所以最常见。我们做的一般有两种,一是"十"字骨架,糊成菱形,二是"X"骨架,糊成方形,下面粘上一根纸条做尾巴,放飞时用尾巴调整,升不高,剪短,折跟头,加长。屁帘儿飞的高度不输任何风筝,小的像蝌蚪,大的像蟒蛇,晃晃悠悠,左摇右摆,样子很萌。东南街的孩子玩的风筝，以屁帘儿居多，但放起来并不单一，可以画上各种图案，尾巴有长有短，有单有双，还可顺线往上送纸圈，放飞也有花样，大幅度放线、收线，让风筝突然坠落或升高，很是刺激。我们放风筝的地点是东南街北边的山坡上，居高临下，四外空旷，风筝更显高远。

除屁帘儿外，最常见的风筝是沙燕，本是拟人形的风筝，可长辛店的小孩子管它叫"猴儿"。伙伴宋贵曾有一只，不知是他家长帮着做的还是买的，骨架匀称，画工精细，脑袋上还有两个纸盒做的眼睛，转起来带着哨音。宋贵的猴儿平衡性能极好，从东南街最南端他家出来，到最北端的山坡，他手牵提线，让风筝保持在树梢的高度，稳稳当当，不亚于飞机巡航。宋贵的风筝放起来当然也飞得最高最稳，大线拐子上的线放完了，风筝钻入云霄，大家轮着放一会儿，都过把瘾。我曾想做一个盖过宋贵的猴儿，结果模样寒碜不说，根本放不起来。后来才知道，光是竹劈这道关我就过不了。

长辛店的风筝高手是二七厂的唐琦民，他的工作岗位在锻工车间的模型班，加工的都是装铁水用的大家伙，可做出的风筝却精细无比，是跟真蝴蝶一样大小的"软翅微型蝴蝶风筝"。1986年，我报社的同事周德民对唐琦民做了采访，写了一篇《风筝迷》，刊登在工厂内部文学杂志《新泉》上。唐琦民家住北京天桥，在天坛公园常看见有人放风筝，都是自己手工制作，多种多样，争奇斗艳。唐琦民觉得自己这双模型工的手也能做，并且挑战最难的一种，小到不能再小。没有同样的风筝可做参考，他一次次试验，一道道过关。扎，用刀片刮成二寸长的竹丝；糊，用薄如蝉翼的镜头纸；绘，到自然博物馆照着蝴蝶标本画；放，用纱巾抽成丝接起来。五六年中，唐琦民入了魔，爱人直叫他"疯症"。功夫不负有心人，唐琦民让天坛公园的著名风筝玩家眼前一亮，给了两个字——绝活。唐琦民先是获得北京市风筝比赛第一名，他的作品在北京工艺美术馆展出。接着他又在潍坊举办的全国风筝

比赛中获得第四名。唐琦民还在厂报社门口给大家展示了他的微型风筝，在爬山虎覆盖的黄墙红瓦间，一只蝴蝶翩翩起舞。

我见到的大蝴蝶风筝是母亲做的，展翼约有一米。1985年，50岁的母亲因病提前退休，她是个闲不住的人，在以后的10多年里，看大了孙女、孙子、外孙，同时还担负着一份工作，为她所在的工厂劳动服务公司做风筝。风筝是工厂开辟的第三产业，主要出口东南亚国家。他们做的风筝虽是批量作业，但也属于纯手工扎糊，工序几十道。一做我才知道，把风筝做成工艺品可不是件容易的事，吃不了苦耐不住性子，眼拙手笨没点美术细胞，都干不了这活儿。母亲接手的活儿，主要是组装蝴蝶，其次是蜻蜓，均属软翅风筝类。软翅风筝的扎制要领，在《南鹞北鸢考工志》上亦有歌诀说明："软翅扎时条最难，汗不去透形必还。主条受风应力大，反用竹青要烘干。上条是主需刚健，若有下条宜扁圆。轻巧玲珑论骨架，竹厚条密最为嫌。仿真借助脱胎法，薄用纸浆肖容颜……"软翅风筝是指翅膀的下边不用竹条，飞起来随风

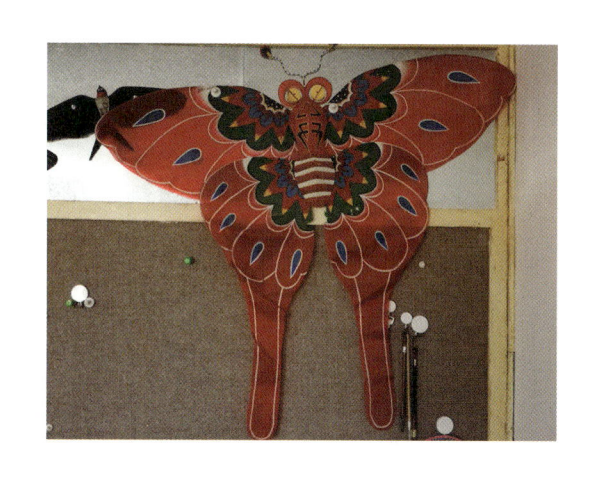

抖动，形象逼真。

  风筝的各部分都有分工，母亲做的部分是糊、组装及添加附件。风筝骨架一般是到农村的作坊去拿，主要在房山琉璃河一带的村子里，有时父母坐长途汽车去，有时我和弟弟骑摩托车去，一次拿个一百来副。一副蝴蝶或蜻蜓骨架一块钱，现在来看，性价比严重不符，那骨架做起来颇费功夫。竹劈首先要干透，"汗不去透形必还"，其次要削得无一丝一毫偏差，断面为正方形，边长四毫米，为保证平衡，身子和翅膀两边必须同一根竹篾，一劈两半，一左一右。就这道工序，我劈完一根毛竹也未准有成品。而农民专业户却劈竹如飞，刀刃进去后，用手捏着刃口一捋到头，绝不跑偏。我看老农的手，厚厚的一层老茧，怕是针也扎不透。软翅风筝下端要经得住风吹，必须用绢，到琉璃厂荣宝斋去买，素绢一平方米约 10 块钱，到家比着模板裁好蝴蝶或蜻蜓的翅膀，前翅后翅分开，四片为一组，进城送到中央美院的学生宿舍，让他们画翅膀，约好日子来取。美院的学生画风筝是为了勤工俭学，一片一块钱，一个风筝是四块钱，学生利用课余时间画，有时拿活要多等几天，放假时就加量加快多存点，以备不时之需。他们不愧为美院的学生，每一笔都干净利落，劲道十足，大处颜色铺得鲜艳清爽，没有一丝水痕，小处细致入微，笔笔分明。例如，蝴蝶翅膀上排列的图案，是大水滴套着小水滴，颜色不同,他们画的像是一个模子刻出来的。忙完了前期准备工作,剩下的就是家里干的活了。蝴蝶或蜻蜓的肚子是立体的,自己做骨架,然后用麻线缠紧,抹上乳胶固定,干后用乳胶粘上素绢,画出花纹和六条腿。四片翅膀也是用乳胶粘在骨架上。搓纸卷,用于翅膀与身子插接。还有糊纸盒做眼睛,烤竹篾弯须子等细活。然后是组装整理,将风筝所有零件安装,不合适的地方调整,有的需要返工,用刀片将毛边修理圆滑,用烙铁熨平,最后拴提线试飞。整个风筝有污点、拧着劲、背面不平滑、飞不起来,出一个小问题都交不了活。

最后的组装工序相当于验收,这一关由母亲来把,每月做成三五十个成品,没有不合格返工的,被工厂验收员列为"免检产品"。那些年家里成了风筝作坊,满地满桌子都是做风筝的东西,光广告色就有上百瓶。白天母亲一个人在家做,晚上下班后父亲帮忙,到了周日,我和弟弟妹妹一块儿上手,在忙碌和谈笑中度过了一个个有趣的星期天。风筝的一根线串起的是全家的亲情。将一大堆零件,变成了一只只漂亮的风筝,每个人都挺有成就感。一只风筝的材料成本约20块钱,公家结账30块钱,每只风筝挣10块钱,既不用出门,又是好看的艺术品,还补贴了家里的生活。父母还常常多做出一些当作礼品送人,礼虽轻,但具有民族特色,很受欢迎,如我送过同事和朋友,还送过到工厂参加笔会的书画家。父母送给叔伯大哥好几个风筝,有蝴蝶有蜻蜓,五颜六色,他住在天安门附近,经常去天安门广场去放,做工精美的风筝,每次放飞都引得一群中外游客围观。

在河边,在田野,在清明,在有风的日子,每次我放起父母做的风筝,就会油然而生一缕绵长的思念。是啊,人们都想做一只风筝,努力在生活和事业的空间里飞得更高更远,但不能断的,是父母手里那根亲情的丝线!

# 木匠老舅

## 用着自制家具比买的红木家具要舒服

自己动手做家具之风兴于70年代，那时小两口结婚不像现在，有房子、车子、票子不算框外。70年代的梦想是三转一响，三转是手表、自行车、缝纫机，一响是收音机；标配是48条腿儿，一件4条，大小共12件。

二七厂职工家里，最趁的就是旧货车板，屋里屋外都能看到。旧货车板来源于北厂。北厂主要修理制造货车车厢，70年代以前货车车厢大部分不是铁皮的，四面由木板围起。1975年我和同学到北厂制材车间劳动过两星期，亲眼见了木材堆积如山的场面。木材都是东北拉来的原木，用带锯劈成不同厚度的大板，放进窑里用汽蒸，自然晾晒，最后送货车车间，按不同车型截成材安装上车。开原木的带锯，有半尺宽，一人多高，高速运行，七八米长的粗大原木固定在平板车上，沿铁轨进退，迎刃而解。车厢拆下的旧板，能用的接着用，下脚料就成了福利，职工每人一份，用天车吊起一钩，一钩一份，手推车勉强能装下。这些长短不一黑乎乎的板子，在车厢上算下脚料，

到了家都是上等材料，又厚又长的黄花松，干什么都好使。我们到北厂劳动时，已成立了纤维板车间，在自动流水线上，一头进废木料，一头出纤维板，不久货车板的福利取消了。

充足的木材练出了大批业余木匠。1974年，父亲请来我叔伯大哥，利用几个星期天，打了一张床和一对沙发，把睡了多年的铺板撤掉，有了竖格床头，睡觉脑袋不会顶到墙了，坐上了外国电影里才有的矮脚大椅子，安弹簧铺海绵，深棕色的灯芯绒面，闪亮的木扶手，全身陷在里面，坐下就不想起来。家具开始由纯粹实用向舒适美观转变。

1987年，我搬进了北厂宿舍，赶着潮流走，打了一排组合柜。这回工程较大，从农村老家请来了老舅。老舅仅比我大不到10岁，像哥俩一样亲，小学时每个春节我都回老家，赶集、看场、溜冰、套野兔子，是老舅的跟屁虫。老舅初中毕业，是村里的文化人，担任大队会计，除了记账和种地，喜欢做木匠活。他虽说是业余木匠，可拜过名师，师傅叫闫克明，手艺了得，在整个县里都有一号，参加过几座古建的修复。闫师傅在村里也有作品，是一个大户人家的门楼，榫卯结构，花鸟木雕，用了3年才完成，是他木匠生涯的

代表作。闫师傅带着老舅做了几年活，临终，送给了老舅一把刨子和一句话："木匠在手更在心。"说起木匠，人们会想到做出的活精细巧妙，干过的会知道首先要身体棒，4组柜子，2.2米高的腿16根，1米长的横撑至少32根，0.5米长的筋32根，用手锯把大板破开，再用刨子找平定尺寸，没把子力气手艺再好也白搭。老舅开木头不但快，还特别直，锯口不偏不倚在画线上走。开凿榫卯、结构装配，是最能反映木匠手艺的活，交叉处要不松不紧，保证直角。老舅干了半个月，最后刷几道清漆，一组高大上的家具矗立在眼前。我觉得第一个做成组合柜的木匠应得"鲁班奖"，这种家具引导了时尚潮流至少30年，储物向空间发展，收纳功能强大，实用整齐美观，几乎普及所有家庭。这套组合柜我一直没舍得淘汰。

让老舅二次出山，是2005年我搬到西五环新居的时候，老舅是花甲之年，我是知天命之年，加起来100多岁，我不知老舅是否还能干重体力活。我把装修计划跟老舅一说，他欣然同意，念的是从小到大的那份亲情。他当师傅，我做徒弟，所有木工活不请任何人，风格"喜旧厌新"，标准"经济环保"，目的"简单实用"。老舅用很划算的价格，在老家买了三根老榆木房柁，破成板材后运来。装修的过程，也是体验劳动的快乐，享受劳动成果的过程。我们一起刨板，断木，打眼，钉钉，我遍身灰土，满头大汗，以至于邻居始终把我当成装修队的小工，经常让我去临时帮他们干点零活，还师傅长师傅短叫个不停。老舅既手艺高又脑瓜活，施工中的难题立刻想出办法解决。长4米的木地板条断开后，端头没法连接，他就用电锯开个槽，插进一根木条，抹上乳胶，既平整又坚固；楼梯扶手是斜榫，他就在地上用纸板放好大样，实物组装，严丝合缝；扶手与墙体的固定螺栓不整齐，他用木条覆盖，成了一个装饰物。老舅打了5扇木门，还给我做了一个大画案，桌面1米宽2米长，下面3个抽屉，桌底方格纸斗，估计闫克明师傅看到老舅的成果，也得点头称赞，"木匠在手更在心"，徒弟悟出来了。

业余木匠打的家具，不仅装点了生活，还留住了感情。2014年，我到张郭庄老郝师傅家，满屋子还是70年代打的家具，用的一水货车板，双门大衣柜，一扇门上镶着大镜子，玻璃门高低柜，三屉桌，两把椅子，是当年流行的款式。郝师傅说，孩子老说让扔，就是舍不得，不怕磕不怕碰，使着顺手，现在的家具哪能比呀！90岁的王栋臣老人，从小就学会了木匠活，1975年打了全套家具，从长辛店搬到广安门，从广安门搬到丰台，40多年原封不动地带着，2019年我到王老家去，他让我一件一件看了这套家具，老人离休工资1万多，可不是钱的问题。到东南街老街坊邵大婶家，还是满屋子自制老家具。我觉得用着自制家具比买的红木家具要舒服，奢华对于过日子的老百姓来说一点用没有，可能有人会说这是吃不到葡萄说葡萄酸，爱说啥说啥吧，反正老舅做的家具我一件都没丢。在老辈人眼里，看中的是那种厮守的忠诚，留恋的是那层岁月的包浆。

# 乐观豁达

哪有什么秘诀，住六层，没电梯

    大舅妈认为自己是个大老粗，她自嘲说："斗大的字不认得一升，大大咧咧，没心没肺，说话净得罪人。"要说大大咧咧我认同，没心没肺正相反，她可是个明白人。大舅妈虽然没有什么光环，也没有什么事迹，无非是一些居家过日子的小事，但我还是要说一说。有的事正因为小，容易被忽略，才像一面小镜子，对照着可以自省吾身，起到提醒作用。就芸芸众生而言，需要运筹帷幄决胜千里的情况并不太多，大多处在柴米油盐家长里短的旋涡中，所以小事也算事。我在很多小事上做得就不如大舅妈，比如言谈话语的"度"，有信必回的"礼"，等等。

    大舅一家住在良乡，是跟我家离得最近的一门亲戚，多年来没断走动。我家在桥西东南街住的时候，大舅和大舅妈都来过，接济一些白薯和蔬菜等吃的东西，因他们在良乡蚕种场工作，场里有大片的农田，农产品粮食和蔬菜比别的单位供应要稍好一些。蚕种场主要养蚕，所以我家也能沾光，吃的

用的不少东西与蚕有关，如蚕粪枕头、蚕丝薄被、蚕蛹、桑葚等。到了蚕结茧的时候，我就特别盼着大舅妈来，因为她肯定带来足够解馋的蚕蛹。每年五月春蚕结茧，大批的蚕蛹就下来了。良乡蚕种场是北京市同行业中数一数二的规模企业，蚕室就有四跨厂房，60、70年代，蚕蛹是职工家属改善生活的一道大餐。蚕蛹是蚕种场的福利，卖给职工非常便宜，两毛钱一脸盆。母亲的做法很简单，不放任何佐料，略微撒点盐，将蚕蛹在饼铛上熥一下，自动冒油，香味四溢。大舅妈一来，我就能装上一裤兜熟蚕蛹，遇到胡同的小伙伴就抓一把相送，有胆小的开始不敢吃，尝一个之后便追着要。我家搬到大街紫草巷后，因离长途汽车站近了，大舅妈单独来的次数也多了，除了带好吃的，还帮助母亲缝缝补补、洗洗涮涮，干一些家务活。我学会骑车后，有时到大舅家去玩。

　　大舅妈是个上得了厅堂、下得了厨房的人，从养尊处优一下子到吃苦受累，也没有因心理落差而形成的过渡期，什么事都拿得起，放得下。她出身于大户人家，新中国成立前家境富裕，父亲在上海教书，姥爷在京杭大运河跑船，舅舅在天津有房产，她还在北京天桥住了几年，见过世面。大舅妈虽没念过书，不过还是沾了点书香门第的光，没有缠足，这为她在生活道路上按自己的意愿走，创造了基本条件。她在18岁时嫁给了大舅，虽然大舅家里不富裕，但她看中的是大舅为人忠厚、聪明好学。大舅在外面打工，她在老家伺候公婆，操持家务，从大家闺秀变成了家庭主妇。大舅妈结婚几年还没小孩，就有了闲话，一赌气离开家，挎着一个小包袱，里面有两件衣服和大舅的一个信封，她让娘家哥哥赶着牛车送到火车站，去了北京找大舅。

1952年，大舅妈来到良乡蚕种场，在家闲不住，就为街坊临时帮帮忙，如做做针线活临时照看一下孩子什么的。几个月后，场长的爱人找到大舅妈，说她产假歇完该上班了，看能不能到家里帮把手，大舅妈说没问题，就进了场长家，照看小孩，洗衣做饭缝缝补补，也不要工钱。一年后蚕种场招工，场长爱人问大舅妈报名没有，大舅妈说户口还在老家，报不了名。没过几天，场长爱人拿回一封介绍信和一张表格，让大舅妈赶紧回老家迁户口。她买了两盒哈德门香烟和两双袜子当礼物，坐火车回老家找到大队干部，去村公所办了手续。1954年，大舅妈成了蚕种场正式职工，她说："多亏遇到了好人，两件大事这么顺，傻人有傻福气。"

大舅妈在蚕种场先做采桑工，后做缫丝工。采桑工凌晨3点就要工作，拉着大竹筐，手指上套一个采桑刀，采一把往筐里装一把，码放整齐，每筐六七十斤，一上午就要采三四筐，装到手扶拖拉机上，运到库房。虽说是春天，中午的太阳也很晒，树趟子里又密不透风，还得伸手够桑条，常常满头是汗。缫丝工是体力活加技术活，秋凉后开始干，能长期盯岗的女工没几个。缫丝车间我进去过，工作台上是数口小铜锅，两排女工面对面而立，手拿小铜盆，用高粱苗子蘸一下，便将9个蚕茧的丝头拢在了一起，挂在头顶的转轮

上，盘成丝团。缫丝工首先要眼疾手快，头上的轮子一刻不停，断丝要马上用死扣接好。这种扣母亲教过我，搭上线头，绕一圈拉紧，我问大舅妈，最快得一秒钟吧？她说一秒钟线头就跑了，拇指食指一捻就接上了，一眨眼的工夫。

1957年，国家体委成立中央航空俱乐部，地点选在蚕种场北面一千米远的地方，这是良乡机场的前身。大舅和大舅妈都参加了良乡机场的最初建设，大舅负责安排一些协作工作，如栽种花草树木，立杆子架电线，大舅还为机场盘了食堂炉灶。大舅盘炉灶的手艺远近闻名，不管是单位还是个人，常上门来请。他照着书本深入研究了炉灶的构造原理，对普通炉灶进行了改进，加高炉堂，加装箅子，大锅下焊上散热管，省柴省煤，热效率高，有个八级瓦工要拜大舅为师。大舅妈则干过烧茶炉、做饭、拉沙子、搬砖、和泥、修跑道、盖房子等工作。最令大舅妈感到自豪的工作是管库员。1960年，航空俱乐部盖起8栋库房，需要管库员，在蚕种场招了大舅妈等7名女工做临时管库员。她们只上白班，负责库房卫生、整理等一些杂务。库房重地戒备森严，晚上由解放军值守，大门口有两条军犬。第一天上班，俱乐部的一位领导，打开一个木箱，拿出一个飞机上的仪表，对管库员们说，这些器材很贵重，这个东西的价值，如果换成粮食，够一家子吃一年。大舅妈一听就明白，这是丑话说在前头，打歪主意得吃不了兜着走。她知道这份工作的重要性，工作格外认真，把物资码放得整整齐齐，库房打扫得干干净净，入库出库登记得清清楚楚。管库员的工作随时可能被抽查，如降落伞的"坠头"，要求一箱装100个，不能多也不能少，有关工作人员会一件一件数。大舅妈的工作得到了俱乐部领导的肯定和信任，8栋库房的钥匙全交给了她，不管是谁，进出库房必须她去开门。那时大舅妈孩子正在哺乳期，每天中午要给孩子喂奶。俱乐部专门派了一辆军用三轮摩托车接送。从俱乐部到哺乳室虽只有两千米的路，但要穿过平房宿舍和蚕种场大门，摩托车呼啸而过，车后腾起一道烟，坐在跨斗里的大舅妈，扬着头，眯着眼，头发向后飘着，别提多神气了。大舅妈说，那3年，是这辈子享受的最高待遇。不只专车接送，给的工资也高，每天1.5元，每月开40多元钱，改善了生活，还能给老家和亲戚一些帮助。这份工作只有大舅妈做到了最后，一直到俱乐部建制有了变动。她说，仓库里除了降落伞、滑翔伞等飞行物资，还有枪支、弹药、弓箭、发报机等军事器材，要不管得那么严，出一点差错就不得了。

大舅妈对街坊四邻总是热心相助。三年自然灾害时期，一天大舅妈到于嫂家串门，看到她丈夫躺在床上，饿得动不了，一问才知是家里一粒粮食没有了，两天只靠白菜蘸盐水撑着。大舅妈拿屉布包了几捧大米送过去，让于嫂熬点粥喝，把这两天顶过去，到时就发粮票了。后来于嫂丈夫有时到长辛店稻田村一带捞小鱼小虾，捞多捞少回来都分给大舅妈一半。到1984年大舅妈家搬走时，老街坊都来帮忙、送行，于嫂拉着大舅妈的手哭出了声，她舍不得好邻居搬走。大舅妈说，其实没帮上什么忙，可人家老记着这点情，今天送点棒子面，明天送点枣年糕，过了多少年还提起这事。最困难的年月，仨孩子没挨过饿，在平房宿舍住着，谁家揭不开锅街坊都会搭把手。

　　大舅妈有两个100元的故事。60年代，大舅妈的哥哥从老家寄来100元钱，因盖新房让帮忙买玻璃。刚到邮局取了钱，街坊小何就进门了，支吾半天才张口，原来他的孩子有病住院，需要70元钱。大舅妈连愣都没打，从兜里掏出刚取来的100元钱递过去："多巧，早来一步都没有。"小何说70就够了，大舅妈说孩子住院用钱的地方多，硬是把100元钱塞进了小何的手里。80年代，大舅妈有个远房亲戚来北京看病，在家里住了两天，忽然有一天说包里的100元钱没了，并说自从来了这个包就没拿出去过，弄得大舅妈挺尴尬。也不能掏钱补上，那样更说不清了，只能好言相劝。第二天亲戚不好意思地说，钱在书包的夹层里找到了，大舅妈这才松了一口气。大舅妈并没有因这事跟远房亲戚伤了和气，照常往来。她说，人家找到钱就告诉咱了，够意思，要不跳进黄河也洗不清。

　　大舅妈念情，别人的好，话赶话就会提起，凡事有个回应。老两口爱听京戏，大舅还爱拉京胡，2011年，我买了两张长安大戏院的票，让他们在剧场看了名角儿的演出。2012年，大舅在我家吃过一顿饭，主菜是一道水煮肉。这两件小事，大舅和大舅妈不止一次提起，说那出戏真好看，那么贵的票可舍不得买。说我做的水煮肉很正宗，特别好吃。大舅从10岁就学拉京胡，京剧书和光盘装满一书柜，退休后是城里几大公园的票友，哪个名段不熟悉？我对自己的厨艺心知肚明，"穷人的孩子早当家"，我初中时弟

弟妹妹上小学，中午抢时间做饭，别提可口，做熟了就是好饭，最拿手的是疙瘩汤，一个碗里连菜带饭连稀带干都有了。三表弟厨艺了得，有高级厨师证，曾在大饭店掌勺，拌个咸菜丝都讲究色香味。还有一次是春节我没在北京过，就把拜年的红包用微信打给了表弟，让他转给大舅妈。等我回来再登门，提着礼品一进门，大舅妈就说："你来看我就高兴，礼还送双份？"我明白，"双份"的意思是红包的回应，顺话接茬，点到为止，有水平。

2008年5月的一天，大舅一家已搬到北三环居住，大舅妈心脏病发作，亏得邻居和大夫一番教科书式操作，才转危为安。那天大舅妈跟邻居在公园遛弯，朴阿姨刚买了个新手机，让大舅妈看，忽然发现大舅妈脸色不好，问是不是不舒服，大舅妈说有点胸闷。朴阿姨当机立断，用新手机先打120，后通知家属，又告诉女儿带钱到医院。表弟和120同时到了，跟着救护车把大舅妈送到附近的安贞医院，从打120到进重症监护室，用了不到半小时。邻居的女儿也赶到了医院，跑前跑后办理了住院手续。大舅妈没了心跳，医生只能用最后一招，电击，一般电击3次不见效果，就没了希望，一个大夫说再试一次吧，没想到这一下大舅妈缓过来了，恢复意识和大夫说的第一句话是："你干吗打我呀，怪疼的。"过了几天大舅妈做了心脏手术，手术做了12个小时。3个月后，76岁的大舅妈又能上下六层楼梯了，大夫说，老太太真是个奇迹。

2018年的一天，小区楼下来了菜车，大舅妈看是一辆崭新的脚踏三轮，随口夸了一句。菜老板将了一军说，想试试？大舅妈跨上三轮车，沿楼边蹬了个来回。菜老板说："您一看就会骑，今年高寿了？"大舅妈笑而不答，旁边邻居搭话："周岁86啦。"菜老板大为吃惊，问有什么养生秘诀。大舅妈说："哪有什么秘诀，住六层，没电梯。"我想，要说秘诀的话，乐观豁达应算一条。

# 老张老赵

## 他们经历了一段从未想过的生活

老张和老赵都是二七厂的职工,在北厂宿舍区我们曾做过10年街坊,同一层楼,他在东边我在西边。老张和老赵的女儿张岩2005年不幸因病去世,两口子悲伤过度,一下子瘦了一圈儿,女儿屋里的东西一点没动,老觉着她还在上大学,说不定哪天就推门进来了。老赵的弟弟一看不行,再这样下去姐姐姐夫的身体非垮了不可,生活还得继续呀。于是出了个主意,让他们换换环境,到京东去养狗,一来狗通人性,能冲淡对女儿的思念,二来狗市场当时挺火,兴许能填补一下为女儿治病留下的亏空。老赵首先同意了,她主要担心老张,吃不下睡不着,三天两头往女儿的墓地跑。几经劝解最后说服了老张。

2006年春节之前,我得到了老张的新手机号,便驱车去了通州梨园镇的一个村子,去看老张老赵。没进村就听见了汪汪的狗叫声,进村的路上狗叫声多了,看样子村里有不少养狗专业户。老张和老赵在院门口等着我呢,

他们一脸疲惫。院子不大，东边几个铁笼子，3间北屋，中间堂屋当厨房，左边一间养着几只古牧犬，右边一间卧室，屋里屋外好像还没收拾就绪。我们坐在卧室里说话。我了解老张是个有主心骨的男子汉，说干的事就能干成，啥事都敢试一试；老赵又勤快又利索，干这活是最好的搭档。两口子办理了内部退休手续，又跟亲戚借了10万元钱，一笔投下去进了4只种狗，叫英国古牧犬，开始了一段从未想到过的生活。

养狗可不只是喂食喂水那么简单，挣钱要靠刚出生的小狗，不但要胆大心细，不怕脏累，还要担风险凭运气。老张老赵出师不利，刚买的4只种狗让人骗了，一只有病不能生育，还有一只有病根，下的小狗易患脐疝，得做手术才能卖出，只有两只健康的种狗能正常生育。老张把那只不能生育的狗白送了人，当宠物养去了，他说可以被骗，但绝不能骗人。另一只也把实情告诉人家低价卖出，生意还没做，投资就打了对折。可老张老赵下决心，一定要亲手接生第一窝小狗，他们每天只睡三四小时的觉，为两只狗清洁卫生，打扫消毒；加强营养，鸡肉、奶粉拌狗粮。快生的那几天，老张老赵不眨眼地盯着要生产的狗，他们给这两只古牧起的名字是大宝和二宝。夜里下了大雪，老赵为让老张睡个囫囵觉，就在后半夜一直盯着，到了凌晨三四点，眼皮实在抬不起来了，就坐着打了个盹。半小时后一睁眼，可给吓坏了，大宝正在生产呢。赶紧叫起老张一通忙活，结果还是晚了一点，又加上初次接生没经验，小狗死了4只，剩下了4只。老赵难受了好几天，死了的4只中有2只母的，一只母的能卖1万多，公的能卖五六千，这一个盹儿投资又是对半折。老张没说一句埋怨老赵的话，他说："要做成事肯定要交点学费，不是还保住了4只吗，再说也怪我没盯后半夜。"

本不想提起伤心事，但老赵愣神的时候眼圈又红了。她说还是担心老张，一不见人影就能猜着，准是又去了墓地，这边路远，来回差不多200千米，真怕他心里有事开车不安全。老张说，他控制不住，一想起女儿就得去看看她，到那跟她说几句话，回来时心里就踏实多了。这次去没说上几句话，我们常常相对无言，我不知说什么好，劝慰几句没什么用处，转话题说不了两句也是冷场。唉！只有一个心愿，盼着他们的生意好起来，心情好起来。

第二年清明一过，我又去看老张老赵，提前给他打了电话。他说刚搬了新地方，收拾好了还没两天，我算是第一个客人。一进新租的小院，顿时耳目一新，100多平方米的院子，东边用丝网圈出一块空地，墙根一排狗舍，院子铺上了红砖，砌了水池。5间北房2间西房，屋里面四白落地，整齐摆放着铁笼子，南边还有一间宽敞的厨房，到处收拾得干干净净。老张说，这些工程干了两个星期，除了泥瓦活雇人干，剩下的全是自己弄的。老张买了电焊机和一个大钳工案子，上顶棚、立支架、走水管、焊笼子，老张会的十八般武艺全用上了。我带的礼物让老张老赵挺高兴，是上次来我拍的大宝、二宝的照片，放大一米见方裱在颗粒板上，上面还有他们接生的4只小狗。老张老赵连声说好看，马上挂在了卧室东墙上。卧室比原来的大，朝南是通长的大玻璃窗，窗下是土炕，阳光把整个屋子铺满，身上暖洋洋的很舒服。

我们在屋里聊了会儿，到中午放风喂食的时间了，老张把屋里屋外的笼子都打开，20多只不同模样的狗冲进围栏，开始撒欢，有扒着围栏冲老张老赵示好的，有满地打滚闹着玩的，好不热闹，我心里对老张老赵佩服得简直五体投地，让这一群拆家的货听从指挥，没两把刷子可不行！老赵挨个笼子放食和水，老张拉着我跟他的宝贝合影，个大的有古牧、哈士奇、萨摩耶，个小的有比熊、泰迪、雪纳瑞，参加合影的大狗小狗受宠若惊，一个劲往我身上扑，老张虽然瞪着眼大声呵斥，但话音没落就把狗搂在怀里了。不愧是老张和老赵，这么快就入了门道，一段新鲜有趣的生活，让他们的脸上有了笑容。

在以后的两三年中，我们时常通个电话，隔个三四个月就去看看，每次院子里、笼子里都有新变化，他们成了养宠物狗的行家里手了。一切都顺了手，他们也觉得轻松了许多，有时开车出去兜兜风，变着法地做点好吃的。我每次去，老赵都做拿手的农家饭，拌柳芽、熬白菜、猪肉炖粉条、野菜团、枣窝头、小鱼贴饼子，样样都有特色。

有时老张和老赵会提起张岩的一个大学同学。张岩因病休学一年后，由老赵陪着再回校复读，一位同学知道了张岩的情况，就帮助张岩排队打饭，

补习功课，买书买本，复印资料，下学送她回租住地。张岩靠着顽强的毅力，在老师同学的帮助下，顺利完成了一个学期的学业，功课门门优秀。这位同学毕业回京后，打听到老张老赵在养狗，决定再助一臂之力，隔些日子就坐两三个小时公交车，来看望同学的父母，还帮老张老赵出主意，做网络销售，拍照、写文、编辑、上网，把每只狗的信息归档，与客户建立联系，帮了大忙。老张老赵说："这位同学真好，在最难的时候替张岩帮了我们一把。"

　　老张老赵给我讲了好多狗的故事，有时说的和听的都忍俊不禁。他们与狗的感情日益加深，甚至一刻也离不开这些可爱的生灵了。古牧体态硕大，毛长，长相憨厚，据说一只犬可看管数百只羊。但它性格温顺，对人忠诚，与人亲近，所以备受城里人喜爱。最早买的种狗大宝和二宝立了大功，各生了一窝小狗，卖出去10多只，成本一下子就回来大多半。大宝跟老张最亲，住的也最好，跟老张住对门，老张一出屋它便叫个不停，不愿让老张离开，老张就认真地跟它说："你先睡觉，一会儿我再来。"大宝好像听懂了，立马一声不吭扭过头去。老张说，狗也动小心眼，有时他在床上睡午觉，有的大狗先扒住床边试探，再两只爪子上去，然后四只，最后鸠占鹊巢，把老张

287

差点挤下床。老赵说，狗什么事儿都懂，比如，单独将一只放在圈外或抱进屋里，那只狗再回窝可就惨了，所有狗都上前咬它，直到咬得趴地上服了为止，谁受宠谁没好果子吃，不管个头大小没有例外。

2007、2008两年，是养宠物狗的高峰，价格也随行就市上来了。来买狗的什么样的人都有，让你料想不到，都挺有意思。有个山东威海的，在家吃晚饭时，老婆说想养一只古牧，男的浏览了一下网站，开起红色保时捷跑车就上了路，敲响老张院门的时间是凌晨4点半，一屋一屋串，一只一只看，到天亮才挑到中意的，是一只叫大欢的古牧。老赵给买主单做了早餐，吃完他带着大欢上车，一踩油门回了山东。还有个古牧"一只耳"，因为它一只耳朵是黑的，老赵起了这名字，跟老赵可亲了，看见老赵就凑过来撒娇，老赵舍不得让人挑走。有个广安门的买主，晚上11点半打来电话说别睡觉等着他，一小时后到。那男的还带着十来岁的女儿，小女孩一眼就看中了一只耳，搂着就不松手了，当爸的一问价，二话不说把钱往桌上一放就走了，一只耳被抱上车，拼命地叫，老赵不忍心看，跑进屋里，可眼泪还是止不住。为这老赵吃不香睡不着，难受了好几天，隔两三个星期就给买主打电话，问问一只耳的情况，电话打了三个月，听说一切安好才作罢。老张说，谈好卖不出去的有好几只，有的没上车就跑了，看车走了才悄悄进院，还有的不知走了多远的路，过了好几天愣从买主家逃回来了。

老张和老赵把狗们的生活打理得井井有条，一天喂两次，保证睡14小时觉，房东夸赞说，老张收拾的这狗舍比有的租户住的屋子都干净。老张说，他每只狗都按规定打防疫针，精心喂养，小狗们体格健壮，从不闹毛病，有个买主先来看看走了，到狗场狗市转了一星期，狗比三家之后还是回来买了一只，他看中的是主人的实在。在院子里撒欢完毕，老张一打开圈门，狗们都自觉各回各的笼子里，吃饱喝足后倒头便睡，已经养成了好习惯。大宝怀孕后，网上一发布，还没生就订出去两只，结果生了 6 只，老张没说多少钱，反正大宝真成了挣钱的宝贝了。

狗是宠物，呆萌可爱，但毕竟是狗，常闹出意外。一次，3 只小哈士奇没看住，扒开了粮仓的门，等老赵发现已经撑得动不了窝了，老张赶紧开车往宠物医院送，打针催吐，帮助大夫折腾了一个多钟头，才算把 3 个偷嘴的小家伙抢救过来。还有一天，不知泰迪小芝麻怎么得罪哈士奇老巴了，见面就掐，老赵把小芝麻单独放在卧室里，确保安全，没想到小芝麻正在炕上玩，老巴突然撞门进来，一口咬住了小芝麻的脖子叼出了屋。老赵抄起一把铁锹追出去，用铁锹狠拍老巴的头，哈士奇的狼性上来了，死活不撒嘴，老张也过来帮忙，才把小芝麻从老巴嘴里夺下。赶紧送医院，动了大手术，缝了 27 针，小芝麻才死里逃生。住了半个月院，花了 2000 多元，看伤口好得差不多了，老张把小芝麻直接从医院送朋友家去了。一次接生，生下了 10 只，感觉没事了，可过了俩钟头，又生下一只。老张一看鼻子嘴被黏液堵着，就使劲甩，还是没动静，老张不甘心，甩了得有 20 分钟，手一脱甩出去了，没想到吱的一声，活了。老张给这只狗取名"点点"，不让别的狗看见，偷偷给它吃小灶。

不知老张和老赵在这一段从未想到过的日子里，遇到过多少烦事和趣事，吃过多少苦，流过多少泪，有过多少开心一刻，迈过多少道沟沟坎坎！我只想说一句话：了不起的老张和老赵！

# 跋 | 书后

## 恒心收获

我是2021年1月拿到了《秋日忆往》的初稿，准确地说是草稿，篇目还没有排序，有的文章还没有写完。作者说，写作遇到了瓶颈，信心有点动摇，想征求一下熟人的意见，看值不值得再写下去。虽是草稿，但主题已很鲜明，大部分文章是回忆在长辛店生活工作时的一些往事，这个主题很有亲切感。我先是粗粗翻阅了一遍至半夜，中间因出差和加班放下两周，业余稍有闲暇，断断续续又看了两遍，心有触动，感慨良多。因为我也是在长辛店长大，刚记事时住在东南街，后搬到北自建、西山坡、崔村二里，文中提到的风物、典故和人物，有许多也是我所熟悉和认识的，如陈庄大街、二百、九子河、大宁水库、卢沟桥、石人石马……这些地方也都留下了我这一代长辛店土生土长孩子们的童年记忆；毛志成、郑克明、刘堂颂、戴宇光、张威、何大炎、杨雄京……一个个名字耳熟能详，有的认识，有的共事，如戴宇光在技校也当过我的体育老师，毛志成是我爱人刘晓燕上职工大学中文专业毕业论文的辅导老师，都引发了我的共鸣。

## 在慵懒的午后或夜深人静时读

我与作者有许多相同的经历，同住过东南街，同为技校、大学校友，又在宣传部门共事多年，在不少地方作者的回忆也是我的回忆，我想，这也是我成为第一位读者的原因。我的思绪时时被文中所叙述的人和事所吸引，仿佛又回到了那个年代，脑补出过往的情景。这是一件有意义的事，我鼓励作者坚持写下去。

我拿到完成稿已是一年之后，这之间还陆续收到不下五六个修改稿，从中清楚看到了写作过程的变化，不少篇文章由单薄变得有了厚度，并增加了几篇够"发表线"（毛志成老师语）的文章，即能给人以启示的文章，提升了主题思想。完成稿我又仔细读了几遍，尽管有的篇目看过，但再读仍兴趣未减，不知不觉沉入其中，跟着作者的思路走进故事勾画出的景象里。最后的修改稿跟初稿相比，已大不一样，丰富了一些新内容，去掉了一些枝蔓，语言也紧凑了很多，没有了因冗长叙述给人的沉闷感，画面感十足，一直抓着我往下读。

读《秋日忆往》，感受到了沉甸甸的岁月痕迹，一张既立体又生动的长辛店风土人情图画，次第展现在眼前，虽然笔墨还可以浓一些，视角还可以宽一些，但亦值得慢慢赏析。这本书最适合在慵懒的午后或夜深人静的时候读，因为读着读着就顺着书中提到的人和事，思绪模糊了时空界限，飘飞到了月半陈庄的店铺和清清的九子河边……

《秋日忆往》语言朴实亲切，又不失幽默风趣，是作者坚持"文学爱好"恒心带来的收获。相信这本书付梓后，会有一大批读到的人与我感同身受。

于文德

# 跋 | 书后

## 一篇作业

交了付印,不想再打一个字了,像经过了一场长途跋涉,身心俱疲,攒这本小书的劳动量大大超出了预想,包括前期的搜集素材、起稿写作,后期的文字修改、图片准备,事无巨细,都得一一落实。尤其是几个月前编辑提出了出版要求之后,又将大部分图片做了调整,欠缺的部分用自己的涂鸦代替。我"以勤补拙"的表现形式,便是挑灯熬油,焦头烂额。即使如此,我还是要拣最重要的话说一说,那就是表达一下我的谢意。

感谢我的发小同学,有的是小学初中九年同窗,有的是技校两年同窗加二十年同事,友谊可谓"源远流长"。每每跟他们在一起,就有一种与生俱来的亲切感,言语无顾忌,心声有共鸣,他们常聊起小时候的逸闻趣事,聊起生于斯长于斯的乡土乡情。有时会冲我冒一句:"你这笔杆子,还不写写长辛店?"这"笔杆子"的依据应该是初中的作文。这话我记是记着了,可一直没付诸行动,认为以后办也不迟,谁想到这"以后"比"以前"过得还快……写写长辛店,最早是发小同学留给我的一篇"作业"。为完成这篇"作业",他们带着我串胡同踏郊野,找熟人寻古迹,随叫随到,说走就走,还是以前那股单纯朴实劲儿。

感谢书里写到或提到的老师长辈、同事邻里和亲朋好友。

对自己而言，这本小书诚然算一个收获，但更大的收获在于两年多的一个编写过程，不管是认识多年还是有缘邂逅，不管是屡次登门还是抽空一见，不管是时过境迁还是来日方长，又一次与他们相遇，又一次有所心动。他们兢兢业业的工作经历，朴实宽厚的脾气性格，乐观向上的精神追求，丰富多彩的业余生活，是对"幸福"二字最实用的解读，人生不过如此。

感谢与我有共同成长经历的于文德，他是我的第一位读者，也是我格外在意的读者，因为如他所说"在不少地方作者的回忆也是我的回忆"，他的肯定或否定至关重要。他自始至终给我以热情的鼓励，在我写不下去或想无限拖延的时候，就会收到他"加油鼓劲"的信息，成为坚持下去的动力。他还以多年从事文字工作的责任意识和严谨态度，对稿件多方面把关，凡发给他的稿子都认真审看，及时把需要商榷处反馈给我，如在一些人物和事例的取舍上，在一些前后文意的调整上、在一些语句的斟酌上等提出了很多宝贵意见。

感谢人民铁道报社副总编辑、铁路作家赵妮娜，热心义务相助。她从一名普通读者的视角出发，对书的内容和形式提出了要求，既然占用了出版资源，就要照顾更多的读者。赵妮娜是多家知名杂志的特约撰稿人，是多部畅销书的作者，她以新锐的装帧理念和独特的审美视角，对这本小书进行了整体设计，在《秋日忆往》淡淡的乡愁里融进了一片明媚的春色。

感谢书里引文的作者，感谢书里书外、线上线下所有给予我鼓励和帮助的人。

终于完成了这篇"作业"，其中的主线不止一条，有点跑题，不知发小同学及耐心翻到这里的读者，能否给个及格，不管怎样，心里也踏实了许多。

莫道桑榆晚，为霞尚满天。有幸相识，有缘相见。

王义明

鸽哨虫鸣　见素抱朴

有幸相识　有缘相见

图书在版编目（CIP）数据

秋日忆往 / 王义明著 . -- 北京：光明日报出版社，2022.7

ISBN 978-7-5194-6584-1

Ⅰ . ①秋… Ⅱ . ①王… Ⅲ . ①回忆录—作品集—中国—当代 Ⅳ . ① I251

中国版本图书馆 CIP 数据核字 (2022) 第 075005 号

## 秋日忆往

### QIURI YI WANG

| 著　　者：王义明 | |
| --- | --- |
| 责任编辑：李月娥 | 责任校对：慧　眼 |
| 封面设计：一际 / 彭源蕤　马鸣川 | 责任印制：曹　净 |

出版发行：光明日报出版社

地　　址：北京市西城区永安路 106 号，100050

电　　话：010-63169890（咨询），010-63131930（邮购）

传　　真：010-63131930

网　　址：http://book.gmw.cn

E － mail：liyuee@gmw.cn

法律顾问：北京市兰台律师事务所龚柳方律师

印　　刷：北京联合互通彩色印刷有限公司

装　　订：北京联合互通彩色印刷有限公司

本书如有破损、缺页、装订错误，请与本社联系调换，电话：010-63131930

| 开　　本：185mm×260mm | |
| --- | --- |
| 字　　数：256 千字 | 印　　张：19.125 |
| 版　　次：2022 年 7 月第 1 版 | 印　　次：2022 年 7 月第 1 次印刷 |

书　　号：ISBN 978-7-5194-6584-1

定　　价：89.00 元

版权所有　翻印必究